글앤북
Geul&Book

길

대문을 나서면 길이 있다.
길은 로마까지 이어져 있다.
망망대해에도 배가 다니는 길이 있고
저 창공에도 비행기가 다니는 길이 있다.
히말라야에도 아마존의 밀림에도 길이 있다.
인생이 살아가는 데도 길이 있다.
하물며 서예에서 붓이 가는 길도 있다.
배가 길을 잘 못 가면 좌초하게 되고
비행기도 잘 못 가면 사고가 나기 마련이고
인생길도 마찬가지일 터이다.
걸어온 길을 뒤돌아보니 아득하다.
앞으로 갈 길이 기대된다.

남은 길 무사히 가야 할 텐데...
길을 걷다가 보고 들은 하찮은 것들을 적어놨다가
책으로 묶고 보니 부끄럽다.
고백하는 마음으로 세상에 내놓기로 하였다.
생의 마지막 날 걸어온 길 뒤돌아보고
후회하는 일을 조금이라도 줄이기 위해서...
이제까지는 오르막길도, 꽉 막힌 길도, 험한 길도
있었지만 이제부터는 내리막길이라 어렵지 않으리라.
산에서는 내리막길이 더 위험하긴 하지만.
겸허한 마음으로 당당하고 떳떳하게 걸어가리라.

2015. 8
김우숙

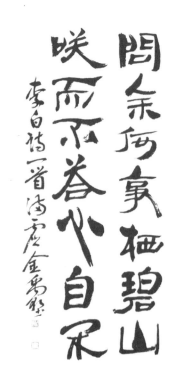

제1부

산길을 걷다보니

산 / 70 x 130 cm
仁者樂山 어진 사람은 산을 좋아한다.

구름과 구름 사이에서 2박 3일

아내와 오래 전부터 지리산 종주계획을 세웠었다. 출발하는 날이 밝았는데 겨울인데도 비가 철철 내리고 있질 않는가? 어떻게 한다? 아내에게 가겠느냐고 물으니 가자고 한다. 준비야 엊저녁에 다 해놨으니 챙겨 가지고 일어나면 되는 것이다. 택시로 버스로 또 버스로 해서 구례까지 왔다. 비가 더 많이 온다. 추어탕으로 점심을 해결하고 택시를 타고 노고단으로 향했다. 시암재 정도 왔을 때 저쪽 차일봉 쪽 계곡에서 산안개가 뭉게뭉게 피어오르고 있었다. 빗줄기는 가랑비로 변했고 머리 위에도 발 아래도 구름이 가득하다.

대학 3학년 때 승선실습하러 가면서 비행기를 처음 탔었다. 비행기에서 창 밖으로 보이는 부드럽기 한없을 것 같던 구름, 마치 어렸을 때 이불솜을 연상시켰다. 그 때 뛰어내리고 싶은 충동을 억제하기 힘들었었다.

노고단 산장에 여장을 풀었다. 다음날 일어나니 눈이 쌓여 있었고 경상도 말로 억수로, 전라도 말로 겁나게 눈이 내리고 있었다. 어떻게 한다? 회읍시로 그냥 내려갈까? 그냥 강행을 해? 아내는 눈 오는 모습이 좋은지 강행하자고 한다. 사람이 지나다녔던 길에 눈이 다져져 있지만 조금만 비껴 밟으면 발이 무릎까지 푹푹 빠진다. 빠진 다리 올려서 다시 걷고 걸어 뱀사골 산장까지 왔다. 눈이 쌓여 있기도 하지만 아내의 보조에 맞추다 보니 시간이 평소보다 두 배가 걸린다. 뱀사골에서 라면 두 개를 얼른 끓여 먹고 여기서 자기에는 시간이 아직 많이 남았다. 연하천 산장까지 가기로 했다. 날씨는 더욱 험악해 진다. 눈보라가 심하다. 지나가는 등산객도 뜸하다. 지리산 주능선 길이야 뻔하지만 눈보라가 발자국을 지운다. 아내는 몹시 힘이 드는 모양이고 한편 불안한 모양이다. 뱀사골에서 나오면 화개재로 해서 토끼봉(1534m)까지 계속 오르막길이다. 아내는 이 봉오리를 넘으면 연하천 산장이 있겠지 하고 생각했는 모양이다. 그러나 지리산이 보통 산인가? 산너머 산이 지리산 아니던가? 다시 명선봉이 딱 버티고 서자 힘이 부치는 모양이다. 그대로 눈 위에 누워버린다. 그러면서 악이 바치는지 나에게 '나 죽이고 새장가 갈려고 데리고 왔지?' 한다. 아니 내가 다른 사람도 아니고 제각시를 죽이려고 산에 데리고 왔단 말인가? 허어 참. 아하 안 데리고 왔어야 하는데 안 데리고 왔어야 하는데 하며 얼마나 후회를 했는지 모른다. 그러나 어찌 하랴. 이미 와 버린 것을. '그래 푸욱 쉬소 푹 쉬어, 푹 쉬었다 가세.' 하면서 나도 옆에 주저앉았다. 그러나 여기 주저앉아 마냥 쉬고 있을 수는 없는 노릇. 조금 있으면 어두워질 텐데. 재촉하여 다시 걷기 시작했다. 마찬가지로 발이 푹푹 빠지고 힘도 함께 푹푹 빠진다. 자기가 가자고 해놓고 온갖 불평을 다 늘어놓는다. 날씨는 더욱 험악해지고. 평소 같으면 두시간이면 충분한데 네시간 걸려 천신만고 끝에 연하천 산장에 도착했다. 아내는 완전히 K.O. 마침 먼저 온 사람들이 둘러앉아 돼지고기를 굽고 있다가 수고했다고 하면서 소주와 함께 건넨다. 밥도 많이 해 놨으니 밥도 하지 말란다. 남은 쌀은 산장주인 주면 된다고. 밖에는 험하게 눈보라치는 소리 요란하지만 산장 안은 훈훈한 인심으로 후끈 후끈하다.

사흘째 되는 날이다. 아침에 일어나니 밖에 나가고 싶지 않을 정도로 눈보라가 심하고 눈도 많이 쌓여 있다. 라면으로 대충 아침을 해결하고 엊저녁에 고민해서 얻은 결론대로 최단 하산코스인 삼정리로 내려오기로 했다. 울산에서 왔다는 아가씨가 따라 붙는다. 삼각봉에서 왼쪽으로 틀어 조금 내려오니 언제 그랬냐는 듯이 바람이 자고 해도 구름 사이로 얼굴을 내민다. 눈 쌓인 곳에 해가 비치니 옛날 크리스마스카드에서 봤던 은가루를 뿌려 놓은 듯한 설경이 연출된다. 바람과 함께 눈이 내렸으니 나무 가지 마다 활짝 핀 눈꽃 그 위에 찬란한 태양. 이런 환상적인 경관이 어디에 있단 말인가? 아내는 이제 서방을 잘 얻었다고 좋아서 어쩔 줄을 모른다. 언감생심 자기가 언제 어디서 이런 절경을 볼 수 있더란 말이냐? 어제와는 다른 사람인 양 어린애 같이 좋아서 폴짝폴짝 뛴다. 사람이 저렇게 달라질 수도 있는가? 내려오는 곳에 경사가 심하다. 이까짓 경사가 대수냐? 눈이 쌓여 있으니 그대로 앉으면 술술 내려간다. 엉덩이 스키. 이제는 나보다 더 잘 내려간다. 저만치 먼저 가서 나를 기다리고 있으니 말이다.(2001. 2. 23~25, 『나루터』 제4집, 2002)

도둑 산행

등산하러 산에 가면 어지간한 산에는 입장료가 있다. 거기에 문화재라도 있어서 문화재 관람료까지 합쳐지고 단체라도 되면 그 액수가 꽤 많아진다. 그래서 산에 많이 다닌 사람은 대개 입장료 안내고 들어가는 길을 알게 마련이다. 가을이 깊어간다. 이제까지 실속 없이 산에만 싸돌아 다니던 것을 '무리한 운동은 건강에 해롭다'는 황수관 박사의 말도 들을 겸 실속 있는 산행을 해보기로 하였다. 옛적에 어느 두메 산골의 외딴 암자에 살고 있는 노스님에게 어떻게 사시느냐고 누가 물으니 '도둑질 해서 먹고 산다'고 대답하더란다. 무슨 말씀이냐고 되물으니 스님왈 '공기를 도둑질해서 숨 쉬고 물을 도둑질해서 마시고 곡식을 도둑질해서 먹고 산다.'고 하더라는 글을 읽은 적이 있다.

몇 년째 산에 다니다 보니 어지간한 정보가 머릿속에 남기 마련이다. 모과를 도둑질하기로 하고 대성골을 찾아간다. 구례로해서 성삼재를 거쳐 뱀사골에서 하루밤을 자고 다음날 세석까지 가서 쉬고 다른 사람들은 천왕봉 쪽으로 가는데 나는 대성골 쪽으로 길을 잡았다. 바람이 구름을 몰고 산능선을 넘나든다.

'구름은 바람없이 못가고 인생은 사랑없이 못가네.'

바위를 돌아 양 쪽으로 돌아 흘러와 합쳐지는 음양수를 한 바가지 마시고 내려온다. 단풍이 서서히 물들기 시작한다. 옛기억을 되살려 대성골 가까이 오자 신경을 곤두세우고 그 자리를 놓치지 않으려고 주의를 집중하였다. 청년 둘이서 올라온다. 이렇게 사람들이 왔다 갔다 하는데 길가에 있는 모과가 지금까지 남아 있을까? 없으면 그냥 오면 되지. 기대 반 체념 반 하면서 그 자리로 들어섰다. 그 때보다 나무가 훨씬 더 자라있다. 모과가 그 만큼 높이 달려있다. 어린애 머리통만한 모과가 그대로 달려서 가지를 늘어뜨리고 있다. 여기저기 둘러보아도 장대가 없다. 어렸을 적 동네 앞 쥐엽나무에 오르던 실력을 발휘하여 올라갔다. 그래도 손에 닿지 않는다. 하는 수 없이 가지를 잡고 온몸을 이용하여 흔든다. 우두두둑. 모과가 땅으로 떨어진다. 어디로 떨어졌는지 확인하고 다른 가지를 잡고 또 흔든다. 아무리 흔들어도 안 떨어지는 놈도 있다. 까치밥도 놔두는데 그래 남겨둬라. 다른 사람도 생각해야지. 겨우 조심조심 내려와 주워 모으니 미리 준비해간 주머니에 가득하다. 배낭에 넣고 짊어지니 등허리가 묵직하다. 대성리 근처에 오니 밤나무에서 떨어진 밤송이가 길 위에서 발에 밟혀가면서 여기저기 딩군다. 배낭을 땅에 내려놓고 알밤을 까서 바지 주머니에 담으니 금방 불룩해진다. 화개 가는 버스시간에 맞춰야 하니 또한 남겨두고 그냥 내려온다. 중간에 쉬면서 생밤을 까먹으니 새참으로 그만이다.

이제는 배양사 청류암으로 은행 주으러 가자. 긱시아 니노 함께 가지. 나는 청류암 가는 길을 사랑한다. 차가 오르내리게 시멘트 포장이 되어있으나 민가에서 조금만 오르면 산길로 오르는 곳이 나온다. 옛날 스님들이 법담(法談)을 주고받거나 오손도손 이야기 하면서 걸었을 오솔길이 나온다. 낙엽이 쌓여 낙엽 카페트를 연상케 하는 이 길을 나는 더없이 사랑한다. 어느 카페트가 이보다 화려하며 이 보다 더 푹신푹신하단 말인가? 이 길을 걸으면 마음이 차분해 지고 그 옛날 스님들의 이야기가 들리는 듯하다. 나와 같이 걷고 있는 이 여인이 섹시한 30대의 유한마담이면 참 좋겠다는 언감생심 엉뚱한 생각을 해본다. 암자 옆에 장군샘이 있고 그 물맛이 또한 그만이다. 그 옆에 전봉준 장군의 글씨라고 알려진 글씨가 음각되어 있다. 무슨 글자인지 아무리 눈 씻고 찬찬히 들여다 봐도 무슨 글자인지 모르겠다. 눈씻고 본다고 알 일인가? 공부를 해야 알 일이다. 청류암 뜰의 바위에 앉아 해바라기를 좀하다가 점심을 먹으러 산등성이의 양지바른 곳으로 갔다. 식후에 폐가가 된 암자 쪽으로 내려 오는데 경사가 심한 곳에 김영랑 생가에 있는 것보다 큰 은행나무가 버티고 서있다. 아직도 가지에 그대로 붙어있는 것도 겁나게 많은데 땅바닥을 보니 은행이 지천으로 널려있다. 비닐봉지에 주워 담다 보니 금방 넘쳐난다. 각시도 첫 경험인지라 주워 담느라고 신바람이 났다. 아래쯤에 와서 줍다가 우연히 길 쪽을 보니 금줄에 무슨 팻말이 매달려 바람에 흔들거린다. 이쪽에서는 안 보이지만 '출입금지'가 틀림없다. '여보, 가자!' 내 목소리가 다급해 졌다. 스님들의 양식을 도둑질해서 구워먹으니 맛있다. 이번에는 훨씬 더 많이 남겨놓았다.

나는 요즈음 유달산을 넘어 퇴근하곤 한다. 황박사의 말처럼 '운동을 하되 하루에 30분 내지 60분 정도를 숨이 찰 정도로 일주일에 3일에서 5일을 해야 한다.'는 말을 실천중이다. 낙조대쪽으로 오르기도 하고 동네 뒤로 해서 오르기도 하는 데 이것저것 심어놓은 밭이 있다. 그 중에 무화과 나무도 있다. 크고 잘 익은 놈은 주인이 진즉 따다가 팔아버리고 못난이들만 개불알 같이 하나씩 매달려 있다. 어렸을 적에 시골에서는 담장 밖으로 나온 감은 주인의 것이 아니었다. 울타리도 없는 무화과 밭의 무화과는 주인의 것이 아닐 것이라는 어렸을 적 신념(?)이 발동하여 몇 개 따먹는다. 점심 먹은 지도 한참 지났고 배가 굴풋하던 차에 참 잘 됐다. 또 길가에 아무렇게나 자라고 있는 결명자가 혼자서 자라고 있어서 그런지 참 실하고 종자도 많이 달고 있다. 눈여겨보니 밑에서부터 갈색으로 익어가고 있다. 익은 놈만 따서 주머니에 담는다. 다음 날 가보면 또 익은 놈이 있다. 초등학교 다닐 때 학교 뒤의 밭에 많이 가꾸어져 있었고 겨울철 교무실의 난로위에 커다란 주전자에서 결명자가 펄펄 끓고 있었던 것을 본 기억이 난다. 눈이 밝아진다고 한다. 올 겨울 추울 때 살짝 볶아서 끓여서 마셔야지. 그래서 무명(無明)을 벗어나서 내년 봄에는 혜안(?)을 갖게 되기를 기대해 본다.

　도서관 앞으로 뻗어 내린 유달산 능선을 가로질러 가면 닭집이 나온다. 그 중간에 채소밭도 있고 매실밭도 있다. 밭둑에 아무렇게나 자라고 있는 구기자나무에 열매가 빨갛게 익어간다. 주인이 있는지 없는지 확인할 길이 없다. 밭둑에 있으니 주인은 밭의 임자가 될텐데, 누가 임자냐고 왜소리 쳐서 확인할 수도 없고, 여시 옛날 담장 밖으로 나온 감을 아무 거리낌 없이 따먹었듯이 익은 놈만 골라서 주머니에 따 담는다. 며칠 있다 또 그길로 가보니 더 많이 익어있다. 따간 흔적이 없다. 그 밭주인은 구기자를 모르는 사람일 거라고 내 편한 대로 짐작(?)하고 또 익은 놈만 따서 주머니에 담는다. 몇 차례하고 나니 이제는 내 것인 양 아주 뻔뻔해졌다. 그 밭주인이 이 글을 읽으면 안 될텐데. 올 가을은 여느 해보다 풍성하고 넉넉하다. (2005.11.29, 『나루터』 제8집, 2006)

돌

　나는 어디에 가면 돌을 찾는 습관이 있다. 이 세상에 돌처럼 흔한 것이 또 있을까? 그런데 나는 무슨 돌을 찾는단 말인가? 돌의 3요소는 흔히 형(形)·질(質)·색(色)이라고 한다. 형은 어떤 나름대로의 모양이 있어야 한다는 말이다. 동물의 형태를 닮는다든지 뭔가 연상되는 모양을 갖추고 있어야 한다는 말이다. 질은 단단할수록 상급이고, 색은 검정색을 최고로 친다. 이 세 가지 요소를 모두 갖추고 있으면 최상급이 되어 남농수석관으로 가야할 일이지만 이들 중에서 모양이라도 있으면 나머지 부족분은 양해가 된다. 그러니 이러한 3요소를 갖추고 있는 돌을 찾는 것은 쉽지 않다. 나에게는 또 한 가지가 더 있으니 너무 크면 운반하기가 불편하므로 주먹 정도이거나 그 보다 작아야 한다. 이렇게 까다로우니 찾아보아야 별 볼일이 없거나 못 찾고 말 때도 많다.

　그렇게 모아진 돌이 내 주위에 여기저기 널려 있으면서 내가 책을 볼 때 책장을 누르고 있기도 하고 여름철 창문이라도 열어놓으면 바람이 붙어와 종이들이 날아가지 못하게 누르고 있는 등 제 여할을 하고 있다. 더 중요한 것은 자기들이 가지고 있는 옛이야기를 나에게 들려주는 일이다. 미국의 King's Point 해안에서 주워온 고구마같이 생긴 돌, 필리핀의 Pacsangjan 국립공원에서 온 맨질맨질 달아진 돌, Norway의 Horten해안에서 온 기암괴석(이는 내가 가지고 있는 돌 중에서 제일 크고 멋지다). 울릉도에서 온 가벼운 화산석, 강원도 동해시의 해변에서 온 쑥돌, 대반동 해수욕장에서 온 것 등등이 꽤 여럿이다. 어디서 왔는지 기억이 가물가물하지만 멀리서 보면 섬과 같이 보이는 것도 있고, 나폴레옹의 모자를 연상시키는 것, 송곳 모양, 새알 같은 것, 아무 모양도 없는 것 등등 여러 가지다.

이런 돌들을 보면서 이 돌들의 과거를 생각해 본다. 우선 돌은 단단한 특성을 갖고 있다. 그래서 사람들은 예나 지금이나 오래 간직하고 싶은 내용을 돌에 새겨 놓는다. 저 맨질 맨질 닳아진 돌이 처음부터 그랬을 리는 없고 저렇게 닳아진 세월이 몇 겹이나 될까를 생각해보면서 반야심경의 색즉시공 공즉시색도 어렴풋이나마 생각해 본다. 저 돌의 맨 처음의 모습은 어떠했을까? 부질없는 생각인줄 알면서 무심코 돌을 보고 있으면서 이런 생각을 하곤 한다. 돌을 닮고 싶다.

이번 가을 체육대회를 기해서 논문팀 학생 7명과 2박 3일 지리산 종주길에 나섰다. 첫날은 비가 와서 노고단에서 뱀사골 산장까지 줄곧 비를 맞으며 걷느라고 고생을 했는데 다음 다음날은 날씨가 매우 화창하여 가을 산의 정취를 만끽하였다. 마지막 날 장터목 산장에서 천황봉 일출을 보고자 새벽같이 일어나 올라갔으나 구름이 끼어 보지 못했다. 삼대의 공덕을 쌓아야 천왕일출을 볼 수 있다는 말을 들으면서 내려와 일찍 아침을 해먹고 하산을 시작하였다. 백무동으로 내려와 버스를 타고 오는데 학생들이 웃고 야단이다. 웃는 사연을 듣고 보니 재미있었다. 강주가 화장실에 있는 사이에 어느 학생이 강주의 배낭에 어린애 머리통만한 돌맹이와 납작한 돌맹이 두 개를 넣어두었던 것이다. 강주는 그걸 모르는 체 짊어지고 장터목에서 백무동까지 3시간을 내려온 것이었다. 강주가 배낭에서 뭘 찾으려고 하다 이 돌을 발견했던 것이다. 사람 좋은 강주는 빙긋이 같이 웃고 있었다. 이 돌들은 버려지지 않고 학교까지 가지고 와서 그들의 이름이 새겨져 내 연구실에 있는 돌들의 일원이 되었다.

이 돌들의 색깔은 누리끼리하고 아무 모양도 없으며 그렇게 단단하지도 않아서 돌의 3요소를 하나도 가지고 있지 않다. 그래서 돌이 아니고 순 돌팍인 셈이다. 그러나 여느 돌보다 더 재미있는 추억을 계속 들려줄 것이다. (『나루터』 제2집, 2000)

산길

산에는 길이 있다.
올라가는 길도 있고
내려가는 길도 있다.
험한 길도 있고
평탄한 길도 있다.
안개가 끼어 있기도 하고
햇볕이 쨍쨍 내리쬐기도 한다.
둘이서 나란히 걷는 길도 있고
여럿이 왁자지껄한 길도 있으며
혼자서 외로이 걷는 길도 있다.
가다가 갑자기 절벽이 나와 어찌할 바를 몰라 하기도 하며
억지로 오르기도 하고
옆으로 돌아가기도 한다.
올라가기를 포기하고 산 자락에서만 왔다갔다하기도 하고
크레바스를 만나 빠지기도 하고
옆에 사람 도움으로 무사히 건너기도 하고

눈에 덮혀 보이지 않는 길을 헤매기도 하고

앞사람이 미리 지나가면서 길을 만들어주어 도움을 받기도 하고

앞사람을 추월하면서 바삐 가는 사람도 있고

천천히 걸으며 뭔가를 생각하는 사람도 있고

바위에 앉아 먼 산을 바라보는 사람도 있다.

숲이 우거진 시원한 길도 있고

삼복의 햇빛이 쨍쨍 내리쬐는 길도 있다.

정상에 올라 야호를 외치는 사람도 있고

정상인줄 알고 내려오는데 더 높은 봉우리가 있기도 한다.

정상을 피해 안전한 옆길로 지나치는 사람도 있다.

우리는 길을 걸으며 보고 듣고 먹고 냄새 맡으며 옆 사람과 부딪
치며

그에 따른 생각을 하면서 살아간다.

길을 걷다보면 발자국이 남는다

서산대사의 유명한 시가 생각난다.

踏雪野中去(답설야중거)	눈덮인 들판을 걸어갈 때는
不須胡亂行(불수호란행)	어지러이 걷지 말라
今日我行跡(금일아행적)	오늘 나의 발자국은
遂作後人程(수작후인정)	뒷사람들의 이정표가 되리라.

산에서 만난 사람

산에 다니다 보면 여러 사람들을 만나게 된다. 그냥 지나치기도 하지만 자기가 가지고 간 먹거리를 나누어 먹으며 이런 저런 이야기도 하게 된다. 한참 산에 미쳐 돌아다니다가 어떤 사람을 만나게 되었으니 인연이라면 큰 인연이다.

이것저것 집어넣어 커다란 배낭을 업(業)처럼 짊어지고 한 겨울에 혼자서 지리산 종주를 하고 있었다. 임걸령에는 목마른 자에게 목을 축이도록 샘이 일 년 내내 마르는 일이 없다. 내 짐도 적지 않은 데 내 짐의 두 배 쯤 되어 보이는 배낭을 짊어진 사람이 쉬고 있다가 내가 도착하니 단감 꾸러미를 꺼내 하나를 건네면서 '어디서부터 어디로 가느냐?'고 다소 종교적인 물음에서부터 이런 저런 이야기를 주고받다가 명함까지 주게 되었다. 명함을 들여다보던 그가 언제 한 번 목포에 오고 싶다고 하기에 꼭 한 번 오라고 당부까지 하였다.

2년 정도 지났을까. 기억도 가물가물 해지는데 전화가 걸려 왔다. 버스터미널이라고 하면서 낙지에 소주 한 잔 하고 싶단다. 아직 퇴근 시간 전이라 1번 버스를 타고 대반동 쪽으로 오라고 하였다. 산호장에서 낙지에 소주 한 잔 하고 헤어졌었다. 그 후 그는 가끔 지금 설악산 야영장에 있다고 하면서 문자 메시지를 보내기도 하고 안부전화도 주곤 하였다. 어느 해 여름 방학이었다. 설악산 야영장에 있다고 하면서 목포해양대학교 학생들과 소주 한 잔 하고 있단다. 야영을 하고 있는데 대학생들이 옆에 텐트를 치기에 이야기를 주고받다가 내 이야기를 하니 산악부 지도교수라고 하더란다. 나를 만난 것만큼이나 반가워서 소주를 한 잔 사 주고 있다는 것이다. 고마운 일이다. 그는 배낭에 텐트까지 넣어가지고 다니면서 지리산이고 설악산이고 적당한 곳에 텐트를 치고 며칠씩 지내곤 한다는 것이다. 1년에 3~4개월은 산에서 지낸다고 하니 산에 관한 한 어지간한 사람이다.

엊그제 또 전화가 걸려왔다. 버스터미널이라고 한다. 퇴근 시간이 다되어 차를 몰고 가서 반갑게 만났다. 금방 지리산에서 내려오는 길이란다. 남산만한 배낭이 옆에 놓여있다. 만나면 소주를 해야 하니 우리집 근처인 북항 회센터로 데리고 왔다. 아내의 친구가 운영하는 횟집 수족관 앞에서 혹시 좋아 하는 것이라도 있느냐고 하니 길게 헤엄치는 붕장어를 가리키며 저걸 먹겠다고 한다. 돈이 안 되는 붕장어를 주문하니 주인 아주머니의 안색이 별로다. 세발낙지를 덤으로 더 시키고 방으로 들어왔다. 이내 초고추장과 세발낙지가 물바가지에 담겨왔다. 나는 세발낙지의 고향인 목포사람임을 과시하려는듯 나무젓가락의 옷을 벗기고 다리를 벌려서 그 중 하나로 낙지 머리이 묻나오는 구멍을 쎄게 찔리 그 옆에 나미지 젓가락을 착 갖다 대고 왼손으로 낙지발을 움켜쥐고 필사적으로 한 입에 들어가기 좋게 젓가락에 감기 시작하였다. 그는 나의 행동을 초등학생처럼 물끄러미 보고만 있다. 숙달된 조교의 시범이 끝나고 입에 낙지를 가득 넣어 우물우물하고 있는 내가 눈을 부라리며 손가락으로 낙지를 가리키며 먹으라는 시늉을 해도 그는 따라 할 생각을 하지 않고 '나중에 먹지요' 하면서 헤엄치고 있는 낙지를 바라만 보고 있다. 이윽고 붕장어가 나왔다. 붕장어를 먹으면서 낙지는 안 먹는 것이었다. 낙지들도 낌새를 챘는지 처음에는 바가지 밖으로 나오려고 발버둥 치더니만 바닥에 착 엎드려 가만히 있는 것이었다.

소주가 한두 잔 들어가더니 나보다 약 십년 정도 젊은 그는 '교수님' 대신에 '형님'이라고 부르겠단다. 나의 허락도 없이 형님이라고 부르기 시작한다. 분위기가 훨씬 부드러워지고 말하기도 편하고 듣기에도 좋다. 술을 마시다 말고 낙지를 물끄러미 내려다보면서 대뜸 '형님, 이놈들 살려 줍시다.'라고 한다. 나는 얼떨결에 그렇게 하자고 맞장구를 쳤다.

얼굴이 불콰해지고 화제도 거의 바닥이 나고 안주도 거의 떨어지고 매운탕 국물도 다 쫄아 들었다. '아주머니 이 낙지 싸주세요.' 소주 4병 중 그가 3병 정도 먹고 나는 한 병 정도 먹은 셈이다. 소주 반병이 주량인 나는 어지간히 취한다. 그가 검은 봉지에 든 낙지를 들고 나는 그의 다른 손을 깍지 끼고 바닷가로 비틀비틀 안내를 한다. 밤바람이 차다. 바로 앞은 항내이니 여기서는 살기 힘들 것이므로 방파제 밖으로 좀 더 갔다. 고향을 찾아 고향으로 보내는 것이 최선일 것이나 이 밤중에 낙지의 고향을 찾는 것은 부질없는 일이다.

하는 수 없이 한 마리의 희생자를 제하고 다섯 마리를 한 마리씩 바다로 던졌다. 꼭 살아서 자손만대 번창해야 할 텐데…

태백산에 오르다

우리의 선조들이 하늘에 제사를 모셨다는
민족의 영산인 태백산에 오르기 위해
어제 7시간을 운전하여 모텔에 들었다.
동창이 밝아오니 자연스레 눈이 떠진다.
어제의 피로는 간 곳이 없다.
창문을 여니 태백의 상쾌한 바람이 나를 반긴다.
초등학교 때 우리나라의 산맥을 배울 때
태백산은 태백산맥의 중간에 있었는데,
지금은 백두대간이 남쪽으로 주욱 죽 뻗어 내려가다가
태백산에서 잠시 쉬면서 이리 갈까 저리 갈까 망설이다가
울산쪽으로는 낙동정맥의 가지를 하나 내고는
지리산 쪽으로 내달린다.
단군성전을 옆으로 하여 산길에 들어서니
공기가 달디 달다.
당골 계곡의 물소리는 나를 향해 말하는 듯하다.
'멀리서 오니라고 힘들지, 그래도 행복하지.'

계곡을 따라 쉬엄쉬엄 올라간다.

부처님 오신 날이 다가 오는지 군데군데 빨간 연등이 걸려 있다.

아내가 꽃인 줄 알고 '참 예쁘다' 하면서 다가간다.

어찌 부처님이 초파일에만 오실까?

이미 온 천지에 부처님이 와 계시는 것을.

산사람들이 얼마나 다녔는지 산길이 신작로 같다.

여러 갈래의 길이 나 있고 샛길이 수도 없이 나 있다.

온 산에 사람들이 손에 손에 풀을 한 웅큼씩 들고 있다.

둘러보니 연신 풀을 뜯고 있다.

나물을 뜯고 있었다.

나물을 뜯으러 왔는지?

산행을 하러 왔는지?

뽕도 따고 임도 보러 왔겠지.

나는 나물을 모르니 같이 뜯을 수도 없고.

돌무더기가 여기저기 쌓여 있다.

돌무더기에 맥주캔과 오징어가 얹어져 있다.

나뭇가지 주위에는 하얀 종이가 묶어져 있다.

저 안에 무슨 사연이 들어 있을까?

땀을 흘려 마침 목이 마르던 차에

'저걸 그냥 마시고 찢어서 안주해버려'

충동을 겨우 억제하고 가던 길을 간다.

띠엄띠엄 걸려있는 연등을 따라 가다보니

이윽고 망경사에 도착하였다.

문수대불이 미소를 지으면서

우리나라에서 제일 맛있다는 용정수를 한 그릇 그득하게 따라

주신다.

집에 가지고 가서 먹으라고 페트병에도 가득 채워 주신다.

계단을 따라 올라가다 보니 단종비각이 당골계곡을 바라고 서

있다.

비극의 주인공 단종은 태백산 신령이 되었다고 한다.

비각 앞에는 여러 개의 종이컵에서 촛불이 '원'을 태우고 있었다.

하늘에 제사를 지냈다는 천제단에 오르니

영월쪽은 안개가 가득하여 신령스런 기운이 감돈다.

한 쪽에 까만 쓰레기 봉투가 한 무더기 쌓여 있다.

바람에 날아가지 못하도록 돌을 얹어 놓긴 했다만

저걸 누가 치울꼬?

아직도 이렇게 양식이 없는 사람들이 산을 오른단 말이냐?

내려오기 싫은 길을 터벅터벅 내려온다.

당골로 내려 올 때 쯤

내 몸속의 물성분은 용정수로 완전히 바뀌어 있었다.

(푸른달 스무날)

도를 다 이루어 도봉道峯인가?

망월사 역에서 내려 조금 가니

홍길이 성님을 기리기 위한 기념관이 보인다.

'홍길이성 로체샤르 성공 추카 추카 추카'

방명록에 축하 메세지 남기고 자운봉을 향해 올라간다.

초여름의 날씨가 신록과 더불어 잘 어울린다.

옥수수 두 개를 점심으로 장만하니 든든하다.

다락능선에 올라서니 저 멀리 망월사(望月寺)가 중턱에 앉아 있
다.

언젠가 저기서 달을 한 번 바라보고 싶다.

앉아서 땀을 식히고 있는데 목탁소리 경쾌하다.

탁탁탁탁 탁탁탁탁

'너는 누구냐?

너는 어디서 왔느냐?

여기는 왜 왔는고?

니는 지금 어디로 가고 있는지 알고 있느뇨?'

탁탁탁탁 탁탁탁탁

조금 올라가니 바위에 웬 사람들이 붙어 있다.

한둘이 아니다.

아! 나도 바위 타고 싶다.

바위타고 신선대 올라 신선이 되고 싶으다.

조금 오르니 '산신령'이 내려온다.

내가 평소에 쓰고 싶었던

방랑시인 김삿갓이 썼음직한 삿갓을 쓰고

지팡이에 이것저것 주렁주렁 매달고

노랑셔츠에 빨간 반바지에 맨발로 내려온다.

'저 사람 겨울에도 저러고 다녀'

산신령을 여러 번 본 사람인지

누군가 혼자 말로 알려준다.

와! 사람 많다.

서울 시민들이 모두 도봉산으로 왔는갑다.

부산의 남포동 광주의 충장로 목포의 차없는 거리를

생각나게 하는 사람 사람 사람들

아무래도 '산맛'이 덜하다.

여기는 서울하고도 특별시가 아니던가?

(누리달 초사흘)

주왕이 피신왔었다는 주왕산

날이 너무 빨리 밝아오니 늦잠을 잘 수가 없다.

엊저녁에 송생리에서 송어를 먹어선지 몸이 가뿐하다.

주왕을 만나러 왔으니 누워만 있으면 안되겠지.

트렉스타 직원들이 반갑게 맞이한다.

나도 트렉스타 직원인 듯한 착각을 잠시하고 올라간다.

민박집이 여기 저기 눈에 띄고

음식점에서는 오늘 많이 팔기 위해 바쁘고

우릴 보는 눈길이 예사롭지 않다.

'내려오면서 우리집으로 오이소'

대전사를 지나 주왕봉으로 오른다.

더워지기 전에 올라놓자.

물은 충분하게 준비되어 있으니 전혀 염려없다.

다리 힘이 나보다 못한 아내와 오르다 보니

뒤에 오던 사람들이 우리를 추월한다.

인에서 추월했으면 했지 추월 당해본 적이 없었는데…

아직 시간이 이르니 한가해서 좋고

상쾌한 공기를 폐 깊숙이 들이 마시면서 인생을 즐긴다.

더울 것으로 예상하고 반팔에 반바지를 걸쳐 놓으니

바람도 부는데다가 '춥다 추워'

'가다 서다'를 반복하면서

물도 마셔가면서

어제 휴게소에서 사 온 옥수수를 아침 겸해서 먹으면서

주왕산을 향해 올라간다.

가다가 잠시 쉬면서 보니 어렸을 적에

그렇게도 오매불망 찾아 헤매었던 나뭇가지가 눈에 들어온다.

새총을 만들었으면 딱 좋을 나뭇가지.

좌우 균형이 잘 맞게 벌어진 새총가지

아! 이제야 나타나다니

그것도 나뭇가지를 꺾으면 안되는 국립공원에서

날이 시원하고 아직 에너지가 남아서 그런지

아내도 그렇게 힘들이지 않고 722m 주왕산에 올랐다.

주왕산 정상은 나무로 둘러 쌓여 있었다.

사면팔방이 확 트인 보통의 산 정상과 뭔가 달라 보인다.

1960년대 송진을 채취하느라고 그랬다고

아름드리 소나무에 생채기가 정말로 보기 흉하다.

백양사의 남창계곡에서 고로쇠나무에 구멍을 송송 뚫어

호스를 연결하여 물 빨아 먹는 모습과,

무안 승달산의 무슨 나무인지 껍질을 온통 벗겨놓은

모습이 겹친다.

'인간'을 다시 생각한다.

(푸른달 스무날)

추억의 금정산

 기상청의 예보는 정확하였다.

기상청의 예보가 틀리기를 바랐지만

아침에 일어나서 창밖을 보니 우적우적 비가 내리고 있다.

홍길이 성님은 얼음과 눈보라 속에서도 산행을 했다는데

홍길이 성님을 존경한다는 사람이 이 정도 비 때문에 그만 둘 수
는 없는 일

우중 산행 복장으로 호텔을 나선다.

집에서 같으면 포기할 일이지만

목포에서 부산까지 와가지고 그만 둘 수는 없는 일

어제 물어서 알아놓은 203번 버스 타는 곳으로 간다.

꼬불꼬불 꾸불꾸불 잘도 올라간다.

드디어 중리의 금성초등학교

빗방울은 더욱 굵어진다.

내가 예상했던 것보다 훨씬 많은 사람들이 운동장으로 몰려든다.

안내자가 한 쪽으로 모이라고 한다.

전라도에서 온 사람 손들어 보세요.

멀리서 왔다고 그런지 앞으로 나오란다.

원래 부끄러움이 많은 나는 뒷걸음을 친다.

완전 무장한 각자의 복장이 볼만하다.

안내자를 따라 시멘트 포장된 산길을 터벅터벅 올라간다.

투둑 툭 툭 우의에 떨어지는 빗소리를 감상하면서

웬일인지 비가 오면 안절부절

가만히 있지 못하는 아내는 행복한 모양이다.

엊그제 생일축하도 제대로 못해 주었는데

'금정산 우중 산행' 이것으로 생일 축하 대신하오.

디카 버릴까봐 사진도 찍을 수가 없다.

금세 등허리에 땀인지 새 들어온 빗물인지 흥건하다.

될 수 있는 한 천천히 걸어 올라간다.

북문 가까이 온 모양이다.

시장통을 방불케 하는 각양각색의 복장을 한 산미치갱이(狂山
人)들

그들의 표정은 한결같이 행복에 겨워있다.

행복한 표정을 보고 있는 나도 한없이 행복하다.

더 가고 싶은 길을 북문에서 포기하고 내려온다.

비맞고 땀흘리고 나서 허심청에를 안갈수 있나?

허심청에서 다 씻어 버리고 나니 마음도 다 비어버린다.

아내도 오랜만에 행복한 느낌을 맛본 모양이다.

차타고 오면서 아내는 혼잣말처럼 중얼 거린다.

'이 순간 나보다 더 행복한 사람 있으면 나와 보라고 그래'

(견우직녀달 초하루)

세속을 멀리하는 산, 속리산

멀리서 와가지고 속리산만 보고 올 수가 있나?

가는 길에 보은읍에 들렀다.

뱃들공원의 나무그늘에서 앉았다가 누웠다가 하면서

한가한 시간을 보낸다.

마침 개미가 자기보다 열 배는 더 커 보이는

오징어 다리 꽁지를 물고

땀을 뻘뻘 흘리면서 어딘가로 끌고 간다.

한참 들여다보고 있는데,

무심한 어린이 하나가 지나가면서 아슬아슬하게 개미를 밟을 뻔

한다.

개미는 혼비백산한다.

속리산 쪽으로 길을 잡아 가는데

삼년산성이 있음을 알리는 간판이 눈에 들어온다.

처음 보는 성의 모양이다.

이 엄청난 공사를 3년 만에 해냈다고 삼국사기에 적혀있다고 한다.

그 당시에 장비도 부족하였을 텐데 말이다.

마치 돌을 두부모양으로 잘라 이리 놓고 저리 놓고

가로세로 번갈아 가며

쌓아올린 폼이 예사 솜씨가 아니다.

가는 길에 내일 산에서 먹게 멜론을 사서 챙기고 또 달린다.

입구에서 나보다 벼슬이 더 높은 정이품송이 우리를 반긴다.

800년 동안을 말없이 제자리에 서서 속리의 변화를 보고 있었 겠지.

너어는 알리라 '모든 것을'

다음 날 아침에 일어나니 '아니, 장마가 끝났는갑다.'

새파란 하늘의 조각구름이 '시원할 때 빨리 갔다 오라'고 손짓한 다.

서둘러 챙겨 길을 나선다.

입구에 山人들이 서성거린다.

인터넷에서 본 낯익은 얼굴 들이 트렉스타 수건을 목에 걸고

누군가를 기다리는 모습이다.

나도 덩달아 이리 왔다 저리 갔다 한다.

법주사 입구는 너무 살벌하다.

마치 감옥을 연상케 하는 쇠구조물로 입구가 꽉 막혀 있다.

필시 부처님이 시킨 일이 아닐 터인데.

그래도 육천원을 주고 부처님 면회하기 위해 들어간다.

정이품송과 동창생인 듯한 아름드리 소나무들이

주욱죽 하늘을 향해 뻗어 있다.

부처님은 내려와서 뵙기로 하고 오른 쪽 문장대 쪽으로 간다.

시원한 공기가 겨드랑이를 간지럽힌다.

바위덩이와 소나무들이 잘 어울려 속리의 멋을 맘껏 뽐낸다.

속리산에는 휴게소가 너무 많다.

이렇게 휴게소가 많은 산은 처음 봤다.

휴게소는 아무리 뭐라 해도 오염의 주범이다.

휴게소는 없을수록 좋지만 할 수 없다면 최소한이어야 하지 않을까?

힘들어 하는 아내의 엉덩이를 밀면서 오르다 보니 '할딱고개'다.

할딱거리는 숨을 고르고 문장대를 향하여 올라간다.

(견우직녀달 보름날)

소백산 바람이 시원하다

소백산 비로봉을 향해 올라가는데 각시가 힘들어 한다.

숨도 차고 다리도 제맘 같지 않은 모양이다.

그래 쉬엄쉬엄 쉬면서 천천히 가세.

바람이 너무 시원하여 바람과 함께 놀다 보니 여러 팀이

우리를 추월한다.

외국인들이 쌀라쌀라 하면서 한 무더기 올라간다.

이렇게 가다가는 내일까지 가도 모자라겠다.

어제 일기 예보로는 오늘 오후에 비가 많이 온단다.

내려오면서 비 맞으면 안되는데...

더없이 화창한 가을 날씨

저멀리 펼쳐지는 삼천리 금수강산의 파노라마

등허리의 땀이 나자 마자 말라버린다.

어허 좋을시고 지화자 좋을시고

* 엄홍길 대장의 히말라야 8000m 16좌(원래는 14좌로 하지만 두 개의 위성 봉을 합하여 16좌) 세계 최초 완등을 축하하기 위하여 트랙스타에서 기획 한 우리나라 16봉을 오르는 프로젝트에 참가하여 씀.

산이 좋아 山에 간다

새들이 노래하고
꽃이 피는 보리산(菩提山)이 부른다
산에 가서 산을 만나고
산에 오르면서 산과 대화한다
"산은 말이 없지만
나는 산으로부터 많은 것을 배운다"

녹음이 욱어진 정진산(精進山)이 부른다
부처님 품속 같은 숲길을 걸으며
세간에서 쌓인 업을
땀으로 녹여 흘러 보낸다
땀에 젖은 육신을
산들바람 부는 산마루에 맡기고
산꼭대기에 올라서서
짊어지고 올라온 아집과 집착을 저멀리 내던진다

단풍이 빨갛게 물든 지계산(持戒山)이 부른다
노랗게 변한 가을나무를 보며
내가 걸어온 길을 뒤돌아 보고
바람에 흩어지는 가랑잎을 보며
수억겁의 인연을 생각한다

하얀 눈으로 뒤덮인 인욕산(忍辱山)이 부른다
온갖 부정물(不淨物)을 감싸버린 설산(雪山)에서
부처님의 지혜를 본다
눈덩이의 무게를
묵묵히 견디고 있는 소나무를 보고
부처님의 자비를 배운다
북풍한설 속에서
내년 봄을 준비하는 나무를 보고
다음 생을 생각한다

산은 우리에게 많은 것을 준다
주기만 하는 산으로부터
나는
보시(布施)를 배운다

만허 김우숙 합장
滿虛 金禹塾 合掌

산변여담 山邊餘談

수 박

　여름방학을 이용하여 예전부터 가보고 싶었던 치악산과 월악산을 가기로 하였다. 2박 3일의 일정으로 두 산을 오르기로 하였다. 첫날 원주로 가서 구룡사행 버스를 탔다. 구룡사 야영장에서 야영 준비를 하는 데 바로 옆의 남녀 한 쌍이 내가 치고 있는 일인용 텐트가 귀엽다는 듯이 자기들끼리 씩 웃는다. 다음날 일찍이 아침을 해먹고 사다리 병창으로 해서 산행을 시작하였다. 치악산에는 초등학교 때 배운 선비의 은혜를 갚는 꿩의 전설이 서려있는 상원사가 있다. 오늘 중으로 월악산 계곡까지 가야하므로 갈 길이 바쁘다. 제천으로 나와 월악산 송계계곡 가는 버스를 찾으니 이미 끊겼다. 하는 수 없이 계곡입구를 통과하는 충주행 직행버스 기사에게 사정 이야기를 하니 입구에서 내려 주겠단다. 고마운 아저씨. 이미 날이 저물고 어두워졌다. 털레털레 계곡을 향해 약 30분 정도 걸으니 집들이 나오고 길가의 정자에서 수박을 팔고 있는 아주머니가 반긴다. 목도 마르고 배도 고프고 해서 밥 대신 수박 하나를 마파람에 게눈 감추듯 하니 배가 빵빵해지고 더 이상 부러운 것이 없어졌다. 아주머니에게 정자귀퉁이에 텐트를 치겠다고 하니 그러라고 선선하게 대답한다. 훈훈한 시골인심. 조금 있으니 아저씨가 나타났다. 아저씨한테 확인을 하고 텐트를 쳤다. 그 아저씨는 한 술을 더 뜨는 것이었다. 자기가 그 날 저녁 그 수박을 지키기 위해 나왔는데 나보고 자면서 수박도 지켜 달라는 것이었다. 처처가 이런 세상이면 얼마나 좋을까? 나는 일찍 잠자리에 들고 그들은 수박더미를 천막으로 덮어놓고 경운기를 몰고 퇴근(?)하는 것이었다. 생전처음 보는 놈한테 그 많은 수박을 맡겨놓고 말이다.

아랫배의 방광이 빵빵해짐을 의식하며 눈이 떠졌다. 비몽사몽간에 소변을 보고 다시 자는 데 또 금방 빵빵해지는 것이었다. 잠을 잘 수가 없다. 수박을 먹으면 소변이 나오는 것은 해뜨면 훤해지는 것만큼이나 당연한 사실을 몰랐던 것이다. 자기 전에 수박을 먹지 말라. 잠을 충분히 자려고 한다면.

영양덩어리

남원 운봉에는 지리산 줄기인 바래봉이 있다. 바래봉은 철쭉이 전국적으로 유명하다. 그 날도 박국장님과 함께 철쭉 구경을 갔다. 무릉도원이 이렇게 생겼을까? 극락국정토가 이럴까? 피안이 이렇게 아름다울까? 천당에 가면 이렇게 좋을까? 파라다이스가 따로 없다. 그 산꼭대기에는 철쭉꽃이 만발하였다. 여기저기에서 탄성을 지르느라고 벌린 입을 다물지 못하는 사람이 부지기수다. 끼리끼리 둘러앉아 준비해온 점심을 먹는 모습은 더없이 평화로웠고 사진을 찍는 모습은 더없이 행복해 보였다. 여기서 누구를 미워하며 누구를 시기하며 누구와 시비를 한단 말인가? 여기서 누구의 권력을 누구의 명예를 누구의 재산을 부러워한단 말이냐? 오직 만족과 즐거움이 있을 뿐이다. 그러나 어쩌랴? 내려와야지. 아쉬움을 뒤로 한 체 발길을 돌려 팔랑치로 해서 내려왔다. 땀도 흘리고 목도 마르고 해서 동네의 조그만 가게에 들어가 막걸리를 찾으니 막걸리 한 병을 김치와 함께 내준다. 사발에 따르면서 보니 거기에 "영양덩어리"라는 글씨가 씌어져 있었다. 막걸리가 영양덩어리라는 것이다. 하산하여 땀 흘린 후의 막걸리 한 사발은 그대로 감로수인 것을. 우리는 나오면서 "영양덩어리 잘 먹었습니다." 하고 나오니 모든 피로가 풀리고 몸이 한결 가벼워졌다.

1500원

그 날도 지금은 정년 퇴임하신 신 교수님을 모시고 박 국장님과 함께 불갑산을 다녀오는 길이었다. 어디서 막걸리나 한 잔 합시다. 차를 몰고 오면서 막걸리가 있을만한 가게에서 막걸리를 찾으니 한결같이 없다고 한다. 결국 청계까지 왔다. 고기도 함께 파는 음식점으로 들어가니 막걸리가 있단다. 막걸리 한 병 주세요. 가져오는 걸 보니 막걸리 한 병과 튀김 한 접시 고구마 한 접시 매추리 알과 김치까지 곁들여 한 상을 차려왔다. 세 사람이서 막걸리 한 병만 먹고 말겠느냐 안주 자꾸 더 달라고 하면 귀찮으니 한꺼번에 가져오는 모양이다. 신 교수님은 막걸리 한 잔이 주량이시고 박 국장님은 운전도 해야 하지만 원래 술을 안 드시니 삼분의 일 잔이나 드시고 나머지는 먹자마자 얼굴부터 빨개지는 나의 몫이다. 안주와 막걸리를 깨끗하게 치우고 얼마냐고 물으니 1500원이란다. 세 사람이서 얼굴 빨개지도록 먹고 배도 어지간히 부르고 취기도 있다. 세상에 이런 일이.

립 밴 윙클(Rip Van Winkle)

퇴직하신 고 교수님, 해상운송시스템학부 김 교수님 등 몇이서 장흥 제암산에 올랐다. 나와 박 국장은 빠질 리 없고. 고 교수님은 말씀을 재미있게 하신다. 산행중에 쉬고 싶은데 다른 사람이 쉴 기미가 안 보이면 "어 쉬어 가제. 누가 기다리고 있는 것도 아닌데 뭣하러 그리 빨리 가는 것이여?" 하신다. 그러면 우리는 웃으면서 적당한 자리를 잡고 가지고 온 귤을 까먹으면서 한 숨 돌린다. 또 숨이 빨리 골라지시는 지 다른 사람이 일어날 기미가 안보이면 "빨리 가제. 앉아 있으면 누가 데려다 주간디." 하며 먼저 일어나신다.

이 날은 여러 사람이 술을 준비해 왔다. 막걸리도 있었고 집에서 담아 놓은 술을 퍼온 사람 그리고 소주도 있었다. 정상에서 파노라마를 즐기면서 이것 한 잔 드십시오. 저것 한 잔 드십시오. 하면서 점심 시간은 내 얼굴과 함께 무르익었다. 취기를 느끼며 사자산 쪽으로 내려왔다. 사자산과 제암산 사이에 곰재가 있다. 옛날에도 그랬겠지만 우리도 이런 재에서 쉬기 마련이다. 소나무 밑에 낙엽이 수북하고 누가 쉬었다 간 자리가 퍽이나 반반하다. 누가 먼저랄 것도 없이 모두 자리에 앉았고 이윽고 누웠다. 술 먹고 누웠으니 잠이 올 수밖에. 이처럼 달콤하고 시원한 잠이 또 있을까?

된장

국장님과 나는 칠불사로 하여 토끼봉으로 오르기로 하였다. 구
례에서 쌍계사까지 버스로 가서 칠불사로 갈려고 하니 버스 시간
이 많이 남았다. 히치하이킹이라도 할 양으로 그냥 걷기로 하였다.
가끔 뒤돌아보면서 인심 좋은 아저씨를 찾는 데 역시 사람 사는 곳
에 인심 좋은 사람은 있게 마련. 얻어 타고 가면서 이런 저런 이야
기를 하는 데 그는 칠불사 입구에서 민박을 하는 사람이란다. 이
런 경우를 꿩 먹고 알 먹는다고 하는가 모르겠다. 그 집에서 민박
을 하고 다음 날 일찍 산행을 시작하기로 하고 저녁 식사를 준비하
였다. 보통 때와 같이 나는 밥을 앉히고 국장님은 국을 끓이기로
하였다. 메뉴는 양파와 감자를 마구 썰어 끓여내는 된장찌개. 여기
에 참치 통조림이라도 들어가면 금상첨화요 설상가상(?)이다. 국
장님이 슈퍼에서 비닐봉지에 든 된장을 사왔다. 한 쪽 귀퉁이를 자
르고 코펠의 감자와 양파 위에 된장을 짜내는 것이었다. 빠져 나오
는 모습하며 감자와 양파 위에 내려앉은 그 아름다운(?) 모습. 지
금도 잊을 수가 없다. 그 때 그 달콤한 된장국 맛을. 생각날 때마다
웃음이 절로 난다.

모과

1997년 추석 무렵 지리산 삼신봉 부근에서 산불이 크게 난 적이
있었다. 그 때 국장님과 나는 대성골로 해서 세석산장으로 오르기
로 하였다. 한참 오르고 있는데 사오명의 등산객이 내려오면서 올
라가지 말라고 한다. 이유인즉 산불 때문에 입산금지 중이며 적발

되면 벌금을 물릴 뿐만 아니라 올라가 봐야 산장에서 재워주지도 않는다는 것이다. 너무 아쉬워서 좀 더 올라가다가 능선부근에서 다시 내려오는 수밖에 없었다. 대성리 근처에 올 때쯤 해서 눈 좋으신 국장님이 저기 모과 있다고 하면서 길에서 벗어나신다. 눈이 별로 좋지 않은 나는 뒤를 따를 수밖에. 모과가 이렇게 탐스럽게 많이 달려 있는 것을 본 적이 없다. 나무 밑에는 낙엽이 수북히 쌓여있었다. 나무를 흔들고 막대기로 때리고 하여 모아 놓으니 엄청나다. 적당히 둘로 나눠 그렇지 않아도 무거운 배낭에 넣으니 묵직하다. 집에 오기는 늦어 있었다. 대성리의 민박집에서 여장을 풀었다. 집에 돌아와 모과차를 만들기 위해 얇게 써는 데 모과씨가 엄청나게 나왔다. 문득 이 씨를 심어 그 모과나무를 심은 사람에게 보답해야 되겠다는 생각이 스쳤다. 마침 안 교수가 무안 지산에 시골집을 구했다는 소문을 듣고 모종을 부을만한 터가 있는가 하고 물으니 있단다. 이듬해 모종을 부었다. 50여 그루가 컸다. 다음해 봄에 할아버지 할머니 산소에 다섯 그루를 심고 열 그루를 유달산에 심었다. 나머지는 내년에 적당한 곳에 심을 예정이다. 나중에 들으니 접목을 하지 않으면 개모과가 된다고 한다. 적당한 시기에 좋은 종자의 가지를 구해 접목을 해야 할 텐데.

노인봉

오대산을 한바퀴 돌아야 되겠다고 생각하고 계획을 짰다. 첫날은 오대산 산장까지 가서 자고 다음날 상원사, 저멸보궁, 오대산 비로봉, 상왕봉, 두로봉, 동대산으로 해서 진고개 산장에서 자고 노인봉을 거쳐서 소금강으로 내려오기로 하였다. 힘들지만 계획대로 되어 가는데 문제가 진고개에서 생겼다. 진고개 산장이 폐쇄되어 있었던 것이다. 아마도 고개를 넘는 도로가 완성되어 대규모 휴게시설이 들어서서 이용객이 적었던 모양이다. 나의 정보가 부족한 탓이리라. 다음 산장은 노인봉에 있는데 최소한 두 시간 이상 걸리는 거리다. 두 시간 안에 해가 넘어간다. 어떻게 할까? 휴게소에서 손전등에 필요한 여분의 건전지를 사서 챙기고 강행하기로 하였다. 아침 일찍부터 걷기 시작한 나그네길 어느 정도 지치고 힘들다. 등산객도 별로 눈에 띄지 않는다. 또한 오르는 길이다. 힘들다. 인생살이가 어차피 고행인 것을. 좀 어두워진다. 손전등을 준비했다. 불빛이 너무 흐리다. 건전지를 바꿔야겠다. 바꾸기 전에 면밀히 살펴야 하는 데 그냥 빼서 내버렸다. 플러스 마이너스 표시가 잘 보이지 않는다. 성냥도 라이터도 없다. 감으로 끼워 넣고 불을 켜기 위해 돌리니 퍽 하며 불이 꺼져버렸다. 이를 어쩌나. 플러스와 마이너스가 바뀌었던 모양이다. 난감해졌다. 밤에 산에서 손전지는 바로 생명인 것을. 누가 지나가기라도 하면 산장이 얼마나 남았는가 물어 볼 텐데 지나가는 사람도 없다. 이를 어쩐다. 하옇튼 짐을 지고 일어났다. 어둑어둑해지기 시작한다. 불안한 마음으로 바위 밑에서라도 잘려고 단단히 각오를 하고 길을 따라 조금 내려오니 안내판이 있다. 가까이 가서 보니 바로 옆이 노인봉 산장이 아닌가? 해뜨기 직전이 제일 어둡다던가? 안도의 숨을 쉬고 산장에 들어가 여장을 풀었다. 다음날 일어나 보니 비가 오고 있었다. 지금도 그때 일을 생각하면 아슬아슬하고 조마조마하다.

설시(雪柿)

이 교수님과 같이 불갑산 산행에 나섰다. 겨울이라 춥기는 하였으나 눈이 내려 있어서 기분이 좋다. 눈을 싫어하는 사람이 있을까 마는 나는 유난히 눈을 좋아했었고 또 좋아하고 앞으로도 좋아할 것이다. 눈이 오면 그냥 좋다. 눈이 와 있는 모습은 차분하고 넉넉하고, 눈이 오고 있는 모습은 나를 설레게 하고, 눈을 맞으며 걸으면 옛날 어렸을 때의 추억이 생각나서 행복하다. 온 천지에 눈이 쌓여있고 나무에는 눈꽃이 만발해 있는 소백산을 새벽에 손전등을 비추며 오르던 일을 잊을 수가 없다. 바로 동화의 나라였다. 경내를 지나 해불암 쪽으로 방향을 잡았다. 해불암은 어느 날 바다에 배가 한 척 밀려와서 가보니 그 배에 부처님이 계셔서 모셔왔다는 전설이 있는 암자이다. 약 30분 정도 걸으니 해불암이 나왔다. 눈이 내려 있어서 미끄러웠지만 하얀 눈 위에 발자국을 내면서 걷는 기분은 매우 좋았다. 해불암 입구에는 커다란 감나무 한 그루가 해불암을 지키고 있다. 그 감나무 밑에 쌓인 하얀 눈 위에 빨간 점들이 박혀있는 것이었다. 다가가서 자세히 보니 감이었다. 지난 가을 스님들이 도를 닦느라고 시간도 없고 워낙 높으니 엄두를 내지 못했는지 아직도 매달려 있는 감이 많이 있었다. 조심스럽게 하나를 집어 베어 먹으니 지난 가을 이래 비바람에 시달리며 홍시가 다 된 감이 간밤에 내린 눈 위에서 얼었으니 입에서 사각사각 녹을 수밖에. 그때 그 맛을 내 글 솜씨로는 도저히 묘사할 수가 없다. 한 번 먹어보라고 함 밖에. 얼마나 먹었는지 싸 가지고 간 도시락을 먹을 수가 없었다. 지금도 생각하면 군침이 돈다.

터미널 옆 기아자동차 사원 기숙사에 주차하고 지리산가기

박 국장님과 신 교수님을 모시고 지리산 종주를 하기로 하고 셋이서 광주터미널을 향해 차를 몰았다. 오는 것까지는 좋았는데 차를 어디에 파킹을 한단 말인가? 터미널 근처를 도는 데 기아자동차 영업소가 눈에 띤다. 얼른 들어갔다. 경비가 화장실에 간 모양이다. 얼른 한 쪽에 파킹하고 나올 때까지 경비의 일은 끝나지 않은 모양이다. 지금이야 현대나 기아나 거의 한 몸이지만 그 때는 경쟁회사이다. 감히 현대차(스쿠프)를 기아의 영업소에 파킹을 허용하는 것은 말이 안되는 상황이다. 지리산 종주를 마치고 오니 경비가 펄펄 뛰고 난리다. 사장님이 보시고 혼이 났다는 것이었다. 미안했다. 경비가 그 사실 때문에 불이익을 받지 않았어야 할 텐데…

소청대피소

추석연휴가 길다. 오래전부터 걸어보기로 한 설악산의 서북릉을 타기로 하였다. 목포에서 살다보니 설악은 너무 멀어 좀체 가기 힘든데 기회가 왔다. 나이도 나이고 서북릉이 보통 능선인가? 4박 5일로 산행 계획을 세운다. 남교리까지 가서 일박하고 12선녀탕으로 올라가서 대승령을 거쳐 장수대로 내려왔다가 다음 날 다시 올라가서 서북릉을 타고 귀때기청봉을 거쳐 한계령까지 가서 또 자고 다시 올라와 대청봉을 올라가서 대피소에서 자고 설악동으로 내려오는 할랑한 계획을 짜가지고 남교리로 왔다. 다음 날 선녀들이 내려와 목욕을 했음직한 12선녀탕 계곡의 복숭아탕을 지나고 대승령으로 해서 장수대에 왔는데 수마가 할퀴고 가면서 민박집 등 모든 시설물을 쓸고 내려가 버렸다. 망연자실. 할 수 없이 애초의 계획을 바꿔 민박이 가능하다는 오색지구로 와서 잘 수밖에 없었다. 할 수 없이 계획과는 달리 오색으로 해서 대청봉을 먼저 오르기로 하였다. 약 한 시간 정도의 오르막 돌계단 산길을 걸으면서 땀은 얼마나 흘렸는지 오색에서 떠온 약수가 금방 없어진다. 설악폭포 부근에서 물을 보충하고 오늘 대피소까지만 가면 되니까 쉬엄쉬엄 대청을 향하여 올라간다. 물을 뜨면서 옆에 사람에게 '이 물 먹어도 되지요?' 하고 물으니 사람에 따라 다르다면서 자기는 그 전에는 먹었단다. 사람에 따라서 배탈이 나기도 하는 모양이다. 한참 올라와서 소변을 보려고 옆으로 빠지니 아니 지뢰보다 더 무서운 것들이 여기저기 화장지와 함께 나뒹굴면서 고약한 냄새를 풍기고 있다. 조금 전에 확보한 물에 이것의 불순물이 섞여 있을 것 같은 찝찝함이 있으나 물을 쏟아 버리면 탈수로 죽을 수도 있을 것 같은 염려 때문에 물을 버리지 못하고 먹어보기로 하였다. 초등학생 쯤 되는 아들 둘을 데리고 온 젊은 부부가 앞서거니 뒤서거니 하면서 같이 올라간다. 동생이 좀 빠르다. 엄마는 맨 뒤에 있고. 아들 둘 사이에 아빠가 있다. 아빠 뒤의 큰 놈이 '아빠 같이 가아!' 하면서 아빠를 부른다. 앞서가는 작은 놈이 "아빠 빨리 와아!" 하면서 아빠를 재촉한다. 나는 이 두 놈이 아들이 아니고 딸이었으면 어떻게 하였을까? 하고 생각해 본다. 아마도 앞에 가는 애가 기다렸다가 같이 사이좋게 올라가지 않았을까? 하는 생각이 든다. 동물의 세계도 마찬가지일 터이지만 수놈끼리는 형제지간이지만 서로 경쟁상대가 되는 것이다. 부질없는 생각을 하면서 대청봉을 향하여 올라간다.

설악대피소는 예약을 하지 않아 자리가 없고 선착순으로 받는 소청산장으로 내려간다. 어떤 놈이 탁자도 아니지만 탁자같이 사용하는 평상에 매트를 깔고 삐딱하니 누워있다. 그 옆의 의자에 앉아 10여년 전에 걸었던 공룡능선을 바라보고 있으면서 옆에 사람과 이야기 하는 것을 들으니 단체로 온 놈들 중에서 쫌 빠른 놈이 먼저 올라와 자리를 미리 잡고 다른 사람이 사용 못하게 지키고 확보하고 있는 것이었다. 싸가지 없는 놈 같으니라구. 조금 있으니 그 좁은 산장은 그야말로 시장바닥이 되어버렸다. 나같이 혼자 온 놈은 어디 붙이고 앉아 라면 끓여 먹기도 불가능하다. 애라 모르겠다. 얇디얇은 손바닥만한 감자전 3장에 6000원 하는 것을 사서 먹고 저녁을 떼워버렸다. 오늘 하루를 실컷 태운 오렌지빛 태양이 내일 넘게 될 귀떼기청봉으로 서서히 넘어간다.

일찌감치 잠자리에 들었다. 여기는 목욕탕과 비슷하다. 누구나 빨가벗고 탕에 들어가듯이 여기서는 사회적 지위고하와 빈부의 차이가 없이 퀴퀴한 이불을 깔고 덥고 알지도 못하는 사람과 살을 맞대고 잔다. 여기저기서 코고는 소리 요란하다. 좁은 공간에 많은 사람이 숨을 쉬다보니 공기는 매우 탁하다. 다행히 창 쪽 사람이 자기는 춥겠지만 창을 조금 열어놓으니 좀 낫다. 지리산 대피소등 여러 대피소에서 자 봤지만 남녀 구별이 없는 곳은 여기가 처음이다. 부부간에 온 사람은 딱 붙어서 자고 옆 사람과 어깨가 붙는다. 옆으로 돌아누울라 해도 신경이 쓰인다. 어떤 부부는 자기 집인 줄 아는지 도란도란 이야기 한다. 남의 이야기를 고스란히 듣느라고 잠을 잘 수 없다. 사람 열기 때문에 어찌나 더운지 잠을 자다가 깨곤한다. 할 수 없이 상의를 다 벗고 잔다. 소변을 보기 위해 누워 자는 사람들의 다리 사이로 겨우 빠져 나왔다. 밖에는 선착순에 밀려자리를 배정받지 못한 사람이 자기 집으로 전화를 하고 있다. 내일 자기한테 꼭 전화를 하라고 당부한다. 자기가 얼어 죽었는지 살아 있는지 확인해야 하니까. 안에는 더워서 잠을 자기 힘든데 말이다. 서양 사람들처럼 사랑한다는 말을 빼먹지는 않는다. 학교 다닐 때 선착순을 많이 해서 그 덕분으로 눅눅하고 발고랑내 퀴퀴한 그러면서 코고는 소리 요란한 잠자리라도 얻었으니 이제야 선착순의 중요한 의미를 알 것 같다.

사람들의 부스럭거리는 소리에 눈이 떠져 시계를 보니 4시가 조금 넘었다. 대청봉 일출을 보기 위해 나서는 모양이다. 나도 엊저녁에 어수선하지만 일찍 잠자리에 들었으니 뭉그적 뭉그적 거리다가 5시경에 일어나 버렸다. 짐을 챙겨 나오니 어제 저녁의 요란했던 흔적이 역력하다. 식탁에 국물과 남은 음식찌꺼기 비닐봉지 휴지나부랭이 페트병 등등 소위 케이오스(chaos)다. 산에 올 자격이 없는 사람들이 온 것임에 틀림없다. 국물 자국이 없는 한 쪽 구석을 겨우 찾아 라면을 끓인다. 오늘 서북릉을 타야 하는데 라면 가지고 될랑가 모르겠다.

아내의 지리산 천왕봉
삼전사등기 三顚四登記

주말만 되면 무슨 좋은 일이 서방을 산으로 불러내는지 알아보기라도 하려는 듯 아내도 배낭을 짊어지고 나를 따라 나섰다. 월출산을 비롯하여 가까운 곳의 이산 저산을 돌아다니다가, 둘이 다 교직에 있어 방학을 이용하면 멀리까지 갈 수도 있으니 아내에게 지리산의 제일경인 천왕봉 일출을 보여주기로 하였다.

2001년 2월 23일 구례로 향하였다. 택시로 성삼재까지 가서 일단 노고단 산장에 짐을 풀었다. 눈이 무지무지하게 내린다. 전라도 사투리로 겁나게 온다. 아침에 일어나도 눈이 그치지 않는다. 산에서 눈 오는 환상적인 모습을 처음 보는 아내는 어린애 마냥 좋아하면서 뒤따른다. 눈을 헤치면서 뱀사골 산장까지 와서 라면으로 점심을 해결하고 길을 나섰다. 눈 때문이기도 하지만 아내의 발걸음이 워낙 더디다 보니 평소보다 시간이 두 배 이상 걸린다. 토끼봉을 겨우겨우 넘었는데 곧바로 이어지는 명선봉을 오르다 보니 아내는 힘이 부치는 모양이다. 뒤따라오던 아내가 '너, 나 죽이고 새 장가 들려고 나를 데리고 왔지?' 익을 쓰면서 눈 위에 누워버린다. 그래 내가 잘 못 했네. 겨우 달래서 연하천까지 왔다. 연하천에서 자고 일어나니 날씨는 어제보다 더 험하다. 눈에다가 바람까지 가세하였다. 천왕봉은 다음에 가기로 하고 삼정리로 미끄럼을 타면서 내려왔다.

다음 해 겨울 천왕봉 일출을 보기 위해 또 지리산을 찾았다. 이번에는 뱀사골로 해서 오르기로 하였다. 뱀사골 산장에서 하룻밤 자고 벽소령까지 진출하였으나 기상악화로 더 이상 나아가지 못하고 아쉬웠지만 작전도로를 타고 내려올 수밖에 없었다.

2년 후 쯤에 이제는 벽소령으로 오르기로 하고 삼정리 음정으로 갔다. 역시 눈이 많이 와서 온통 눈 세상이다. 나는 눈 덮인 하얀 세상을 한없이 좋아한다. 작전 도로를 따라 가면 산길이 단조로울 것같아서 음정에서 만난 아저씨가 알려준 지름길을 이리저리 찾고 있는데 산 쪽으로 발자국이 보인다. 발자국을 따라 가는데도 눈이 워낙 많이 와 만만치 않다. 앞서간 사람의 발자국을 밟으면 무릎까지 푹푹 빠진다. 빠진 다리 빼내 다시 딛으면 또 빠진다. 지름길이니까 벽소령산장이 금방 나올 줄 생각한 것이 큰 오산이었다. 겨우 고개를 넘으면 또 고개가 나오고 계속해서 오르랑 내리랑 하는데도 벽소령 가는 작전도로는 나올 기미가 없다. 어지간히 지친다. 등허리는 땀으로 범벅이 된지 오래다. 얼마를 갔을까? 발자국을 만들었던 청년 둘이 내려온다. 그들이 가리키는 방향으로 또 나아간다. 어두워져서야 작전도로를 만나고 벽소령 산장에 당도하였다. 얼마나 힘들었는지 아내는 '다시는 절대로 너하고 같이 산에 안 간다.' 하고 선언해 버렸다. 조난을 당하지 않은 것이 천만다행이다. 다음날 아내는 더 이상 산행을 계속할 수 없는 상황이 되어 버렸다. 아내의 능력을 과대평가한 중대한 잘못을 저질렀다. 그 후로 나 홀로 산행이 계속되었다. 지구는 쉬지 않고 돌고 돌았다.

우리나라 트렉스타 회사에서 엄홍길 대장의 8000미터 이상 히말라야 16좌 세계최초 등정을 기념하기 위해 이벤트 행사를 기획하였다. 엄홍길 대장이 우리나라의 16개 봉우리(지리산, 한라산, 태백산, 오대산, 금정산, 월출산, 주왕산, 설악산, 소백산, 오대산, 팔공산, 도봉산, 가야산, 월악산, 속리산, 무등산)를 정해 그 산을 오르는 것이었다. 그 내용을 듣고 아내는 무슨 생각을 했는지 함께 참여하자고 한다. 우리나라의 전국에 흩어져 있는 16개 봉오리를 오르는 일이 수월치는 않겠지만 아내와 함께 한다면 운전도 교대로 하고 가능할 것 같아 우리의 의기는 다시 투합되었다.

2007년 11월 18일이 지리산 천왕봉 오르는 날이다. 17일 토요일에 중산리로 가서 모텔에 들었다. 다음날 장터목산장을 향해 한 걸음 한 걸음 올라간다. 산악회에서 온 산우들이 우리를 추월한다. 엊저녁에 천왕봉 정상의 기온이 영하 20도까지 내려갔으니 천왕봉에서 너무 오래 있지 말고 내려오라고 국립공원 직원이 친절하게 안내해 준다. 천만다행으로 눈은 아직 내리지 않았다고 한다. 우리는 오늘 저녁 장터목에서 자고 내일 천왕봉으로 해서 올 것이기 때문에 천천히 올라도 된다. 나무들이 화려했던 지난 여름을 정리하느라고 낙엽을 다 떨구고 있다. 일진광풍이 불어 낙엽비를 내린다. 무거운 짐은 내 등허리에 다 있고 옷가지 몇 개 넣은 배낭을 짊어진 때문인지 아내는 생각보다 잘 걷는다. 칼비 위를 끼니고 장터목 쪽으로 길을 잡는다. 오늘은 장터목까지만 가면 되니 명일의 과업을 생각하여 될수록 힘을 아껴 천천히 쉬엄쉬엄 걷는다. 우리를 추월했던 사람들이 내려온다. 보통 사람들이 서너 시간 걸리는 거리를 일곱 시간 걸려서 장터목에 닿았다. 산장의 잠자리 배정을 받으려면 시간이 많이 남았다. 짊어지고 온 것 중에서 캔맥주를 꺼내 한 모금 마신다. 캬! 세간의 온갖 시름과 오늘 하루의 피로가 맥주 거품과 함께 쏴악 씻겨 내려간다. 내일 아침 일출시간은 일곱시란다. 일출을 보려면 여섯시 이전에 오르기 시작해야 하니 유난히 아침잠이 많은 아내는 자신이 없는 모양이다. 다음 날 새벽같이 일출을 보러 가는 사람들이 부산하다. 그들과 같이 출발하지는 못했지만 우리도 해뜨기 전에 장터목을 출발하였다. 앞뒤에 아무도 없다. 제석봉에 오니 여명이 밝아온다. 마침 전망대를 만들어 놓았기에 여기서 일출을 보기로 하고 기다린다. 주위의 고사목들이 을씨년스럽다. 이윽고 수평선이 노랗게 물들고 달걀노른자 같은 것이 올라오더니 팍 터지면서 대지를 향해 찬란한 햇빛을 맘껏 발산한다. 생명의 기운을 느끼는 순간이다. 비록 천왕봉 일출이 아니고 제석봉 일출이긴 하지만 이 순간 우리는 행복을 만끽하였다. 날마다 떠오르는 태양이지만 오늘 이 태양은 우리에게 특별한 의미를 부여한다. 아내는 나에게 고맙다고 한다. 나는 이렇게 올라올 수 있는 건강을 갖고 있는 아내에게 고마울 따름이다. 일출을 보고 내려오는 사람들과 마주친다. '오늘 일출 잘 보셨지요?' '예, 정말 멋있었습니다.' 삼대의 공덕을 쌓아야 볼 수 있다는 천왕봉 일출이 아니던가? 오늘이 월요일이라서 그런지 천왕봉에 올라오니 아무도 없다. 아내는 얼마나 오르고 싶었던 천왕봉인가 하면서 감탄사 연발이다. 서방이 좋아서 죽겠는지 목덜미를 감싸 안으면서 올라탄다. 생각해 보니 세 번의 실패를 딛고 네 번째의 도전 끝에 겨우 올라오지 않았나? 눈물이 핑 돌 지경이다. 천왕봉을 여러 번 왔었지만 아무도 없었던 적은 없었는데. 함께 사진을 찍어 컴퓨터 바탕화면에 깔고 싶은 데 사진을 찍어줄 사람이 없다. 커피를 마시면서 한 참을 기다려도 올라오는 사람이 없다. 저 멀리 보이는 노고단, 반야봉, 칠선계곡, 중산리계곡, 대원사계곡, 촛대봉, 거대한 용처럼 꿈틀대는 지리산 주능선을 맘껏 조망하면서 잠시 나를 잊는다. 아무리 좋아도 여기서 살 수는 없는 일이다. 중산리를 향해 아쉬운 발걸음을 내딛는다.

(월간 『산』 2008년 1월호)

아름다운 사람들

카리스마(Charisma) 넘치는 최창원 선생님

대원들 안전에 노심초사하시는 김영식 대장님

히말라야 염소를 희생시켜 모든 대원들의 쏘롱라패스 무사통과를

축하해주신 윤병희 회장님

애플브랜디로 좀솜의 밤을 뜨겁게 달구신 최근환 사장님

조용하게 팀분위기를 유도하시던 박종웅 선생님

잔잔한 미소를 머금고 여유를 부리시던 이상호 선생님

'좋아좋아'를 외치며 전체 대원의 분위기를 한층 UP시키신 울트라

연철흠 선생님

네팔말을 유창하게 하시면서 대원 모두의 건강과 생명을 지켜주시

던 박재영 Team Doctor

쏘롱라패스에서 내가 올라올 때까지 기다리셨다가 파워젤을 짜넣

어 주시던 신영섭 선생님

판소리 등 다양한 재주를 보여주시고

마낭초중학교에서 오리의 모습을 완벽하게 선보이신 유승봉 선생님

거창한 놈을 들이대며 작품사진을 찍어주시던 백상철 선생님

노련한 폼으로 보이지 않는 데서 역할을 다 하시던 박종익 부대장님

마낭에세 화석을 찾느라고 냇가의 모든 돌을 깨부스시던 안승걸 임금님

가냘픈 삼손을 연상시키시던 오인숙 선생님

'당신멋져'의 주인공 지용희 선생님

나를 '우숙양'이라고 불러 나로 하여금 mind를 open 상태가 되도록 하신 현옥 양과 희식 군

다부진 모습으로 트렉킹을 즐기시던 김현숙 선생님

참꾀강정보따리를 풀어 대원들의 힘을 돋구어 주시던 정인자 선생님

조용히 미소를 머금으며 트랙킹을 즐기시던 이영자 선생님

말없이 입가에 미소를 머금고 안나푸르나의 장관을 즐기시던 함수일 선생님

사오천미터의 고지를 평지처럼 걸으시던 김양숙 님

홍콩에서 잃어버린 패스포트가 되돌아오는 기적을 일으키신 이명구 선생님

폴라로이드카메라로 바니빌라스초중학교에서 학생들의 인기를 독차지하셨던 김미옥 선생님

김대장님을 그림자처럼 뒤따르며 한국사람보다 한국말을 더 잘하는 핀조라마

우리의 영원한 주방장 밍마쿡

표정괴 만투기 유머러스히어 인기쟁이었던 가빈

대열의 맨 마지막을 지키며 따르던 전문가이드 링마와 누루보형제

최연소이면서 혼자서 안나푸르나에 과감히 도전한 김인수 학생과
일찍이 안나푸르나의 정기를 받고 희망에 넘친 성규, 현근, 원기,
효희, 승문, 승호, 원경, 정근, 민하, 태민
모두모두 잊을 수 없는 얼굴들이다.
가만히 그들의 이름을 불러본다.
'행복하소서'

* 2011년 1월 9일부터 25일까지 Annapurna Round Tracking을 하면서 동
  고동락했던 사람들을 못잊어 하면서 불러봄. 주로 학교 선생님들과 중고
  대학생들로 구성되었었음.

안나푸르나도 식후경

　먹고 마시는 일은 우리의 최소한의 생존본능이기도 하지만 그 자체를 즐기는 것은 인간만이 할 수 있는 일이 아닌가 한다. 이번 Annapurna round tracking에서도 먹고 마시는 일이야말로 가장 즐거운 일이었다.

　홍콩에서 비행기를 갈아타기 위해 4시간 정도의 자유시간이 주어졌다. 여기저기 돌아다니다가 음식도 팔고 술도 파는 식당에 들어갔다. 나와 달리 애주가이신 유 선생님이 홍콩의 술맛을 봐야 한다는 것이다. 유 선생님과 신 선생님은 충주 청소년수련관에서 첫날밤을 같이 지낸 인연으로 트래킹 내내 행동을 같이 하였다. 낮이고 하니 가볍게 맥주나 한잔 하면 어떨까 했는데 유 선생님이 맥주를 좋아하지 않으시기에 정종을 시켰다. 나오는 시간이 많이 걸려 이상하다 싶었는데 알고 보니 따뜻하게 데워 오느라고 그랬던 모양이다. 대낮에 따뜻한 정종을 따라 안주도 없이 깡정종을 들이키니 그것 또한 별미다. 내 얼굴은 홍시가 되어 화끈거린다.

　카두만두에 도착하여 다음날 마니빌라스초중학교 도서관 준공식에서 그 곳 주민들이 차린 네팔 고유의 식사를 하게 되었다. 나중에 알고 보니 그게 그곳의 전통 음식인 달밧이라는 것이란다. 그들의 음식에는 향료가 많이 들어간다. 뷔페식으로 되어 있어서 우선 조금 덜어왔다. 향이 짙지만 미감이 둔한 나에게는 그런대로 먹을만 했다. 건너편의 현옥양이 배가 고팠는지 많이 퍼온 모양인데 입맛에 안 맞는 모양이다. 우연히 눈이 마주치자 나에게 덜어주려는 모양새다. 좋다는 신호를 보내자 거의 대부분을 내 접시에 덜어준다. 덕분에 만복의 행복감을 맛보았다. 저녁에는 한국식당에서 된장찌개를 먹었는데 집 떠난 지가 얼마 안되었는데도 우리의 음식이 땡긴다.

트래킹의 시작점인 상게에서 링마를 비롯한 네팔의 쿡들이 해놓은 한국음식을 맛있게 먹었다. 김치는 빠질 수 없고 김 간장에 담근 고추 마늘이 빠질 수 없다. 간장에 담근 고추와 마늘은 윤 회장님이 가져 오셨다고 한다. 모두들 자기집에서 먹는 것보다 맛있다고 칭찬이 자자하다. 식사가 끝난 후에 숭늉이 나온다. 언제 숭늉을 먹었었는지 까마득하다. 어렸을 적에 우리 큰집(큰아버지댁)에는 식구가 많았다. 가마솥에 밥을 하다보면 솥바닥에 밥이 눌기 마련이고 밥을 푼 후에 물을 붓고 불을 때면 누룽지가 물러지면서 구수한 숭늉이 된다. 이 숭늉을 먹어야 비로소 밥을 다 먹게 되는 것이다. 거기에 누룽지가 들어 있으면 금상첨화다. 요즈음은 대부분 전기밥솥을 쓰기 때문에 밥이 눌지 않으니 숭늉맛을 보기 힘들다. 식사가 끝나자마자 여기저기서 '숭늉 숭늉' 하면서 숭늉을 달라고 아우성이다. 이들 중에 집에서 숭늉을 먹는 사람이 몇이나 될까 생각해보면서 웃음을 짓는다. 하여튼 우리나라 본토에서는 설자리를 잃은 숭늉이 네팔에 와서 대접을 제대로 받고 있는 느낌이다.

아침이면 배달되는 따또찌아가 정말 좋았다. 한국에 돌아가서도 이렇게 눈 뜨자마자 따뜻한 차를 마실 수 있으면 얼마나 좋을까 생각해 본다. 맞벌이 하는 아내에게 그렇게 해달라고 하면 아마도 쫓겨(?)나겠지.

가다가 힘들어 잠시 쉴 때면 정인자 선생님이 꾀강정 보따리를 풀고, 희식 님이 아몬드를 나누고, 현옥 님이 초콜릿 봉지를 뜯고, 신선생님이 초콜릿 건빵 비타민C를 건네고, 최 사장님이 대추를 한 주먹 주신다. 무스탕의 황량한 언덕을 바라보며 먹는 대추 맛이 별미다. 여기에 버려진 대추씨가 우기에 싹이 날지도 모른다. 그러면 몇 년 후에 이곳에 대추가 자라고 이곳을 지나는 사람들이 대추를 따먹는 상상을 해본다.

바깥은 네팔의 안나푸르나 주변인데 식당 안은 대한민국의 어느 단체급식장소다. 윤 회장님의 고추장단지가 식탁위를 돌아다니고, 신 선생님의 오징어 낙지 젓갈이 남도의 맛을 전하고, 미옥 선생님의 반찬이 입맛을 돋우고, 안샘의 들깻잎이 입맛을 돋운다. 오인숙 선생님의 오렌지와 홍삼차가 피로를 덜어준다.

죽을등 살등 쏘롱라패스를 지나고 한 참을 내려가다가 하이캠프에서 새벽에 출발하면서 점심으로 받아 주머니에 넣어두었던 김밥을 먹으려고 꺼내니 꽁꽁 얼어있다. 그래도 먹어야 산다. 돌처럼 굳은 김밥을 입에 넣으니 얼음을 입에 넣은 듯 차디차고 단단하다. 그래도 먹어야 걸을 수 있다. 이리저리 굴리고 있으니 이윽고 한 쪽

귀퉁이부터 물렁물렁해지기 시작한다. 60여년 살면서 생전 처음 먹어보는 얼음김밥. 그 맛을 오래오래 간직하리라.

　윤 회장님이 좀솜에서 두 마리의 희생양으로 대원들의 노고를 위로하고 최 사장님의 Apple brandy가 식당의 분위기를 좌지우지한다. 희생양을 안주 삼아 애플브랜디가 들어가니 분위기는 고조되고 드디어 젓가락 장단이 나오고 광란의 밤이 시작된다. 이 젓가락 반주도 숭늉만큼이나 오랜만이다. 흘러간 옛노래가 여기저기서 흘러나온다. 술맛도 모르면서 몇 잔을 들이켜 놓으니 나는 이미 제 정신이 아니다. 얼굴은 홍당무에다가 숨이 빨라지고 머리의 관자놀이가 벌떡벌떡 한다. 2700미터 높이에서 애플브랜디의 독한 맛을 톡톡히 보면서 잠못이루는 긴긴 밤을 보낸다.

　버스를 갈아타면서 먼지를 둘러써가면서 하루 종일 달려 포카라에 도착하여 식당을 찾아간다. 식당 이름이 Bumerang이다. 낫같이 생긴 나무 막대기로, 던지면 제자리로 돌아오는 오스트레일리아 원주민들의 사냥도구가 아니던가. 40명 정도의 손님이 들이 닥쳤으니 준비하는 데 시간이 많이 걸리겠지. 살살 배가 고파온다. 저 쪽의 무대에서 아리따운 아가씨와 새파란 네팔 청년이 민속춤을 추고 있다. 금강산도 식후경이라 했던가. 별로 흥이 나지 않는다. 식전에 배가 고픈 상태에서의 문화공연 관람은 별로 효과가 없다. 한 참 동안 시장기를 달래다가 받아든 야크스테이크는 맛이 좋았다. 네팔까지 왔으니 야크고기의 맛도 봐야지.

쏘룽라패스Thorung La Pass, 5416m

히말라야는 산을 좋아하는 사람들의 동경의 대상이다. 그 곳은 엄홍길, 박영석, 한왕,용 오은선, 김영식 대장같은 전문 등산인들이나 오르는 곳으로 치부하고 꿈도 꾸지 못하고 있던 차에 정 교수의 주선으로 안나푸르나의 주변이나마 돌 수 있게 되었으니 크나큰 행운이다. 단지 고산병이 염려되나 나이 먹은 사람은 상대적으로 뇌압이 낮으니 고산중세가 젊은 사람보다 덜하다는 예비모임 때 의사선생님의 말을 믿고 염려를 덜 하기로 하였다. 고산중세의 염려 때문에 주저 앉기에는 안나푸르나에 대한 기대가 너무 크다.

홍콩을 거쳐 카투만두에 도착하니 밤이 깊었다. 출입국수속이 더디게 진행되고 있다. 가까이 가서 보니 펜으로 하나하나 적고 있었다. 이런 참 '여기는 네팔이지' 하면서 느긋하게 기다리니 날이 새기 전에 끝이 난다. 짐을 찾아 공항 밖으로 나오니 코에 들어오는 공기는 별로 상쾌하지 않다. 버스에 오르려고 하는 데 핀조사장 일행이 꽃목거리를 걸어준다. 우리나라의 금잔화 같이 생긴 꽃의 향기를 맡으며 호텔에 도착하니 긴장이 다 풀렸다.

다음 날은 바니빌라스 초중학교에 봉사활동을 하는 날이다. 충북로타리 클럽(회장 윤병희)에서 자금을 대어 지은 도서관 준공식에 참석하고 여러분들이 모은 성금으로 구입한 도서를 기증하는 날이다. 꾸불꾸불 울퉁불퉁 겨우 겨우 도착한 학교에는 많은 학생들과 주민들이 우리를 너무나 성대히 환영하였으며 학생들의 민속춤공연도 볼만했다. 점심까지 대접을 받고 오후에는 카투만두 시내가 다 보이는 높은 언덕에 자리한 스왐부나트 사원을 관광하였다. 우리나라의 사원과 많이 다르다. 여기서 탄생한 불교가 중국을 거쳐 우리나라까지 전래되면서 많은 변화를 하였겠지. 다닥다닥 붙어있는 탑과 부처님과 조형물들이 너무 어지럽게 배치되어 있었다. 거대한 사발을 엎어놓은 형태의 돔 위에 탑이 세워져 있고 탑의 사면에 부처님의 눈이 사바세계를 응시하고 있다. 내 머리 속과 심장을 꿰뚫어 보는 듯하다.

'너는 나의 가르침을 잘 따르고 있느뇨?'

다음날 트래킹의 시작점인 샹게를 향하여 버스에 올랐다. 어둠을 뚫고 카투만두 시내를 빠져나가니 날이 밝기 시작한다. 카투만두에서 베시샤르까지는 소위 하이웨이다. 하이웨이가 고속도로가 아니고 해발 높이가 높다는 말인 모양이다. 언제 포장을 하였는지 중앙선 표시는 아예 없고 도로 가운데 부분에 1차선 정도가 겨우 포장이 남아 있어서 앞에서 오는 자동차와 교차하게 되면 한 쪽 바퀴는 맨땅을 돌게 되고 먼지는 차안으로 들어와서 코안으로 들랑날랑한다. 운전수가 공터가 좀 있는 커브길 어딘가에서 차를 세운다. 볼일 볼 사람을 위한 배려다. 아무리 둘러봐도 화장실 같은 것은 보이지 않는다. 도로가에서 적당히 알아서 볼일을 보면된다. 전혀 어색해 하는 대원은 없다. 여기는 네팔이니까. 대자연과 하나되는 연습이라도 하는 양 불평하는 여자대원도 한 사람 없다. 어렸을 적을 생각하는지 모두 유쾌한 표정들이다. 베시샤르에서 잠시 쉬면서 비교적 싼 귤도 좀 사고 차를 갈아타야 하는 데 오지 않는다. 무작정 기다리는 대신에 걷기로 한다. 한참을 가다보니 저 뒤에서 버스같지 않은 버스가 먼지 휘날리며 다가온다. 여기서 부터는 길이 좁아 큰 버스는 갈 수가 없단다. 트럭을 개조해 만든 버스라고 한다. 어렸을 적 광주 목포간 버스보다 좀 더 씨금털털하고 비좁고 먼지가 풀풀 난다. 여기서 부터가 진짜 길이다. 걷기이다 보니 신작로에는 먼지와 돌 뿐이다. 한 쪽은 거의 직벽의 돌무더기 산이며 반대편은 천길 낭떠러지다. 낭떠러지의 끝에 마샹디나디 강의 파란 물이 흐르고 있다.

지금은 건기라서 물의 양이 얼마되지 않으나 우기에는 볼만하겠다. 느닷없이 천장이 내려와 내 머리를 친다. 구경 잘 하고 있냐고? 안나푸르나를 보기도 전에 부처님한테 먼저 가는 것이나 아닌지 한 편 아슬아슬하다. 그 와중에도 고개를 떨구고 잠에 취해있는 대원이 있어 부럽다. 산 쪽을 쳐다보니 굴러 내려오다 만 바위가 중간에 걸쳐있다. 한 참을 가는 데 하얀 눈을 뒤집어 쓴 산꼭대기가 저 멀리 신비롭게 나타난다. 모두들 환호성을 지르며 차를 세우라고 야단이다. 차를 세우니 카메라를 꺼내는 대원도 있고 꼬치를 꺼내는 대원도 있다.

다음 날 드디어 트레킹의 시작이다. 왼쪽은 깎아지른 절벽이고 오른쪽은 끝이 보이지 않는 낭떠러지다. 자동차는 더 이상 갈 수가 없다. '차마고도'를 시청하면서 '저런 길을 한 번 걸어봤으면' 하고 속으로 생각했었는데 바로 그 길이다. 이 쪽 길이 여의치 않으면 출렁다리로 연결하여 반대편 골짜기로 옮겨서 점차 고도를 높여 간다. 한 무리의 짐을 실은 말들을 만나서 그들이 일으키는 먼지를 둘러쓰고 걷고 또 걷는다. 여학생들 네댓명이 어디를 가는지 슬리퍼를 신고 그 돌길을 간다. 하늘에서 한 줄기의 물이 지상으로 떨어진다. 저렇게 긴 폭포는 처음이다. 설악산의 대승폭은 그 높이에 있어서 비교가 안된다. 아이젠과 스팻츠를 준비했건만 눈을 이고 있는 산은 멀리 보이고 걷고 있는 이 길은 먼지투성이다. 말들이 똥을 싸고 건조한 날씨에 마르고 다른 말에 의해 밟히고 그래서 흙먼지인지 말똥가루인지 분간이 안된다. 말똥가루 먼지를 뒤집어 쓴 등산화가 보이지도 않는다.

대한민국에서는 상상도 할 수 없는 산행을 하고 있다. 포터들이 잡다한 무거운 짐을 카고백에 넣어 짊어지고 가고 쿡들이 미리 가서 음식준비를 하고 도착 즉시 따뜻한 차를 준비하여 한 컵씩 따라준다. 나는 배낭에 갈아입을 옷과 물통만 짊어졌으니 짐도 아니다. 포터들은 얇은 트레이닝 바지에 맨발에 슬리퍼. 해방 이후 미군들이 우리나라에 들어왔을 때 우리 할아버지의 모습이 저렇지 않았을까 상상해 본다. 지리산 왕시루봉 근처에 외국인 별장이 있는데 더운 여름에 우리 할아버지들이 구례에서 그들을 거기까지 대나무 의자에 태우고 올라갔다는 이야기를 들은 적이 있다. 지금도 중국의 관광지에서는 흔히 보이는 모습이다. 우리의 할아버지들은 그 치욕을 대물림 하지 않으려고 이를 앙 다물었겠지. 강기슭을 따라 고도를 높인다. 산이 높으니 해가 늦게 뜨고 일찍 진다. 하루가 여느 곳보다 짧다.

나는 일부러 시계를 안 가지고 갔다. 시계가 없으면 못 사는 세상에서 탈출하여 시간을 잊고 지내고 싶었다. 그러나 마음대로 안된다. 내가 시간을 자주 물어보니 옆에 신 선생님만 괴로우셨으리라.

물을 많이 먹으면 고산증세에 도움이 된다고 해서 물을 많이 먹으니 당연한 것은 많이 먹은 만큼 많이 나온다는 사실이다. 아무데서나 까고 일을 볼 수 없으니 후미로 쳐진다. 후미에는 아무도 없으니 매우 편하다. 자연히 대열에서 떨어지게 된다. 김 대장님이 대열에서 너무 쳐지지 말라고 당부하신다. 마찬가지로 저녁에 잠자다가 여러 차례 일어나야 하는 번거로움이 나를 괴롭힌다. 저녁에 일어나 밖에 나오니 낮보다 훤한 달빛에 눈이 부시다. 새벽녘에는 달이 넘어가니 별들이 질 새라 땅으로 쏟아지려고 하니 갑자기 각시가 보고 싶어진다. 대열에서 떨어지지 않기 위해 열심히 걷지만 눈만 들면 절경이 발길을 붙잡으니 아무래도 나중에 혼자서 다시 와야겠다는 생각이 든다.

서양의 한 트래커가 포터 한 사람을 고용하여 트래킹을 하고 있다. 포터를 보니 나이가 들어보인다. 아마도 그는 어릴 적부터 포터를 하지 않았을까? 얇은 티셔츠에 얇은 천으로 짧은 스커트같이 하체를 두르고 앉아 있으니 팬티가 훤히 보인다. 슬리퍼를 신고 바닥에 앉아있고 그를 고용한 트래커는 의자에 앉아서 요리를 시켜 먹고 있디.

언덕을 넘으니 저 멀리 샹그릴라가 보인다. 동네(Tal) 앞으로 시내가 흐르고 깎아지른 듯한 뒷산에서는 폭포가 콸콸 쏟아진다. 나무 다리로 연결된 강 건너에는 소들이 마른 풀을 뜯고 있고 앞뜰에 말들이 한가롭다. 여기가 바로 내가 살고 싶은 곳이다. 이번 트레킹의 미션 중의 하나가 해결된 셈이다. 각시가 동의할랑가 모르겠다.

안나푸르나의 아침은 따또찌아(따뜻한 차)로 시작된다. 고마워서 눈물이 난다. 건조한 날씨에 목이 마르던 차에 먼저 일어나 차를 준비하여 이렇게 방마다 배달을 하고 있으니 고마운 마음 그지 없다. 던네밧! 차를 한 모금 마시니 온 몸의 모든 기관이 비로소 움직이기 시작하고 여기가 대한민국이 아니고 네팔의 어느 산골짜기라는 사실이 새삼스럽다. 비로소 침낭을 개고 물티슈로 겨우 눈꼽만 닦아내고 카고백을 챙겨서 내놓고 아침밥을 먹으러 간다.

석가모니의 탄생지 룸비니가 네팔에 있다는 사실을 여기 와서 알았다. 주위의 장엄한 모습에서 과연 성인이 태어날 만 하다는 생각을 해본다. 언젠가는 반드시 룸비니를 꼭 가볼 것을 다짐한다. 드디어 마낭(3540m)에 도착하였다. 날씨가 심상치 않더니 아침에 일어나니 온 세상이 새하얗다. 이제야 안나푸르나에 온 실감이 난다. 저만치 언덕에 탑이 보인다. 신 선생님이랑 유 선생님이랑 함께 올라간다. 벌써 오 선생님과 좋아좋아 연 선생님이 올라와 계신다. 대장님은 눈이 너무 많이 내려 쏘롱나패스통과에 지장이 있을까 걱정이 많으시다. 고도가 높아지니 얼굴이 붓고 손이 붓고 머리가 띵하고 얼굴이 불콰해지고... 정 교수가 준 비아그라와 성능이 똑 같다는 약을 우선 반조각 먹는다. 고도적응과 마낭초중학교 봉사활동하느라 하루를 더 묵는다. 여유가 있어서 좋다.

다음 날은 야크카르카(4018m)까지 갔다. 정신이 몽롱해지고 숨이 가쁘다. 고소증세가 더 심해진다. 혈압이 오르고 절경을 보는 것도 별로 감동이 없다. 다음 날은 쏘룽페디를 지나 하이캠프(4925m)까지 올라챘다. 화장실만 갔다와도 무슨 장작이라도 패다 온 사람처럼 숨이 차다. 바람은 휘휘 불지요, 춥지요, 뭔일인지 목이 마르고 갈증이 난다, 갈증을 달래려고 물을 많이 먹어 놓으니 소변은 마렵지요. 화장실은 멀기도 하지만 물이 안나오니 누군가의 변이 탑되어 쌓여있지요. 할 수 없이 천길 낭떠러지 계곡을 향해 소변을 보고 오면 100m 달리기라도 하고 온 사람처럼 숨이 차지요. 죽을 지경이다. 뒷골은 떵하지요. 잠을 잘 수가 없다. 내일은 쏘룽라패스(5416m)를 넘는 날이라서 새벽 3시 반에 일어나야지요. 내일 쏘룽나패스를 못 넘으면 일행과 헤어져 포터하나 데리고 온 길을 되돌아 가야 하는데… 사가지고 온 타이레놀을 한 알 삼킨다. 폐에 물이차서 죽는 사람도 있다는데, 상당히 오래전 목포 코롱스포츠사장이 에베레스트 트래킹을 갔다 와가지고 행동이 아둔해진 일도 있었는데, 내가 그러는 것은 아닌가? 이런저런 생각 때문에 잔 듯 만 듯 한 데 노크 소리가 들리고 따또찌아가 배달된다. 아침마다 반갑던 따또찌아가 오늘은 별로 좋은 줄 모르겠다. 짐정리하고 아침을 촛불 켜놓고 먹는데 분위기는 더 없이 좋다마는 입안이 깔깔하여 밥맛이 없다. 김밥봉다리 하나 주머니에 넣고 쏘룽나패스를 향해 올라간다. 조금 걸으니 숨이 차서 걸을 수가 없다. 몇 발자국 걷고 심호흡을 빈번히며 걷다보니 지연히 추미에 치긴다. 고개를 들어보니 하늘이 보인다. 하늘이 보이는 것은 고개가 가깝다는 이야기다. 그러나 여기서는 안 맞다. 모퉁이를 돌아서면 새로 시작이다. 후미에 겨우겨우 따라가던 여학생이 길가에 주저 앉는다. 뒤따르던 가이드 Nurubo가 들쳐 업고 내 달린다. 바위에 걸터 앉아 올라온 길을 내려다 본다. 사방이 경치는 장관이다마는 숨이 가쁘다. 앞뒤를 보니 뒤에는 가이드 밍마가 하이에나처럼 따르고 앞에는 죽을둥 살둥 오르는 미옥씨와 명구씨가 걷다가 쉬다가를 반복하면서 사투를 벌이고 있다.

저 쏘롱나패스를 왜 넘어야 하는데? 이런 고통을 견뎌내며 넘어야 할 가치가 있는가? 내가 왜 이 나이에 이런 고통을 겪어야 하는데? 그냥 뒤돌아 가버려. 고도만 낮추면 이런 증상들이 감쪽같이 없어진다는데. 숨을 몰아쉬면서 별별 생각이 다 든다. 아이고 괜히 왔구나. 주위에서 말길 때 그만 둘 걸. 두 세 걸음 떼고 나면 무슨 힘에 겨운 일이라도 한 양 숨이 가쁘다. 이제는 오를 수도 없고 되돌아 내려갈 수도 없다. 다른 사람들은 그래도 잘 가는 것 같은데 왜 나만 이렇게 힘이 들까? 앞을 보니 대부분 사람들은 보이지 않는다. 걷다가 쉬다가 하면서 숨은 쉬지 않고 부지런히 쉬어댔다. 부지런히 숨쉬다 보면 적은 산소라도 좀 들어오겠지.

어느덧 저 멀리 희미하게 돌무더기가 보이고 부처님 말씀을 적은 룽다가 초등학교 운동회 때의 만국기처럼 바람에 휘날리는 것이 보이는 듯하다. 여기가 쏘롱나패스인지 아닌지도 모르고 조그만 건물의 한 쪽에 쓰러지듯 주저 앉아 바람을 피한다. 일찍 올라오신 신 선생님이 추운데도 불구하고 기다리고 계시다가 파워젤을 짜넣어 주시고 엊저녁에 수삼을 건네주셨던 유 선생님이 초콜릿을 물려주신다. 부처님 같으신 분들이다. 대장님이 나를 부축하여 탑쪽으로 데리고 가서 사진을 박아주시고 뭐라고 물으신다. '정신이 하나도 없소이다.' 모두 비몽사몽간에 이루어진 일들이다. 여기가 그 악명 높은 쏘롱나패스란 말인가? 전망도 즐길 겨를이 없이 저어 머얼리 아스라이 보이는 묵티니트로 내려가기 시작한다. 다리가 후들거린다.(『나루터』 제13집, 2011)

영남 알프스

　추석연휴가 길다. 오래전부터 가보고 싶었던 영남알프스를 한 바퀴 돌기로 하였다. 그 중에서도 신불산의 억새를 보고 싶었다. 시절이 조금 빠르긴 하지만 이번 기회가 최적이라 생각하고 계획을 세웠다. 통도사 입구에 가서 하루밤을 자고 영취산(영축산, 취서산, 1092m) → 신불산(1209m) → 간월재 → 죽전마을(이박) → 재약산(수미봉, 1108m) → 천황산(1189m) → 능동산(982m) → 석남사 입구(3박) → 가지산(1240m) → 운문산(1196m) → 운문사 → 대구 → 광주로 오는 3박 4일의 산행계획을 짜고 준비를 하고 9월 24일 통도사 까지만 가면 되므로 여유있게 출발하였다. 통도사 입구에 도착하니 오후 5시도 안되었다. 이리저리 둘러 보아도 여관 모텔 음식점 밖에 없다. 산채비빔밥으로 이른 저녁을 때우고 일찌감치 명일의 전투(?)를 위해서 여관을 찾아들었다.

　안내 산행지도에 의하면 오늘 산행시간은 8시간 정도이므로 시간적인 여유가 있다. 오랜 만에 통도사도 둘러볼 겸해서 8시가 되기 전에 여관을 나섰다. 통도사는 부처님의 진신사리를 모시므로 법당에 불상을 모시지 않는 불보사찰로 유명하다. 매표소에서 경내까지 이어지는 입구의 양쪽으로 즐비하게 늘어선 우람찬 소나무들이 천년 고찰의 분위기를 더욱 엄숙하게 한다. 용의 비늘을 연상시키는 아름들이 소나무들의 모습이 마치 용이 승천하는 모양이다. 곧바로 올라가는 놈, 비스듬히 올라가는 놈, 구불구불 올라가는 놈, 힘이 부치는지 넘어진 놈, 넘어진 놈을 힘겹게 받치고 있는 놈, 쇠기둥에 의지하여 버티고 있는 놈, 영양제 주사를 맞고 있는 놈들이 소나무 터널을 만들고 있다. 대흥사 입구에는 단풍나무 등 잡목들이 나무 터널을 만들고 있는 것과 비교된다. 소나무 사이로 아침햇살이 파고 들어 온다. 조금 걸으니 개울가의 반듯한 돌에 누군가의 이름이 새겨져 있다. 이름을 저렇게 새기는 것도 이 세상에 와서 이름을 남기고 가는 것인가? '부질없는 짓이로다. 부질없는 짓이로다' 고승의 혼잣말이 들리는 듯하다. 경내를 한 바퀴 둘러보고 산길로 들어섰다. 비구니 스님들의 수행처인 취운암을 지나 아스팔트길이 잘 닦여져 있다. 조그만 고개를 넘어 백운암 쪽으로 길을 잡았다. 간간이 여름내 못다운 매미들의 울음소리가 애처롭다. 길가의 단풍나무 잎에 여치 한 마리가 햇빛을 받으며 지나간 긴 여름을 아쉬어 하는 듯 한가로이 앉아있다. 바람이 한결 시원하다. 등허리의 땀이 금방 달아나고 싸늘한 기운이 감돈다. 울산에서 왔다는 아주머니 둘이서 바위에 앉아 땀을 닦고 있다가 나를 반긴다. '어서 오이소 힘들지예' 영남 알프스를 보기위해 목포에서 왔다고 하니 놀랜다. 추월산의 보리암을 연상시키는 백운암이 산중턱에 걸려있다. 스님 흰 빛이 펼으면서 침선을 하는지 표정이 긴지허디. 능선에 오르니 왼 쪽은 시살봉 오른쪽은 영취산이라는 팻말이 보인다. 영축산 정상 쪽으로 방향을 잡고 걷는다. 통도사에서부터 백운암 쪽으로 난 길이 아스라이 멀리 보이고 양산읍내의 모습이 바로 앞이다. 백운암에서 영남알프스의 산들을 연결하면 거인이 누워 있는 형상이라고 설명하던 산꾼 하나가 내 손을 잡아 끌면서 저기가 신불산이고 저기가 재약산 천황산이고 저 멀리 보이는 것이 가지산 운문산이라고 친절하게 가르쳐 준다. 산에서는 모든 사람이 너무 친절한 것이 흠이라면 흠이다. 가지고 간 미수가루를 타먹고 건빵을 집어먹으니 출출하던 기가 좀 가신다. 영축산에서 볼 때는 잘 모르겠더니 조금 내려오니 그 드넓은 평원에 바람에 흔들거리는 억새의 모습이 장관이다. 전국에서 억새로 가장 유명한 신불평원이다. 억새가 아직 덜 피긴 했지만 장관이다. 이런 곳에서 말달리기라도 한다면 얼마나 멋있을까 하는 생각이 든다. 이렇게 높은 곳에 드넓은 평원이 있다는 것이 신기할 지경이다. 신불산 정상에 앉아 이리 봐도 산 저리 봐도 산만 보이는 영남의 알프스를 조망하고 간월산 쪽으로 길을 잡았다. 시간이 충분하면 간월산에도 올라갔다 올건데 지치기도 하고 다시 간월재로 내려와야 하니 남겨놓기로 하고 백련계곡으로 내려온다. 지치기도 한 때문이지만 계곡이 어찌나 깊고 긴지 끝날 줄을 모른다. 자연휴양림을 지나고 파래소폭포. 폭포 앞의 바위 위에 남녀 한 쌍이 앉아서 장래를 설계하는지 그 모습이 매우 인상적이다. 파래소 폭포에서 떨어진 물과 함께 동행하면서 계곡을 내려와 태봉마을의 배내산장에 여장을 풀었다.

　아침 일찍 일어나 라면으로 간단히 아침을 때우고 짐을 챙겨가지고 나섰다. 10여분 정도 죽전 쪽으로 올라가니 산길을 알리는 팻

말이 길가에 서있고 등산로 입구에는 리본이 어지러이 나뭇가지에 붙어있다. 조금 오르니 앞산을 넘어온 햇살이 구름을 뚫고 세상천지를 비춘다. 이윽고 능선에 오르니 재약산 정상이 안개에 쌓여 보이지 않는다. 길이 억새로 우거져 분명하지 않다. 억새가 누운 곳을 찾아 능선쪽으로 가다 보니 임도가 나온다. 지도를 확인해 보니 재약산을 오르는 길은 다시 온 쪽으로 되돌아 내려가야 하게 되어 있다. 어제의 노독도 있고 해서 천황산 쪽으로 길을 잡아 임도를 걸었다. 큰비가 왔는지 임도 옆의 개울이 푹푹 패여 있다. 한참 가다 보니 아저씨 하나가 지게에 푸성귀와 잡동사니를 지고 내려온다. 언덕 바지에 천막을 쳐놓고 살고 있었다. 도사가 다 되었겠지 하는 생각이 든다. 물을 한 사발 들이키고 천황산 쪽으로 가니 재약산 오르는 입구를 가르키는 나무 팻말이 나온다. 오를 것인지 그냥 지나칠 것인지 갈등을 일으키다가 아무래도 편한 쪽을 택하고 만다. 재약산과 천황산 중간에 막걸리를 파는 임시 천막이 나온다. 평상에 앉아 쉬면서 '자유시간(?)'을 즐겼다. 바람 따라 흔들리는 억새 물결이 곱다. 파라솔을 피던 천막주인이 억새가 다 필려면 한 열흘 더 있어야 한다고 한다.

소설 동의보감에 나오는 얼음골이 있다는 천황산에 오르니 저 멀리 밀양의 남명리가 보이고 산 중턱을 뱀이 지나가는 듯한 신작로가 보기에 별로 좋지 않다. 이렇게 멋진 영남알프스가 도로 생체기로 매우 흉하다. 이곳의 산악인들은 그냥 보고만 있었을까? 간월재에서 내려올 때도 포그래인이 여기저기를 파헤치며 길을 닦고 있었지 않는가? 이러다간 어느 산꼭대기도 승용차로 오르게 될 날이

머지 않은 듯 하다. 정상에 앉아 이리 저리 둘러보니 사방이 산이다. 인간은 산과 산 사이에서 조그맣게 살아가는 듯하다.

능동산 쪽으로 길을 잡아 가는데 '샘물가게'라는 예쁜 이름의 가게가 있다. 앉아서 건빵으로 허기를 달래고 일어섰다. 샘물가게에서 능동산 턱 밑까지는 신작로로 연결되어 있다. 여기까지 승용차를 몰고 올라오면서 먼지를 내는 놈(?)들도 있다. 7~8명의 대학생들의 발걸음이 빠르다. 나는 석남사까지만 가면 되니까 여유만만이다. 능동산에서 미숫ㅅ가루를 물에 게어 타먹고 나니 사방이 눈에 들어온다. 산 산 산. 저 멀리에 내일 넘어야 할 가지산과 운문산이 보인다. 가파른 길을 내려오니 석남사 입구다. 입구에 서있는 안내지도를 보니 내가 가지고 있는 지도와 시간이 다소 다르다. 계획을 변경하여 오늘 석남사를 보고 내일은 더 짧은 코스를 택해 가지산으로 오르기로 하였다.

비구니 스님이 입장료를 받고 있었다. 절 입구에 다리가 하나 있다. 다리 밑에 물이 흐르는 것을 보니 바위가 닳고 닳아 물의 흐름이 자연스레 파도 모양을 이루면서 흐른다. 서기 824년 신라의 도의국사가 창건하였다고 안내판에 쓰여져 있다. 비구니 스님들이 주석하는 곳이라서 그런지 절이 너무너무 깨끗하다. 화단을 만들어 꽃을 가꾸고 그 앞에 꽃이름을 써놓고 수세미가 쳐놓은 울을 따라 지붕으로 올라가고 있다. 대웅전에 들어가는데 내 발자욱이 대웅전 바닥을 더럽힌다. 도의국사의 부도탑의 정교함에 감탄하고 돌로 이렇게 정교하게 만들 수 있단 말인가? 대웅전 뒤 언덕에 비구니스님들을 연상시키는 대나무가 곧다. 나 어릴 적 우리집 뒤안에도 대나무가 무성했었지. 찾아 놓은 현금이 여의치 않아 칼국수로 저녁을 먹고 내일 점심으로 먹을 고구마를 몇 개 사가지고 민박을 찾아 들었다.

아침에 일어나니 밖에서 빗방울 떨어지는 소리가 들린다. 기분이 묘하다. 이틀간 산을 넘고 넘으니 힘이 들어 오늘 가지산과 운문산을 어떻게 넘을까 하고 염려하던 차에 비가 오니 핑계거리가 생겨 반갑기는 하다마는, 마지막 가지산과 운문산을 이번에 넘지 않으면 언제 넘을까를 생각하니 아쉽기도 하고… (『나루터』 제7집, 2005)

월출산의 달

　이름 때문은 아니지만 진작 부터 월출산의 달을 보고 싶었다. 하춘화의 달이 뜨는 월출산 천황봉에서 막걸리 한 잔 하고 싶었다. 주말이면 산으로 달려가는 나와 월출산은 꽤 친한 사이이지만 여름이면 내리쬐는 뙤약볕 때문에 능선에 나무가 많지 않은 월출산 산행은 매우 힘들다. 그래서 여름이 오면 보름달이 뜨는 날에 달빛을 받으며 월출산 능선을 걸어보리라고 마음을 먹고 있었는데 오늘(2002.7.24)에야 비로소 소원을 이루게 되었다.

　지리산을 같이 종주하고 주말이면 산으로 달려가시는 국장님과 산악회를 조직하여 매우 적극적으로 활동하는 남총무 그리고 이야기 중에 우연히 기꺼이 따라나선 양 선생이 함께 하였다. 양 선생은 월출산 등산이 처음이란다. 영암 실내 체육관에서 물통에 물을 채우고 오후 6시 50분에 오르기 시작하였다. 마침 장마전선이 중부지방에 머물고 있어 하늘에 구름이 없어 달구경은 그만이리라. 해는 아직도 두어 자(尺) 남아서 삼복더위임을 확인이라도 하려는 듯 내리 쬐고 있고 바람은 한 점 없다. 장마철임을 감안하면 야간 산행하기엔 더없이 좋은 조건이다. 조금 올라가니 영암읍내 아주머니 둘이 앉아서 땀을 닦으며 쉬고 있다. 천황봉에 오른다고 하니 놀랜다. 붉은 티셔츠 입은 아가씨가 벌써 내려온다. 땀이 비 오듯 이마에서 뚜욱뚝 떨어지고 금세 등허리는 금방 물 속에서 나온 듯 땀으로 범벅이 되었다. 서산의 해는 뉘엿뉘엿 넘어가고 샛별(금성)이 서쪽하늘에서 벌써부터 밝게 빛난다. 항해사 시절 태평양에서 고향생각하면서 하염없이 바라봤던 반가운 혹성이다. 해가 넘어간지 한참 되고 어둠이 밀려 왔는데도 달은 왠일인지 떠오르지 않는다. 저쪽 장군봉쪽을 보니 조금 환하다. 달은 이미 올라와 있으나 작은 봉오리들 때문에 우리가 보지 못했던 것이다. 월출을 보기는 틀렸고 산성재를 지나 조금 오르니 사자봉 위에 달이 이미 올라와 있었다. 달은 천황봉을 비추고 장군봉을 비추고 구정봉을 비추고 영암읍내를 비추면서 왜 이제야 오느냐고 하면서 많이 기다렸다는 듯이 반긴다.

"달 달 무슨 달 쟁반같이 둥근 달" 까마득한 어린 시절 부르던 동요가 금방 입에서 저절로 나온다. 정월 대보름이면 동네 앞 논에 여기저기 무덤처럼 부려져 있던 두엄에 불을 지르고 논주인으로 부터 욕을 먹어가면서 앞 동네 애들과 아무 이유도 없이 돌을 던지며 밀고 밀리는 독(돌)싸움을 하던 시절이 문득 그리워진다.

잠시 앉아 땀을 닦으면서 달이 비치는 웅장한 천황봉의 위용을 보면서 옛일을 생각하고 있는데 남총무가 부시럭 부시럭 배낭을 뒤진다. 카메라를 꺼내는 것이었다. 카메라를 가져 오다니. 고마운 남 총무. 이렇게 찍고 저렇게 찍고 혼자 찍고 함께 찍고 나니 어느새 이마의 땀은 마르고 실랑실랑 부는 산바람에 등허리가 고실고

실하다. 저만치 말없이 앉아서 우리가 하는 양을 보고만 있는 천황 봉을 향하여 다시 오르기 시작하였다.

언젠가 국장님과 같이 실상사 능선을 따라 있는 일곱 암자 중 맨 위에 있는 도솔암에서의 밤이 생각난다. 그 날 아무도 없는 암자의 요사채에서 잠을 자다가 소변 때문에 일어나 밖으로 나가니 휘영 청 밝은 달이 온 누리를 비추고 있었고 금방이라도 쏟아질 듯 별들 이 질 새라 반짝거리고 있었다. 선경이 따로 없었다.

등산을 좋아하시는 국장님도 이런 달밤 산행은 첫경험인 모양이 라서 남다르게 좋아하시고, 남 총무는 좋아서 어쩔 줄 모르고, 양 선생은 처음 오르는 월출산을 달밤에 오른 것이 자랑스러운지 감 탄사를 연발한다. 이 체육관 등산로의 초입은 영암읍내 사람들의 산책로 역할을 하지만 중간을 넘으면 어느 등산로 보다 어려운 길 이다. 로프 없이는 오르내릴 수 없는 절벽이 있고 아슬아슬한 바윗 길로 된 길도 여럿 있다. 양 선생이 가져온 복숭아를 하나씩 씹어 먹고 아무도 기다리지 않는 천황봉으로 발걸음을 옮겨 놓았다. 금 새 온 몸이 땀으로 범벅이 되었다. 드디어 광암터에 당도하였고 달 도 그새 많이 올라와 있었다. 새들도 잠이 들었는지 휘파람새 소리 도 들리지 않았다. 달빛을 받으며 조금 쉬었다가 오르니 이윽고 통 천문에 닿았다. 통천문에서 불어오는 바람. 이 세상에 이보다 더 시 원한 바람이 또 있을까? 저 뼛속 깊은 곳까지 시원하다.

3시간이 넘게 걸려 천황봉에 닿았다. 기다리는(?) 사람 없는 천 황봉에는 달빛만 가득하다. 천황봉을 수 없이 올랐지만 아무도 없 었던 적은 없었다. 언젠가 비바람이 몰아칠 때도 두세 사람은 있었다. 수퍼에서 사가지고 온 막걸리를 내놓으니 모두들 와~ 하면서 감탄사의 연발이다. 옛날 동네사람들 모여 모내기 할 때 논두렁에 점심을 차려놓고 먹기 전에 아버지가 하셨듯이 막걸리를 조금 딸아 경건한 마음으로 고수레를 하면서 안전야간산행을 기원하고 나서 한잔씩 따라 마시는 막걸리는 이미 막걸리가 아니었다. 꿀물이었다. 감로수였다. 달빛이 교교한 월출산 천황봉에서 마시는 막걸리는 요즈음처럼 농촌에서도 맥주에게 밀려 서러움을 견디고 있는 그 막걸리가 아니었다. 죠니워커 블루가 이보다 더 맛있을까? 뷔에스오피 나폴레온 꼬냑이 이보다 더 맛있을까? 국장님이 가져온 팥시루 떡은 그대로 살이 되었고 남총무가 가져온 참외와 양선생의 매실차는 그대로 피가 되었다. 저 멀리 영암읍내의 불빛은 크리스마스 츄리에 불을 밝힌 것 같고 월남 마을의 불빛이 간간히 보이고 바로 앞의 구정봉과 향로봉은 이쪽으로는 오지 않을거냐고 은근히 묻는 것 같다. 여기서 야간촬영(?)이 빠질 수 있나. 달밤에 체조를 한다더니 우리가 그러고 있는 것이 아닌지 모르겠다. 시간이 벌써 10시를 훌쩍 넘기고 있었다. 아무래도 야간 산행이라 시간이 더 걸린다. 도갑사 쪽으로 하산하려고 했으나 시간이 예상보다 더 걸렸으므로 계획을 수정하여 천황사쪽으로 내려오기로 하였다. 한사코 내려오기 싫어하는 남총무를 설득(?)하여 유행가 가사처럼 아쉬움만 남겨놓고 바람폭포 쪽으로 길을 잡았다.

바람폭포에 이르자 국장님과 남 총무가 옷을 벗기 시작하는 것이었다. 속세의 때를 씻어 버리고 신선이라도 되겠다는 듯이 말이다. 나무꾼과 선녀 이야기가 생각난다. 하늘의 보름달은 내내 우리

의 발길을 비춰주었고 천황봉을 뒤로 하고 차를 타고 오는 우리를
계속해서 따라 오는 것이었다. (월간 『산』 2002년 9월호 〈감동의
산행기〉)

황산

　중국의 황산에 관한 이야기를 들을 때마다 우리나라 산들도 다 못돌아 봤는데 외국에 있는 산을 찾는 것은 사치라는 생각을 하고 있는 차에 황산을 갈 수 있는 기회가 우연히 찾아왔다.

　인천공항에 오니 뉴욕의 존에프케네디 공항이나 일본의 나리타 공항에 비해 규모나 시설면에서 조금도 손색이 없구나 하는 생각을 하며 비행기 시간을 기다렸다. 시간이 되어 상해 가는 중국동방 항공기에 몸을 맡겼다.

　상해의 포동공항에서 약간 서툰 가이드의 안내로 임시정부청사에 가서 김구선생을 만나 뵙고, 노신공원에 가서 윤봉길의사의 의거현장에서 사진을 찍고, 황포강가에서 포동지구의 동방명주의 위용을 감상하고 홍교공항으로 이동하였다. 홍교공항에서 황산가는 비행기를 타기 위해 기다리고 있는데 한국말을 하는 한 무리의 사람들이 들이닥쳤다. 마치 한국의 어느 공항에 와 있는 느낌이다. 주위 사람들은 전혀 아랑곳하지 않고 웃고 떠들고 하는 모양새가 별로 좋아 보이지 않는다. 느그따에 황산시의 둔게기여외 국제호텔에서 여장을 풀었다.

다음 날 아침 짐을 꾸려가지고 나오는 데 로비의 벽에 커다랗게 확대된 사진이 나의 눈을 사로 잡았다. 작은 거인 등소평. 중국 사람들이 가장 존경하는 등소평. 흑묘백묘론을 주창하며 중국의 개방을 이끌고 오늘날의 활기찬 중국이 있게 한 등소평. 지도자의 모습이 어떠해야 하는지를 보여준 등소평의 사진이 나를 한참 동안 사진앞에 붙잡아 놓는 것이었다. 등산화도 아닌 중국의 전통 신발을 신고 바지가랑이를 무릎까지 걷어 올리고 막대기 하나를 짚고, 가식이라고는 찾아볼 수 없는 그러나 당당하게 등소평이 거기에 서있었다. 72세에 황산에 올라 찍은 사진이라고 설명이 붙어있다. 그 후로 황산의 개발이 본격화 되었다고 한다.

버스로 1시간 반 동안 달려 황산입구에 닿았다. 거기서 체인을 찬 버스로 갈아타고 케이블카가 있는 곳까지 이동하였다. 아세아에서 제일 길다는 2803m의 케이블카를 타고 30여분 후에 백아령에 내렸다. 어제까지 비가 많이 내렸다고 한다. 그러나 1800m 이상이 되는 이곳 황산에는 눈이 되어 내려 있고 어제의 날씨 탓에 안개가 무지막지하게 끼어 구경온 사람들의 시야를 극히 제한하고 있다. 케이블카 밑으로 돌계단이 잘 나 있다. 그리로 인부들이 무슨 짐꾸러미를 지고 오르고 있다. 산꼭대기의 호텔 등에서 필요한 물자들을 직접 져나르고 있다. '케이블카에 싣고 가도 될텐데' 그렇게 하지 않는 것은 인부들의 품삯이 더 싸기 때문이겠지. 안개가 너무 많이 끼어 기암과 기송으로 유명한 황산의 진면목을 볼 수 없으니 안타까울 뿐이다.

사림호텔에서 점심을 먹는 데 주위에서 들리는 소리는 전부 한국

말이다. 둘러보니 한국인이 아닌 곳도 있는 데 말이다. 다른 사람들도 배려하는 한국인이 아쉽다. 식후에 본격적으로 황산구경에 나섰다. 안개가 나뭇가지와 잎에 붙어 그대로 얼고 뒤따라오는 안개가 가세를 하니 나무 전체가 새하얀 밀가루를 뒤집어 쓴 모양이 매우 신비롭고 마치 동화의 나라에 온 듯한 착각에 사로 잡혔다. 우산 모양의 우산송이 커다랗고 새하얀 우산이 되었다. 온 세상이 온통 새하얀 눈나라를 미끄러지지 않으려고 조심조심 걸으면서 광명정에 다다랐다. 중화민족의 시조인 헌원황제가 여기서 불로장생 약을 만들어 먹고 신선이 되었다는 곳이라고 한다. 황산의 유래가 여기서 비롯되었다고 한다. 전망이 안개로 인해 보이지 않으니 아무래도 가이드의 말처럼 다음에 한 번 더 와야 할 모양이다. 안개가 잠시라도 걷혀주기를 바라면서 비래석 쪽으로 길을 잡았다.

등산로의 전부가 돌계단으로 되어있다. 또한 참으로 깨끗하다. 눈살을 찌프리게 하는 PET병이나 비닐 종이는 찾아보기 힘들다. 납작한 돌조각 네 개를 맞춰 만든 환경친화적인 쓰레기통이 군데군데 있어서 정감이 갔다. 만리장성을 쌓는 실력이니 이 정도의 돌계단을 만드는 것은 조족지혈이겠지.

드디어 그 유명한 황산의 심볼인 비래석에 다다랐다. 10m 높이의 고구마 같이 생긴 바위가 어떻게 거기에 그렇게 서 있을 수 있는지 모를 일이었다. 한 번 만지면 복을 주고 두 번 만지면 재운을 주고 세 번 만지면 관운을 주고 네 번 만지면 애인운을 준다고 가이드가 설명힌디. 니는 헤이릴 수 없이 만지고 또 만졌다. 얼굴도 갖다 부볐다. 난간을 잡고 밑을 보니 아스라하다. 자세히 보니 거기에 웬 개미만한 사람이 움직이고 있었다. 더 자세히 보니 쓰레기를 줍고 있었다. 여기나 저기나 산에 오를 자격이 없는 사람들이 꼭대기에 올라 밑으로 쓰레기를 버리는 모양이다.

가는 길목마다 앉아 쉴만한 곳을 돌로 만들어 놓아 한 여름 더울 때 앉아 있으면 금방 땀이 식을 것 같았다. 안개여 걷혀다오. 잠시만이라도 걷혀다오. 구름을 배웅한다는 배운정에 닿았다. 안개가 이렇게 원망스러운 적은 없었다. 여기 저기 위험구역을 표시해 놓은 쇠사슬에 각종 모양의 자물통이 채워진 체 수도 없이 걸려있다. 좋아하는 사람들이 이렇게 자물통을 채우고 열쇠를 하나씩 나눠가지면 그 사랑이 더욱 돈독해지고 부부는 금슬이 더욱 좋아진다고 한다. 그 수많은 자물통의 주인공들이 모두 잘 살고 있는지 모르겠다. 자물통의 성적의미와 돈을 좋아하는 중국인들의 금고와 연관되어 재미있다는 생각이 든다.

좀 더 걸어가니 북해빈관이 나왔다. 도시 한 복판의 빌딩에 조금도 손색이 없는 건물이다. 이곳에 대형 호텔이 4개나 있다고 한다. 유네스코 문화유산으로 등록된 이곳에 많은 사람들이 배출하는 오물을 어떻게 정화하는지 걱정이 된다. 부근에 은행 건물도 있다. 무슨 산꼭대기에 은행일까? 알다가도 모를 일이다. 황산에는 북해니 서해니 바다를 의미하는 지명이 있다. 산에 끼는 안개를 운해라고 하는데 이런 의미를 살려 아예 지명을 서해니 북해니 하고 부르는 모양이다. 가다가 짐꾼들을 만났다. 자세히 보니 짐속에는 무도 있고 생선머리도 짐밖으로 삐죽히 나와 있다. 프로판 가스통도 있다.

우리나라에는 담양이나 가야 볼 수 있는 약 1.5m 정도의 길이의

굵은 대나무를 반으로 갈라 양쪽 끄트머리 부근에 약간 홈을 만들고 거기에 짐꾸러미의 끈을 메달고 어깨쭉지에 걸친다. 그리고 그보다 조금 짧은 막대기를 다른 쪽 어깨쭉지로 해서 원래의 대나무를 받치므로 해서 양쪽 어깨 쭉지로 힘을 분산하는 모양이다. 그들의 지혜가 엿보인다.

호랑이가 엎드려 있는 모양의 흑호송, 중국의 56개 민족을 의미하는 56개 가지를 가졌다는 단결송을 구경하고, 안개 때문에 일몰구경은 엄두도 못내고 사림호텔로 돌아왔다. 로비의 한쪽에서 화가가 황산의 비경을 그리고 있었다. 간단한 초상화도 그리기에 기념이 될듯하여 하나 그렸다. 내일 아침 일출이라도 보게 해달라고 부처님께 빌면서 산꼭대기의 추운 호텔방에서 가지고 간 쉐터를 껴입고 잠을 청하였다.

아침 일찍 모닝콜에 잠을 깨었다. 옷을 더 껴입고 일출감상의 꿈을 안고 전망좋은 곳으로 10여분 오르니 벌써 많은 사람들이 좋은 자리를 다 차지하고 덜덜 떨기도 하고 사진도 찍으면서 나올 가망 없는 해를 기다리고 있었다. 안개는 어제보다 더 짙게 끼어있었다. 일출감상을 포기한 사람들이 하나둘 내려가기 시작한다. 그들이 내려가고 난 자리에 보니 후자관해(猴子觀海)라는 글자가 새겨져 있다. 옹기종기 앉아서 해가 나오기를 기다리는 사람들의 모습이 마치 원숭이들이 앉아서 운해를 감상하는 모습을 연상시켰던 모양이다. 어쩌다 한 번 와가지고 전부 다 보고 가는 것은 지나친 욕심이다. 아껴두어라. 아껴두었다가 먼 훗날 꼭 다시 와서 나머지를 보리라 다짐하면서 호텔로 내려왔다.

케이블카를 타고 내려오는 데 안개가 걷히기 시작한다. 다 못 보여줘서 미안하다는 듯이 눈의 무게를 못 견디고 대나무들이 우리를 향해 큰절을 한 체 일어날 줄 모른다.(월간 『산』 2005년 4월호)

기축년 해맞이 산행

기축년(2009)이 다가온다. 기축년은 내가 태어난 해이니 지난 60년도 되돌아보고 나머지가 얼마나 될지 모르나 나머지에 대한 다짐도 할 겸 신년 해맞이 산행을 하기로 하였다. 가는 시간 오르는 시간을 감안하여 새벽 4시에 일어나 아이젠 해드랜턴 등을 챙겨가지고 나오니 눈이 조금 쌓여 있다. 중간에 가다가 C를 태우고 월출산을 향해 조심스럽게 운전을 한다. 월출산 국립공원 주차장에 들어서려고 하니 정복을 입은 국립공원 관리직원이 가로막으면서 '입산금지'란다. 내가 보기엔 입산금지 할 정도로 눈이 쌓이지 않았는데 말이다. 1월 1일부터 멱살을 잡고 싸울 수도 없는 일이다. 아쉽지만 되돌아오면서 약간 화가 난 상태에서 운전을 하다 보니 속도를 줄이지 않아서 급커브를 도는데 미끄러져 옹벽에 범퍼를 문댄다. 2009년의 액땜으로 치부하고 쓴 웃음을 짓고 만다.

이대로 물러설 내가 아니다. 가만히 생각해 보니 양력 1월 1일은 정확히 기축년의 시작이 아니다. 음력 정월초하루 설날이 기축년의 시작인 것이다. 이번에는 지리산에 가서 새해 일출을 하기로 계획을 세웠다. 1월 24일 구례 화엄사로 해서 노고단까지 간다. 코재가 가까워질수록 눈은 깊어지고 다리의 힘은 빠지고 등허리에 짊어진 업장이 어깨를 파고든다. 코재에 오르니 눈이 꽤나 깊다. 얼마나 걷고 싶었던 눈길이더냐? 일부러 산장 오르는 지름길을 버리고 푹신푹신하고 새하얀 카페트가 깔린 도로 길을 따라 뽀드득 뽀드득 한발 한발 내딛는다. 차디찬 바람이 뺨을 때리고 목덜미를 파고들지만 기분은 좋다. 온통 눈으로 뒤덮인 하얀 세상이 더 없이 좋다. 부처님이 사는 세상이 이렇게 생겼을까? 몸속에 엔돌핀이 생기는 소리가 들린다.

다음날(섣달 그믐날) 일어나니 밤새 눈은 더 쌓여 있고 나무마다 눈꽃이 만발하였다. 내 입은 어느새 귀 밑까지 길게 찢어져 있다. 앙드레김이 흰색을 고집하는 이유를 조금은 알 것 같다. 온통 새까맣고 통통한 개 한 마리가 이리 왔다 저리 갔다 한다. 옆에서 하는 말을 들어보니 마을에서 등산객을 따라 왔다고 한다. 저 개의 전생은 유명한 등산가였던지 아니면 이름은 없었지만 나처럼 산을 무척이나 좋아했었던 사람이었나 보다. 취사장에서 50대로 보이는 아저씨가 찌게를 준비한다. 조금 있으니 건장한 청년 셋이서 아버지라고 하면서 들어온다. 얼마나 든든할까. 호랑이가 달려들어도 끄떡없을 것 같다. 부럽다. 오늘은 연하천까지만 가기로 하였다. 토끼봉을 오르는데 철쭉나무에 백화(白花)가 만발하였다. 연화세계가 이런 곳인가 상상해 본다. 연하천은 항상 물이 충분해서 좋았으나 올해는 가뭄이 심해 물줄기가 나의 소변줄기처럼 가늘어 졌다. 그 까만 개가 연하천까지 따라왔다. 누군가 개에게 밥을 줬는 모양인데 태반이 그대로 남아있다. 필시 개에게 주려고 음식을 만든 것이 아니고 먹다 남은 것을 주니 자존심이 상해서 안 먹은 것이 아닌가 하는 생각을 해본다.

정월 초하루 설날이다. 여기서는 일출을 보기에 마땅치 않기도 하지만 날씨도 좋지 않다. 오늘은 장터목까지 갈려고 했으나 거기는 물 사정이 좋지 않으므로 세석까지만 가기로 하였다. 한 살 더 먹는 설날 떡국 대신에 간단히 인스턴트 국을 끓여 엊저녁에 해놓은 식은 밥을 말아서 아침을 때우고 눈길을 나선다. 겨울에 눈길을 가다보면 누가 봐도 소변 자국인 것을 알 수 있는 노란 물방울 자국을 보게 된다. 동물의 왕국에서 보면 숫놈들이 자기의 영역을 표시하기 위해 오줌을 깔기던지 자기 몸을 바위나 나무 등걸에 부벼 자기의 냄새를 남기는 것을 본다. 지리산이 자기의 영역이 아닐진 데 왜 그럴까? 생리현상을 어쩔 수 없는 일이나 발로 한 번만 문지르면 안 보이게 될 텐데 그대로 놔두고 갈 길을 가는 무신경이 부럽다. 벽소령에서 점심을 해결하고 나두야 간다. 생을 다하고 쓸어 넘어진 나무를 이용하여 길 양쪽으로 울타리를 만들어 놓았다. 적당히 잘라 기둥을 세우고 그 위에 가지를 다듬지 않은 체 가로로 걸쳐 놓은 모습이 운치가 있고 정감이 간다. 그 자리에 그 울타리가 꼭 필요한 것이 아닐 진데 이렇게 힘들여 만들어 놓은 것은 하나의 멋스런 행위이다. 애쓰신 분들에게 고마움을 느낀다. 영신봉을 돌아서니 세석산장이 반긴다. 지금은 새 건물이 들어서서 넓고 깨끗하지만 예전에는 지금의 취사장 자리의 건물로 비좁고 허름하였다. 오 태진 세석을 찾았을 때 일이 생각닌다. 그 때는 어름이었는데 해는 넘어가고 비도 추적추적 내리고 있었다. 힘들어 세석에 도착하긴 했는데 등산객들이 처마 밑에서 튕기는 낙수 물을 맞으며 옹색하게 밥을 하고 있고 안을 들여다보니 좁은 산장 안에 사람들이 가득 차서 눕지도 못하고 등을 맞대고 쭈그리고 앉아서 버티고 있다. 발한 짝도 들여 놓을 공간이 없다. 하는 수 없이 플래시를 켜고 거림으로 미끄러지면서 내려온 기억이 새롭다. 이렇게 산을 미치도록 좋아하고 찾는 사람들이 엄홍길, 박영석, 한왕용 같은 산악영웅들을 탄생시키는 텃밭이 되었지 않았나 생각해 본다.

초이틀이다. 아침 일찍 일어나 하늘을 보니 구름 한 점 없고 모든 별들이 땅으로 쏟아질 듯 위태롭다. 오늘은 찬란한 일출을 볼 수 있겠다. 장터목 가는 길에 일출을 보기로 하고 아침은 찬 물 한 그릇으로 때우고 서둘러 길을 나선다. 여명이 밝아 오니 주위의 스카이 라인이 뚜렷해지고 명암이 엇갈린 지리산의 주능선의 모습이 장관이다. 모퉁이를 돌아서니 금방 태양이 튀어 나올 것 같다. 눈 덮인 전망 좋은 바위에 자리를 잡고 카메라를 꺼낸다. 이윽고 기축년 초이틀의 해가 온누리를 비춘다. 이제까지 수없이 떠오른 해와 오늘 떠오르는 해 또 앞으로 떠오를 해 모두 다름이 없겠지만 나에게 오늘 이 해는 여러 가지를 생각하게 한다. 지난 60년 동안의 일들이 주마등처럼 지나간다. 남은 인생은 지나온 인생을 반성하며 겸허하게 살 것을 스스로 다짐한다. (『나루터』 제12집, 2010)

제2부
인생길 가다보니

鶴 / 白居易

隱山 강금복 화백이 죽전서실을 방문하셔서 막걸리 一盞 후에 一筆揮之로 학을 그려 벽에 붙여 놓으니 학다리 출신인 내가 보기에 참으로 좋고 욕심이 나더라. 허락을 받아 나무에 새기기로 하였다. 黃石 선생님이 白居易의 鶴에 관한 한시를 찾아 주시고 竹田선생님이 그 詩를 써주시니 금상첨화라.

人各有所好	사람들은 저마다 기호가 다르고
物固無常宜	만물에는 일정한 척도가 없노라
誰謂爾能舞	누가 너의 나는 춤사위가 좋다 했느뇨
不如閒立時	한가로이 서 있는 품이 더욱 좋거늘

정성껏 나무에 새겨서 학다리고등학교 총동창회장을 역임하고 학교법인을 인수한 양한모이비인후과 원장에게 주고 나니 매우 만족스럽다. 지금 학다리고등학교 이사장실에 걸려있다.

4박 5일의 출가

　지방 신문을 통해 우연히 송광사에서 '4박 5일의 출가'라는 수련 법회가 있다는 기사를 읽고 예전부터 관심을 갖고 있던 터라 신청을 하게 되었고 인연이 닿아 참여할 수 있는 영광을 갖게 되었다. 나중에 안 일이지만 신청자의 반은 탈락하였다고 한다.

　주말이면 산에 갔었고 그 산에는 예외 없이 사찰이 있었다. 그냥 사찰을 지나치기 일쑤였고 사찰에 가봐야 수박 겉핥기식으로 대충 보고 나오는 것이 예사였다. 대학시절 불교에 관한 책(주로 禪에 관한) 몇 권 읽은 정도 밖에 없는 나로서는 그 절이 나와는 아무 상관없는 것을 치부하였었다. 그러나 이번 수련법회를 계기로 이러한 생각은 송두리째 바뀌었다. 얼마 전에도 산에 갔을 때 그 전 같으면 상상도 할 수 없었지만 자연스럽게 법당에 들어가 부처님께 3배를 하는 등 불교는 이제 나의 생활의 일부가 되어버렸다. 예를 들면 아침이면 좌선도 해보고 108배도 해보고 금강경도 읽어보지만 아직 걸음마 단계이다. 책방에 가면 불교에 관한 책에 관심이 가고 도서관에 가도 불교에 관한 책을 꽤 여러 권 사놓은 게 있어서 읽게 되었다. 길을 걸을 때 혹 벌레라고 밟히지 않나 주의하

게 되었고 5계(불살생, 불사음, 불투도, 불망어, 불음주)를 지키려
고 노력하는 등 부처님의 가르침대로 하려고 애쓰지만 매우 어렵
다는 생각이 든다.

짐을 대충 챙겨가지고 시간에 맞춰 송광사에 가서 수속을 마치
고 수련복을 받아 갈아 입으니 각오가 새로워졌다. 저녁 9시에 취
침하고 새벽3시에 일어나는 집에서의 생활과는 전혀 다른 시간표
대로 움직이기 때문에 결코 쉽지만은 않았다. 이어서 예불하고 108
배 하고, 좌선하고, 청소하고, 공양(식사)하고 … 등 조금도 빈틈없
이 짜여진 시간표대로 움직였다. 낮 동안은 스님들의 불경강의와
좌선, 하루 종일 좌선하면서 자신을 되돌아 볼 수 있는 기회를 갖
게 되었다.

좌선 수련 중이었다. 결가부좌는 도저히 못하겠고 반가부좌를
하고 앉아 있는데 어찌나 발목부근의 관절이 아프던지 화두(이 뭐
꼬?)는 어디로 갔는지 행방이 묘연하고 모든 신경이 발목에 가있
다. 그러고 앉아 있으니 발목에 피가 안 통해 어떻게 되는 것이 아
닐까? 화두대신 발목이 머릿속에 가득하다. 그때 어디서 날아왔는
지 모기 한 마리가 팔목 언저리서 날아다니면서 피를 빨아먹을 장
소를 물색하는 것이었다. 이제는 화두고 뭐고 모든 신경이 팔목 부
근의 모기에게로 집중되었다. 평소 같으면 가만히 기다렸다가 찰
싹하고 때려잡았을 텐데 부처님이 보고 계시는 성스러운 법당에서
살생을 할 수가 없지 않는가? 더욱이 모두가 좌선중이라 개미 기어
가는 소리도 들릴 판인데 이를 어찌하나? 문득 오기(?)가 생겼다.
한 번 참아보자. 한 번 견디어 보자. 공양하기 전에 합창하는 "5가

지 생각'이 떠올랐다.

이 음식이 어디서 왔는고?
내 덕행으로 받기가 부끄럽네
마음의 온갖 욕심 버리고
육신을 지탱하는 약으로 알아
道業을 이루고자 이 공양을 받습니다.

내 덕행으로 공양을 받고 있는 것이 사실 부끄러웠다. 그렇다면 그 일부를 모기에게 공양하기로 하자. 지가 먹으면 얼마나 먹겠느냐? 한 말을 먹겠느냐? 두 말을 먹겠느냐? 너의 식구들 다 데리고 와서 양껏 먹어라. 이러한 생각을 하면서 견디고 있는 데 드디어 예정된 시간(보통 한 차례에 30분 정도)이 되어 지도법사 스님이 치는 죽비소리가 들렸다. 아, 어떻게 되었을까? 팔을 들어 들여다보니 모기는 온데간데 없고 여기저기 3군데가 빨갛게 부풀어 올라 있었다. 어렸을 적에 할머니가 하셨던 대로 손가락에 침을 묻혀 발랐다. 그런데 평소 같으면 무척 가려워서 몇 차례 박박 긁었어야 할 텐데 전혀 가렵지 않았다. 부처님을 느끼는 순간이었다. 4박 5일의 일정이 끝나고 만허(滿虛)라는 법명을 받고 하산하였디. 다음에 또 와야지. 나무아미타불(南無阿彌陀佛) (『나루터』 창간호, 1999)

개성 관광

우연한 기회에 개성관광을 할 수 있는 기회가 찾아왔다. 북한 주민들은 어떻게 살고 있을까? 처음으로 가보는 북한이라 가슴이 설레고 기대가 부푼다. 금강산을 한 번 가보려고 하다가 자기의 대변을 얼려가지고 계속 들고 다녔다는 글을 읽고 좀 더 자유스러워졌을 때 가기로 하고 포기한 적이 있다. 출국수속을 거쳐 차로 10분 정도 비무장 지대를 지나 이어지는 입국수속이 어색하다. 이윽고 소위 북한지역으로 들어왔다. 뭔가 삭막한 느낌이다. 길가의 언덕에 군데군데 나무토막처럼 서있는 보안요원들의 모습이 안쓰럽다. 계절의 탓도 있겠지만 메말라 있는 모습이다. 풀도 별로 안자라 있고 나무도 별로 보이지 않는다. 대학 3학년 때 승선실습을 하기 위해 일본 시모노세끼항에 접근할 때 일본에서 보았던 모습이 생각난다. 그때 당시 우리나라와는 달리 산에 짙푸르게 우거진 나무숲이 인상적이었었는데… 두 사람의 남자가 안내사업(?) 하려고 올라온다. 한 사람은 앞에서 마이크를 잡고 한 사람은 버스의 맨 뒷좌석에 앉는다. 뒤의 사람은 보조인 듯하다. 남한의 아리따운 안내양과 비교된다. 한 참 기억에도 별로 남지 않을 이야기를 하더니 무료했던지 시키지도 않는 노래를 부르겠단다. 말리는 사람이 있을 리가 있나? 아리랑을 아주 힘차게 무슨 행진곡처럼 불러재끼더니 한 곡으로는 안되겠던지 고향의 봄을 역시 힘차게 부른다. 얼굴에 핏대를 세우면서 부르지만 재미는 물론 감동이 없다. 개성근교의 산은 파헤쳐져 꽤 높은 곳까지 밭이 되어 있었다. 시내의 길 위에는 남측처럼 굴러다니는 비닐봉지는 없다마는 먼지만이 사막처럼 풀풀 날리고 박연폭포 가는 길에 보이는 농촌의 모습은 암담해 보인다. 붕어빵처럼 똑같은 모양의 회색 시멘트 기와집이 유령의 집처럼 서있다. 마을 어귀에는 보안요원이 허수아비처럼 미동도 없이 서있다.

이윽고 개성의 삼절의 하나인 박연폭포에 왔다. 시원하게 내 쏟는 폭포가 일품이다. 황진이의 시가 새겨진 바위에서 사진을 찍어주고 찍히면서 고려왕조 500년을 생각한다. 여기저기 특별히 빨간색으로 새겨진 김일성부자의 찬양 글이 감동을 주지 못하고 쓴웃음을 자아낸다. 메가폰을 들고 한복을 화사하게 차려입은 예쁘장한 아가씨의 목소리가 낭랑하다. 이 폭포에서 개성의 한량들이 얼마나 많은 추억을 만들었을까? 반반한 돌만 있으면 그 헛된 이름이며 글귀를 새겨 놓아 자연을 많이 훼손해 놓았다. 그 이름을 새길 당시에 그들은 무슨 생각을 했을까? 먼 후대에 나 같은 사람들이 찾아와 자기의 이름을 보고 자기를 찬양하고 기억해 줄 것으로 생각했을까? 천만의 말씀이다. 그의 아들은 말할 것도 없고 그 아들의 아들도 손자도 진즉 어디로 가버렸고, 어느 누구도 그가 누구인지? 무엇을 한 사람인지? 기억해주는 사람은 한 사람도 없고 관심조차 없으며 좋은 돌 버렸다고 투덜댈 뿐이다. 하나의 낙서와 뭐가 다른가? 어느 도사의 혼자말이 들리는 듯하다. '헛되고 헛되고 또 헛되도다.' 금강경의 한 구절이 생각난다. "凡所有相이 皆是虛妄이 니 若見諸相非相이 卽見如來니라."

오솔길을 따라 관음사로 향한다. 가는 길에 그 헛된 이름들이 수 도 없이 새겨져 있다. 이마에 땀이 맺힌다. 하늘에는 구름한 점 없 다. 나무마다 새순을 내느라고 부산하다.

안내군이 관음사의 약수는 한 잔을 먹으면 10년이 젊어진다고 하 면서, 너무 많이 먹어 어린애가 되지 않도록 주의 하라고 당부한다. 약수를 한 그릇만 먹고 그 옆의 굴에 모셔진 관음보살상을 친견한 다. 북한주민에 대한 연민의 정 때문인지 혹은 뵙고 있는 나의 마음 때문인지 관음보살의 얼굴에 근심이 가득하다. 박연폭포와 관음사 를 들러보고 개성시내의 통일관이라는 식당으로 들어갔다. 13반상 기의 식사가 모두 개인용으로 차려져 있다. 오랜만에 노란 놋그릇 에 담겨진 한식다운 한식을 먹는 기분이다. 북한의 통일소주가 조 그만 잔에 따라져 있다. 한 잔 더 먹을 수 있냐고 하니 두 잔째부터 는 사 먹어야 한단다. 옆의 여성관광객이 입도 안댔다고 하면서 건 네주는 잔을 받아 비워버렸다. 대부분의 사람들이 밥이며 반찬이 며 많이 남긴다. 나는 조밥만 조금 남기고 다 먹어버렸다. 조미료 에 길들여진 우리의 입맛에는 좀 그렇지만 나에게는 맛이 좋았다.

나오면서 보니 커피포트 옆에 아가씨가 둘이 서 있다. 한 잔 달라 고 하니 '일 달러입니다' 한다. 남한에서는 커피가 '셀프(?)'인데 북 한에서는 일 달러였다. 식후는 자유시간이다. 통일관 옆을 벗어나지 못하게 한다. 유치원 선생님이 유치원생 다루듯이 한다. 저 위쪽으로 김일성동상이 시내를 굽어보고 있다. 그는 무슨 생각을 하고 있을까? 가난하면서도 자기를 위대한 수령이라 하고 아버님이라 하고 怨讎가 아니고 元首라고 하니 행복해 하고 있을까? 이제는 먼지만 펄펄 날리는 시내를 보고 있을 것이 아니고 벌거벗은 민둥산을 보고만 있을 것이 아니고 개성공단 쪽으로 머리를 돌려야 할 것이다. 대원군과 김정일을 생각한다. 대원군의 쇄국정책과 지금 김정일이 하고 있는 것이 무엇이 다른가를 생각한다. 대원군의 쇄국정책의 결과는 어디였는가? 조금은 답답하다.

이성계의 쿠데타에 맞선 고려의 충신 정몽주가 모셔져 있는 숭양서원을 둘러보고 그가 이방원에게 죽임을 당한 현장인 선죽교에서 그의 핏자국을 확인하고 고려박물관으로 향하였다. 주위의 아름드리나무들이 그 역사를 말해주고 있지만 고려 500년 도읍지의 유물이 이 정도 밖에 안될까 의아하다. 이조시대의 성균관을 개조하여 박물관을 만들었다고 하는 데 수준이 형편없었다. 남한에서처럼 비닐봉지들이 굴러다니지 않아 좋긴 하다만 그들의 생활상이 1960년대에서 멈추어 버린 것 같아 안타까웠다. 출국할 때 디지털카메라에 찍힌 것을 하나하나 검열을 하는 것을 보고 필카는 안되고 디카는 된다는 말을 이해할 수 있었다. 출국 수속하는 곳으로 오는 사이에 버스 차창 밖으로 보니 저멀리 하늘을 찌를 듯이 높게 휘날리고 있는 인공기가 왠지 공허해 보인다.

서울에 오니 그 넓은 도로에 자동차들이 정체되어 가다 서다를 반복하고 있는 모습이 너무나 대조되었다.

고향 방문기

90이 되신 큰어머님이 편찮으시다고 해서 돌아가시기 전에 문안 간다기에 형제들과 동행하기로 했다. 별로 바쁜 일도 없었으면서도 고향에 가 본지가 언제인지 기억이 없다. 어떤 때 잠자리에 들기 전에 고향으로 달려가 이곳저곳 돌아다니다가 잠들곤 하였었는데, 부모님이 광주 형님 곁으로 이사갈 때 어찌나 서운했던지… 그후로 고향에 가볼 일이 별로 없었다. 그러나 동네 구석구석이 머리 속에서 훤한 것은 누구나 마찬가지일 터이다.

비가 오면 질퍽질퍽하던 동네 앞 신작로는 진즉 아스팔트로 포장 되어있어서 산뜻하긴 하다만 고향 냄새가 많이 바랬다. 동네 고샅도 시멘트로 발라져 있어서 울퉁불퉁 정들었던 돌맹이들은 보이지 않는다. 동네 입구에는 여름이면 쐐기 쏘이면서 올라가서 놀던 주엽나무가 그대로 서 있으면서 반긴다. 요즈음 얘들은 거기 올라가지 않고도 놀 일이 많이 있는 모양이다. 우리들이 어렸을 적에는 얼마나 올라 다녔는지 맨질맨질 했었는데 말이다. 유난히 나무에 잘 오르던 문재꺼리 재문이, 진도로 장가간 진구, 해군사관학교를 나와 불의의 사고로 유명을 달리한 우근이, 힘이 좋았던 용재, 여동생 친구 금례와 덕순이, 서울로 갔었는데 나중에 만났을 때 손가락이 세 개나 없던 운채, 우태는 지금도 고향을 지키면서 이장을 하고 있고… 다마치기(구슬치기)의 명수 재훈이 형은 몇 년 전에 돌아가셨다고. 지금은 뿔뿔이 흩어져 만나기가 쉽지 않지만 하나같이 그리운 얼굴들이다.

내가 살았던 집은 이미 남이 살고 있으니 들어가 보는 것은 부질없는 짓이고 담 너머로 보이는 살구나무는 어찌된 일인지 잎사귀 하나 없이 말라 죽어 있었다. 보리타작할 때 시디신 살구를 먹으면서 침을 질질 흘렸었는데 벌써 죽다니 안타깝다. 우리 집에는 앵두나무, 감나무 무화과 대추나무가 있어서 철따라 따먹곤 하였었는데...

큰집 가는 길목에는 우근이네 집이 있다. 형들과 놀려고 큰집에 갈 때 우근이네 집 앞을 통과해야 한다. 대문에는 항상 개가 앉아 있었다. 나는 개의 눈치를 보면서 살금살금 가다가 내달리기 시작하면 개도 덩달아 나를 쫓아와서 혼이 났었던 일이 생각난다. 대문이 자물쇠로 굳게 잠겨 있다. 문틈으로 들여다보니 아니 마당에 보리가 영글고 있질 않는가? 격세지감이 느껴진다. 대보름이면 여기저기서 모여들어 강강술래도 하고 '통이야'도 하고 숨바꼭질도 하던 마당에 보리를 심다니. 대문간에 붙은 사랑방은 우근이가 공부하면서 늦게 까지 불이 켜져 있었고 친구들이 놀러오면 금례랑 덕순이랑 빙둘러 앉아 사치기사치기사뽀뽀를 하던 방인데 조용하기만 하다. 우근이네 뒷집은 얼마 전 육군사관학교를 나와 장군이 된 기수네 집이다. 장군이 되자 시집간 기수네 누나들이 동네로 와서 큰 잔치를 했다고 한다. 얼마나 좋았을꼬.

큰집에 가니 사촌동생 진주가 반갑게 맞이한다. 5남 1녀의 아주 귀한 딸이다. 얼마 전 동네 노인당에 크나큰 텔레비전을 기증하여 칭찬을 받았단다. 방에 들어가니 큰어머님이 탈진하여 누워 계시다가 부축을 받고 겨우 일어나 앉으신다. 앉아 계시기도 힘이 드시는 모양이다. 큰어머님은 자그마한 키에 얼굴이 참 고우셨다. 세월은 호랑이보다도 무섭다고 하더니만 그 곱던 큰어머님을 이렇게 할머니로 만들고 마음대로 앉아 있지도 못하게 만들다니. 부산에서 대학 다닐 때 방학이 끝나고 학교 간다고 인사드리러 가면 꼬깃꼬깃 종이돈을 손에 쥐어 주시던 큰어머님, 유난히 나를 귀여워 해주시고 무역선에서 항해사로 근무할 때 연가(年暇)를 받아 집에 가면 외국 돌아다니면서 좋은(?) 것을 많이 보고 와서도 이야기를 안 해준다고 비교적 과묵한 나를 야속해 하시던 큰어머님이 이제는 나도 제대로 못 알아보시다니. 인생이라는 것이 과연 무엇일까? 기독교에 귀의하셔서 새벽기도를 열심히 다니셨다는 큰어머님이 하느님 곁으로 가실 날이 많지 않은 것 같아 안타깝다.

어렸을 적 뛰놀던 고샅이 그리워 방을 살그머니 나와 후동(後洞) 쪽으로 가봤다. 무슨 벽돌공장건물이 논을 밀어내고 그 위에 앉아 있다. 상전벽해(桑田碧海)라고 하더니만 옛날 고향은 어디로 가고 없었다. 동각에 가니 큰집 큰형수님이 재문이 어머니와 친척 아주머니랑 이야기하시다가 반기신다. 재문이네 집은 우리 바로 옆집이다. 재문이 아버지는 일찍 돌아가셨다. 서울에 자기 큰아버지가 계셔서 초등학교를 서울에서 다녔다. 방학 때 내려오면 동네 어른

들이 너 참 많이 컸구나 하고 이야기하면 "그럼 크지 줄어들어요?" 하고 서울 말투로 되받던 일이 지금도 웃음을 짓게 한다.

다시 동네 앞에 나오니 학다리 들판이 한눈에 들어오고 경지정리가 잘 되어있어서 보기에도 좋고 농사짓기에도 좋겠다마는 꼬불꼬불 정들었던 논둑길이 눈에 선하다. 저 만큼에 여름이면 멱감던 살포가 보인다. 겨우 개헤엄 치면서 즐거웠던 시절이 그리워진다.

(『나루터』 제4집, 2002)

골프 투어

여러 사람이 모여 앉으면 공동의 화제가 있기 마련인데 그것이
시대와 함께 변하는 것을 본다. 테니스에서 자동차와 난을 거쳐 요
즈음은 골프가 그 자리를 차지하고 있다. 점심 식사 후 방앗간에
가면 으레 골프가 화제다. 골프를 치지 않으면 무슨 이야기를 하는
지 알아듣기 힘들다. 그러니 대부분 골프를 치는 사람들이 모여 있
기 마련이다. 나도 한참동안 무슨 이야기를 하는지 그들이 웃으면
왜 웃는지 확실히 모르면서 귀머거리가 음악회에서 남이 박수치니
자기도 따라 치듯이 따라 웃다가 2003년 겨울 방학을 이용하여 새
벽에 cms사부를 따라 다니면서 그의 지도를 받기 시작했다. cms는
자기도 연습을 해야 할 텐 데 아무리 가르쳐 줘도 제대로 따라 하
지 못하는 아둔한 제자를 위해 그 아까운 시간을 고스란히 투자할
때가 많았다. 그리하여 겨우겨우 머리도 올리고 싱글을 치는 고수
들과 나란히 green green grass field를 걸어보기도 하였다. 이제는
그들의 이야기를 듣고 따라 웃을 수 있고 그들이 아쉬워하면 나도
아쉬워하게 되었다. 그런데 또 못 알아듣는 것이 생겼으니 동남아
golf tour에 관한 이야기가 나오면 도무지 무슨 이야기인지 알아들

을 수가 없었다. 이제는 알아들을 수 있게 되었으니 그 전말을 방앗간의 참새들에게 들려줘야 되겠다.

필리핀의 Cebu country club(ccc)에서 rounding 할 수 있는 기회가 찾아왔으니 한번 즐겨보자. 우선 score보다 golf tour 자체를 즐기기로 했다. 이렇게 귀한 시간에 score에 신경 쓰다가 양파라도 깔라치면 화가 나고 신경질이 날텐데 동남아 골프투어하면서 성질을 내서 될 일인가? '어잘공'이라도 나면 그것이 바로 내 볼의 본질이라고 생각하기로 하였다. 그런 다짐을 하고 공을 치니 악성슬라이스가 나서 이웃 fairway로 날아가도 별로 기분 나쁘지 않고, bunker에 들어가서 서너 번 씩 치고 나와도 bunker shot 연습을 많이 했으니 좋고, par3 hole에서 7번을 쳐도 그게 대수냐 다음에 잘 치기 위한 연습인 것을. drive 거리가 남보다 수십미터나 더 멀리 나가는 Korean tiger와 putter 감각이 남다른 파신 셋이서 ccc를 찾았다. 등록하는데 벽에 한글메모가 붙어있다. 우리나라 사람들이 많이 오는 모양이다. play가 늦어지면 다음 팀을 pass시키라는 문구가 눈에 띈다. SBS golf channel에서 나오는 야자수 우거진 해변의 멋진 골프장을 연상하면서 지난밤 잠을 설치고 택시로 찾아간 ccc의 모습은 나의 기대를 무참히 깨트려버렸다. 망고나무 야자수 등 열대의 이름모를 아름드리 나무들이 fairway 사이사이에 서 있고, 군데군데 아름다운 열대화가 피어있긴 하지만, fairway 잔디는 전혀 관리가 되어있지 않아서 군데군데 빨갛게 죽어있고 fairway의 단단함은 아스팔트를 연상시킨다. topping으로 잘 못 맞은 볼이 제대로 맞은 볼보다 더 멀리 굴러 나가는 정도이다. cebu대학 총장의 배려로 green fee 1000페소(2만원)로 반값에 등록하고 1인 1 caddie에 500페소(1만원)이다. 나에게 배정된 caddie 필립은 마음씨 좋은 시골 머슴 같은 아저씨다. 15세부터 39세인 지금까지 골프장에서 살았다고 하면서 자기 친구들 중에 pro가 여럿 있다고 한다. 자기는 마땅한 스폰서가 없어서 caddie에 머물고 있다고 한다. handicap이 10이라고 한다. 월요일에 골프를 치고 나머지 시간은 캐디로 일한다고 한다. 드디어 1번 tee ground에 올랐다. 캐디들은 벌써 저만치 가서 자기 주인(?)이 친 공을 놓치지 않으려고 이쪽을 주시하고 있다. 공이 낙엽사이에 가려져 있으면 낙엽을 이리저리 치워 공을 치기 좋게 해놓고 기다린다. 볼이 divot 같은 곳에 있거나 lie가 좋지 않으면 치기 좋은 곳으로 약간 옮겨 놓고, 스윙폼도 교정해주고 나머지 거리도 가르쳐 주고, putting line도 가르쳐준다. 마침 드라이브 어잘공이 나왔다. birdie라도 잡겠다는 듯이 단단히 마음먹고 친 2nd shot에서 슬라이스가 나서 rough에 들어가고 만다. 필립은 나의 잘못된 폼을 흉내 내면서 손으로 X표를 긋고 고개를 좌우로 흔들면서 안타까운 표정으로 no no 한다. 그리고 올바른 폼을 숙달된 조교의 폼으로 시범을 보이는 것이었다. 이곳 ccc는 붐비지도 않고 muan cc의 캐디들이 창녀촌의 아가씨들처럼 빨리빨리 하라고 재촉하는 데 반해 전혀 서두르지도 않으니 참말로 느긋해서 좋다. 그런데 이곳 캐디들도 우리말 중에 '세계어'화한 '빨리빨리'라는 말을 알고 있었다. 아마도 우리나라 golfer들이 우리나라의 캐디들한테 당한 것을 이곳 캐디들한테 오히려 빨리빨리 하라고 재촉하는 모양이다. 이웃 fairway를 보니 쪼그만 아가씨가 키다리 아저씨를 뒤따라가면서 천막만한 양산을 받쳐주고 있다. 팔이 얼마나 아플까? 한 player에 두 사람이 붙는 셈이다. 하나는 본연의 캐디고 하나는 우산과 간이의자를 들고 그림자와 함께 뒤따른다. 간이의자는 그린에서 상대가 putting할 때 잠시 앉아서 쉬라고 엉덩이 밑에다 펴 놓는다. 그늘집에 앉아서 음료수를 마시고 있는데, 카트를 타고 온 놈이 카트의자에 거만하게 누운 듯이 앉은 채로 큰 소리로 그늘집 아저씨를 불러 뭐라고 씨부리니 영수증 다발을 들고 음료수를 배달하고 있다. green 앞에 있는 물이 깨끗해 보이지 않는 water hazard에서 사람이 머리만 내놓고 수영을 하고 있다. 캐디가 물에 빠진 공을 건지는 사람이라고 하면서 crocodile이라고 한다. 오늘은 bunker day이다. 치면 bunker에 들어간다. fairway에 떨어진 공이 옆으로 굴러 벙커로 향한다. 캐디가 banana kick이라고 하면서 웃는다. 이리 뛰고 저리 뛰는 개구리라도 잡는 듯이 sand wedge를 서너 번 휘둘러 겨우 벙커를 탈출한 ball이 그린 건너편 bunker로 들어간다. 필리핀 Cebu까지 와서 미치고 환장하면 안되겠기에 야자나무에 매달린 소불알을 보고 웃고 말았다.

둘째 날은 어제의 멤버에 임꺽정의 후예인 Vasco 선장(인도항로를 개척한 Vasco Da Gama와 비슷하다고 하여 붙은 별명이라고 함)이 가세하였다. 어제는 rounding 자체를 즐겼으나 오늘은 score 관리를 해보기로 했다. 필립이 어제 나의 bunker 탈출하는 어설픈 모습을 보고 안타까웠던지 sand wedge를 가지고 bunker 연습장으로 나를 모시고(?) 가더니 training을 시킨다. 어느 정도 요령을 터득하고 나왔다. 오늘은 전동 cart를 빌려 작열하는 태양아래

fairway를 종횡무진으로 공을 찾아 헤매었다. 셋째날도 rounding 을 즐기고 나니 우리나라에서 몇 달 칠 것을 3일 동안에 다 쳐 버린 셈이다. Korean tiger가 birdie 두 마리를 잡은 것이 이번 필리핀 투어의 성과라 하겠다. 그늘집의 시원한 망고 쥬스의 맛을 잊을 수가 없다.(2005.5.3~5.5)

내친 김에 동남아 tour 장소를 Vietnam의 하노이와 하이퐁의 중간쯤에 있는 Chilinh star golf & country club으로 옮겼다. 입구의 야자수가 하늘에 닿을 듯하다. 가운데 호수를 끼고 펼쳐져 있는 18 hole golf course가 한 폭의 그림이다. driving range에서 제멋대로 날아가는 ball을 한 바구니의 공으로 영점조정을 하고나니 벌써 땀이 비오듯 한다. 귀여운 caddie 아가씨 셋이 착 달라붙는다. 필리핀의 새까만 아저씨와 대조적이다. PGA 선수라도 된 양 각오를 단단히 하고 드디어 1번 tee ground에 섰다. fairway가 누워서 잠이라도 자고 싶을 정도로 잘 가꾸어져 있어서 divot이 날까봐 매우 조심(?)스럽다. fairway를 벗어나면 rough가 길어 공이 풀 속에 박혀 겨우 보일락 말락 하니 찾기도 힘들 뿐만 아니라 탈출하기가 쉽지 않다. 거리 조절이 전혀 안되니 조심스럽게 치면 1m 정도 나가다가 말고 힘주어 치면 냉탕온탕을 넘나들게 되기 일쑤다. 덥기는 하지 왔다 갔다 하다 보니 이마에서 흘러내리는 땀 때문에 눈을 뜰 수가 없다. 4번 hole이 끝나고 그늘집에 가니 18hole을 돈 것만큼이나 지친다. 화장실에서 거울을 보니 얼굴이 벌겋게 잘 익어있다. 공이 slice가 나서 오른쪽으로 휘어 날아가니 caddie 아가씨가 '오른쪽'이라고 하면서 '아이고' 한다. 공이 water hazard에라도 들어가면 '아이고 죽겠다'고 한다. Korean tiger와 vj신에게는 '오빠'라고 하면서 나한테는 '아빠'란다. 동남아 golf tour라기 보다는 열탕지옥의 golf club에 온 느낌이다. 가지고 간 1.8리터 pet병의 물을 다 들이켰는데도 소변이 없다. 그런 상황이니 옷은 땀에 감기지 원래 double bogey player인 데다가 어잘공은 더더욱 어림없다. par 5 hole에서 양파를 까고 나니 캐디아가씨가 '양파'라고 하면서 웃는다. 아주머니 둘이서 그린 주위에서 이발하듯이 잔디를 가위로 다듬고 있다. Korean tiger나 vj신도 그들의 실력을 제대로 발휘하지 못하고, 나는 캐디가 타수를 헤아릴 수 없을 정도로 무수히 치고 나니 해가 서쪽 하늘을 빨갛게 물들이면서 넘어간다.

둘째 날은 Vasco 선장이 합류하였다. 하늘에 구름이 끼어 있어서 어제 보다는 한결 낫다. 어제의 탐색전이 끝나서 그런지 어잘공도 가끔 나오고 caddie가 score를 제법 헤아린다. 탐색전도 없이 본선에 나선 Vasco 선장이 birdie를 잡는 성과를 올리고 동남아 golf tour를 마무리 하였다. coconut 쥬스의 맛이 그립다. (2005.5.12.~5.13.)

이런 지옥 훈련 덕분에 vj신이 귀국후 제주 tour에서 hole in one 을 기록하는 기염을 토하였음을 덧붙인다. (『나루터』 제8집, 2006)

* cms : choi myoung sik, Korean tiger : jeong dae deuk, vj : ho sik, Vasco : lim geung soo

굴욕

 대부분의 남성들은 나이를 먹어가면서 여자들에게는 없는 전립선 때문에 곤란을 겪게 된다. 전립선이 커지면서 소변이 나오는 통로를 좁히기 때문에 소변 줄기가 가늘어지거나 두 줄기로 갈라지는 등 배뇨가 어렵게 되다보면 초등학교 시절 변소간에서 소변보면서 창문 넘기기 시합을 하던 때가 그리워진다. 소변을 보는 간격이 짧아지는 빈뇨, 소변을 참지 못하는 증상, 소변이 나오기까지 시간이 많이 걸리고 소변을 보고나도 소변의 일부가 남아 있는 듯한 잔뇨, 소변을 본 후에 바지 앞부분에 묻어 있는 소변 자국, 특히 잠을 자다 소변을 보기 위해 두 번 내지 세 번 씩 일어나야 하는 것은 참으로 힘든 일이다. 자연히 수면이 부족하여 전날의 피로가 남아 있어 몸이 상쾌하지 못한 경우가 많다. 옛날에 나이를 먹으면 새벽잠이 없어진다는 말이 전립선과 직접적인 관계가 있을 것이라는 생각이 든다.
 이 정도가 되면 병원을 찾을 수밖에 없다. 남자들이 제일 가기 싫어하는 병원이 비뇨기과이다. 혹시 남의 눈에라도 띄면 무슨 잘못을 저지르지 않았나 하는 오해의 눈길을 의식하기 때문이다. 그러나 어쩌랴. 마침 불어 닥친 웰빙시대에 삶의 질이 자꾸자꾸 떨어지고 있으니 역 앞의 비뇨기과를 찾았다. 이렁궁 저렁궁 그 동안의 사정을 이야기 하니 벌써 다 알고 있었다는 듯이 초음파 검사를 하자면서 소변을 먼저 받아 오라고 한다. 이윽고 한 쪽 방으로 데려가더니 팬티를 무릎 정도까지 내리고 엎드리게 한 다음 나의 항문에 자기의 손가락을 집어넣어 이리저리 휘젓는다. 이윽고 나의 거시기의 끝에 끈끈한 액체가 조금 비치니 현미경의 유리 시험편에 찍어 간다. 옷을 올리고 나니 초음파 기계가 있는 방으로 데리고 간다. 병상에 옆으로 뉘이고 또 다시 팬티를 내리고 다리를 오므리게 하여 초음파 기구를 항문에 넣기 좋은 자세를 취하도록 하였다. 당연히 그 기구에는 항문에 원활하게 들어가도록 윤활제가 듬뿍 묻혀져 있었겠지. 그 길쭉한 기구를 이리저리 움직이더니 다 찍었는지 일어나라고 하면서 전립선이 겁나게 커졌다는 것이다. 팬티를 올리고 일어나 바지의 혁대를 채우고 소파에 앉아 등산화(나는 평소에 등산화를 신고 다니면서 웬만한 거리는 걸어서 다닌다)를 조이려고 하는 데 항문 근처가 기분 나쁘게 축축한 느낌이 든다. 화장실로 달려가서 확인해 보니 항문에 묻어 있던 윤활제가 팬티에 묻어 마치 도저히 참지 못하던 설사가 조금 나와 버린 형국이다. 화장지로 닦고 닦고 또 닦았지만 축축해져 버린 팬티를 말릴 수는 없었다. 축축해져 버린 팬티가 엉덩이 부근을 스칠 때의 더러운 기분과 불쾌감과 자괴감과 굴욕감을 참기 힘들었다. 그렇다고 그 일로 다투는 것은 더욱 칭피스러운 일일 터이다.

항문에 넣었던 기구를 빼고 나서 나에게 화장지를 건네주거나 말로라도 알려만 주었어도 이런 수모를 당하지 않았을 텐데 도대체 이게 뭔가 말이다. 체면이 말이 아니다. 자존심이 상하고 불쾌하고 기분이 똥보다 더 더러웠다. 내 일생에서 잊을 수 없는 굴욕의 날이 었다. 그 후에 전립선으로 고생을 많이 하신 분에게 이야기를 하였 더니 광주의 한 비뇨기과를 소개해 주시는 것이었다. 자동차를 타 고 무안국제공항과 광주를 잇는 고속도로를 타고 찾아갔다. 역시 똑같은 검사를 하는데 완전 딴 판이었다. 뒤처리 문제는 말 할 것 도 없고 청결면에서나 의사의 세련된 태도가 정말로 대조되었다. 그 후에 목포의 그 의사는 나로부터 '개XX'라는 욕을 수도 없이 먹 었다. 물론 앞에서 직접 하지는 못했지만 말이다. 아마도 귀가 많 이 가려웠을 것이다. (『나루터』 제12집, 2010)

어느 날 아침의 해프닝

2003년의 연말이 다가오고 있다. 사람들은 연말이 다가오면 망년회다 뭐다 하면서 바빠지고 별로 잊을 것이 없는 한 해를 보낸 나도 덩달아 바쁜 척 한다. 산을 자주 찾던 나는 요즈음 골프를 배우느라고 산에 가는 것이 뜸해졌다. 지리산 산신령이 기다릴 것도 같고 지난 날도 나름대로 되돌아 볼 겸 연말을 지리산에서 보내기로 작정을 하였다.

첫날은 화엄사로 해서 노고단 대피소에서 자고, 다음 날은 벽소령까지 가고, 셋째 날은 천왕봉 밑에 있는 장터목까지, 마지막 날은 2003년의 마지막 해돋이를 천왕봉에서 보고 백무동으로 하산하기로 계획을 세웠다. 그 전에 2박 3일로 하던 길인 데 겨울인 데다가 체력도 감안하여 여유있게 계획을 짰다.

12월 28일 아침이다. 그 전날 짐을 꾸려 놨으니 바쁠 것이 없으나 몇 가지 빠진 것을 더 챙겨가지고 집을 나섰다. 차를 몰고 광주로 가서 어머님 댁 옆 골목에 차를 주차하고 시간을 확인하니 약간의 여유가 있어 아버지 어머니를 뵙고 길터고 집으로 들어갔다. 갑자기 이른 아침에 나타난 아들을 보고 어머니는 밥은 먹었냐? 혼자

가냐? 누구랑 같이 가냐? 하고 물으신다. 혼자 간다고 하면 걱정을 하실까봐 터미널에서 여럿이 만나서 함께 간다고 거짓(?)을 아뢰고 조금 앉아 있다가 나왔다. 차 트렁크에서 배낭을 꺼내 메고 가까이에 있는 정류장으로 가서 시내버스를 기다리는데 광천터미널 행 버스가 금방 오는 것이었다. 버스에 올라 자리를 잡고 앉았다. 아니 머리 위에 있어야 할 모자가 없는 것이 아닌가. 당일 산행이면 그냥 대충 갔다 올 수 있을 텐데. 지리산에를 모자 없이 간다는 것은 말이 안된다. 새로 사는 것도 내키지 않고. 버스는 한 정류장을 지나고 건널목에서 파란 신호등을 기다리고 있다. 그 사이 기사에게 내려달라고 하니 문을 열어준다. 10여분을 걸어서 되돌아와 차 안의 운전석 옆자리에 벗어났던 모자를 쓰고 다시 정류장에 오니 광천터미널 행 시내버스가 금방 오는 것이었다. 버스에 올라 자리에 앉았다. 그런데 앉자마자 자동차 문을 잠그지 않은 것 같은 생각이 드는 것이었다. "아니 잠갔을 거야. 아니 잠그지 않은 것 같아. 불량기 있는 애들이 무심코 차문을 열어보고 열리면 들어가 해꼬지라도 하면 어쩌지? 잠근 것 같은 데. 즈그 여자 친구라도 데리고 들어가 노닥거리다가 카섹스라도 하면? 나도 한 번도 안해 봤는데. 국물이라도 시트에 묻혀 놓으면. 잠궜겠지. 아니 차안에 있는 오디오라도 떼어다가 팔아버리면. 차도둑놈들은 키 없이도 시동을 걸 수 있다던 데 이리저리 몰고 다니다가 아무데나 버려 버리면. 주택가인데 뭐 그럴 리가 있겠나. 그냥 놔두고 갔다 와." 이런 저런 생각을 하고 있는 사이 버스는 정류장을 여러 개 지나고 있었다. 아무래도 차문을 잠그고 가야 산행이 부담이 덜 될 것 같아 중간에서 다시 내렸다. 걸어서 되돌아 가기에는 너무 멀리 와버렸다. 길 건너가서 택시를 잡아야 하는 것도 번거롭다. 배낭을 맨놈이 택시에 오르니 택시운전사도 산을 좋아하는지 어느 산에 가느냐고 관심을 보이며 광천터미널 반대방향을 가리키는 나에게 여러 차례 확인을 한다. 조금 전에 탔던 정류장에 오니 그 때부터 버스를 기다리던 아가씨가 지금도 기다리고 있다. 두 번씩이나 되돌아오는 이상한 아저씨도 다 있다는 그 아가씨의 눈치를 의식하며 차 있는 데로 와서 확인해 보니 문이 잠겨있는 것이 아닌가? 도대체 내가 지금 뭣을 하고 있는 것이여. 한심한 놈 같으니라고. 천천히 차분히 확인하면서 하면 될 텐데 왜 그리 서두르는지 모를 일이다. 지리산 가기도 전에 풍선에 바람 빠지듯이 김이 다 빠져 버린다. 생각해 보니 그 전부터 이러한 조짐이 조금씩 나타나기 시작했었다. 요즈음 자동차는 자동차 키에 원격조종 스위치가 있어서 한번 누르면 문이 잠기고 다시 누르면 열리고 한다. 차를 주차하고 아파트 입구에 갔을 때 문을 잠그지 않은 것 같아 되돌아가 확인하면 잠겨 있는 경우가 대부분이었다. 환절기 때 연구실 전기 히터를 작동하는 경우가 있는데 퇴근할 때 문을 잠그고 가다가 다시 되돌아와 히터를 확인하는 경우가 있는가 하면 심지어 차를 몰고 가다가 되돌아 와서 확인하는 경우도 있다. 집에까지 가서 전기 히터를 껐는지 안 껐는지 헷갈릴 때도 있으나 애써 무시하고 다음 날 아침에 와서 확인해 보면 꺼져 있는 경우가 대부분이었다. 또 맞벌이를 하는 우리 내외는 아침에 함께 출근할 때 아파트 문은 잠그면서 가스레인지를 껐는지 중간 밸브는 잠갔는지 확인하기 위해 자기가 안할려고 실랑이를 하는 경우가 한두 번이 아니다. 아내는 자신(?)이 있는지 뒤도 안돌아보고 엘리베이터 쪽으로 핑 가버리면 매번 나는 신발을 다시 벗고 거실로 들어가서 확인하고 나온다. 도대체 '내가 왜 이러는지 몰라 정말 몰라' 왜 그럴까? 나이를 먹고 있다는 증거일까? 치매의 초기 증상인가? 소심해서 그런가? 남들은 안 그런가?

대흥사 주지스님의 법문 내용이 생각난다. 많은 사람들은 인생을 허둥지둥 살다가 어느새 저 세상으로 갈 때가 된 것을 알게 된다는 것이다. 내가 누구인지 어디서 왔으며 어디로 가고 있는지 왜 사는지도 모르면서 정신없이 살다가 간다는 것이다. 꼭 나한테 해당하는 내용이다. 그 때 더 깊이 새겨들었더라면 좋았을 텐데..

광천터미널에 와서 구례행 버스에 오르니 여태까지 나를 기다리기라도 했다는 듯이 자리에 앉기도 전에 출발한다.(『나루터』 제6집, 2004)

녹두장군 전봉준 고택

서해안 고속도로를 달린다.

이내 양편에 코스모스 흐드러지게 핀 시골 길로 들어섰다.

구멍가게에 들어가 황토현 가는 길을 묻고

자전거 타고 가는 아제한테 물어물어 찾아간 황토현

제폭구민 보국안민

전적비 앞에서 이교수님의 조병갑과 전봉준 부자간의 악연을 듣고

멋진 모자 쓰고 아내와 함께 딸딸이 타고 가는 아제한테 묻고 물어

전봉준의 생가를 찾아간다.

정읍시 이평면 장내리 458번지

동네 고샅은 시멘트로 포장이 되어 있어서

비가 와도 예전처럼 질퍽질퍽 하진 않겠구나.

동네 앞 전봉준의 이웃의 후손이 살고 있을 집 마당에

모과 여러 개가 힘들게 매달려 있다.

동네 아낙들이 수시로 모여들어 물 긷고

동네방네 이 소문 저 소문 퍼뜨리던 우물이 그대로

지금은 더 이상 물을 먹지 않는 듯

들여다보니 이끼가 많이 끼어 있구나.

나란히 앉아 있는 초가집 두 채

오른 쪽이 사적 제293호 전봉준의 고택

대나무 쪼개서 엮어 만든 사립문이 열려져 있다.

빙 둘러선 흙담위로 용마름이 얹혀있고

초가지붕이 많이 삭았구나.

사진 찍느라고 여럿이 마루에 걸터앉으니 휘청한다.

한 쪽 귀퉁이에는 맷돌이 요지부동 앉아 있고

방안을 들여다보니 녹두장군이 뚫어질 듯 나를 쏘아 본다.

천장의 서까래는 부처님 고행상의 갈비뼈처럼 다 들어나 있고

마루위의 서까래에는 호롱이 걸려있다.

윗방을 들여다보니 전봉준이 서생들을 가르치던 방이었던 듯

다 닳아빠진 붓 몇 자루가 대롱대롱 걸려있고

주인 없는 앉은뱅이 책상이 방 가운데를 차지하고

떼에 절은 등받이가 벽에 기대어 있고

아랫목 횟대에는 도포하나 걸려있다.

이가 제대로 맞지 않아 오히려 정겨운 부엌문도 아예 열려있다.

조왕신이 관장하는 정지(부엌)로 들어갔다.

어릴 적 우리 집 정지도 그랬듯이

바닥은 조개껍질을 엎어 놓은 것 같이 울퉁불퉁 그대로이고

무쇠 가마솥이 걸려있는 아궁이

뒷산의 소나무 잎 긁어다가 불을 지피면

금방 김이 모락모락 나는 보리밥이 되어 나올 듯

뒤안으로 나가니 된장 간장 소금 등이 들어있었을 장독대가 정겹다.

오랜만에 옛날 시골 우리집에 온 듯한 착각에 사로 잡혔다.

(2002.10.18, 『나루터』 제5집, 2003)

대둔사에서

"이 뭐꼬?"를 들고 앉아 있으니
대일여래가 등을 두드리며
그림자를 만든다.
이것이 너의 참모습이어

천둥 번개 소나기
화두는 어디로 가고
이놈은 천방지축

오십이 넘었어도
아직
밥 먹을 줄 모른다.
발우(鉢盂) 앞에서
밥은 이렇게 먹는 것이어

선의 향연에 초대되어

가부좌 틀고 앉아
좌선 맛도 모르고
밥만 축내면서
탁 걸리기만 기다린다.

광대무변(廣大無邊) 삼천대천세계
미진(微塵)위에서
탐할게 무엇이며
성낸들 무엇하리
어리석음을 거두고
반야선(般若船)에 오르고져
(『나루터』 제2집, 2000)

못 먹는 거여라우

중간에 여러 가지 이유로 헤어지기도 하지만 운명이 서로를 갈라 놓을 때까지 대개의 부부들은 함께 살아간다. 살다 보면 미운 정도 들고 고운 정도 들게 마련이다. 자기 부인에 대해 이야기 하는 것은 양반 사회에서는 금기시 되어 온 것이 사실이다. 자랑할 것도 없지만 혹시 자랑 비슷하게 할라치면 팔불출이 되기 십상이고, 흉이라도 볼라치면 자기의 치부를 들어내는 꼴이니 웃음거리가 될 밖에 없다. 그러나 나는 감히 '임금님의 귀는 당나귀'라고 외쳤던 사람의 심정으로 이 어려운(?) 문제를 다루고자 한다. 나는 전형적인 시골 촌놈인 데 반하여 나의 각시는 작은 도시이기는 하지만 목포시에서 태어나 목포에서 살다가 우연히 정말로 우연히 나를 만나 지금도 목포에서 살고 앞으로도 목포에서 살 것이다. 그녀의 목포 사랑은 유별나다. 혹시 누가 - 그가 누구이든지 - 우리 각시 앞에서 목포에 대해 부정적인 이야기나 좀 듣기 거북한 이야기를 하면 그녀 특유의 급한 성격이 발동하여 안면을 싹 바꾸고 이제까지와는 전혀 딴 사람이 되어 달려든다. 마치 김대중 매니어가 김대중 씨를 욕하면 달려들 듯이 말이다.

그녀의 물건 사는 실력은 남의 추종을 불허한다. 주로 길가에 주저앉아 조그맣게 판을 벌이고 있는 할머니한테서 산다. 상추라든지 콩이라든지 주로 떨이를 해오기 일쑤다. 그러나 다른 아주머니들이 이리 뒤적 저리 뒤적이며 사가지고 간 다음이니 좀 싸게 살 수도 있겠지만 더 많은 경우에 질적으로 문제가 있게 마련이다. 특히 상추 같은 푸성귀는 소금에 절인 듯 시들해 있는 경우가 많다.

언젠가 완두콩인지 팥인지 깍지채로 사들고 왔다. 그것도 외상으로 말이다. 주머니에 돈이 없는 상태에서 살 것처럼 머뭇거리니 그 할아버지 외상으로라도 가지고 가라고 한사코 맡기는 바람에 거절하지 못하고 들고 온 것이다. 길가의 할아버지가 이 아주머니를 어떻게 믿고 외상으로 준단 말인가? 그녀는 그것을 갖다가 큰 쟁반위에 엎어 놓고 잊어버린 듯하다. 언제나 그렇듯이 그 깍지를 까는 것은 나의 몫이다. 보다 못해 내가 가져다가 까는데 다발의 안쪽에 있는 것은 곰팡이가 쓸고 썩기도 하고 엉망이다. 아마도 다른 아주머니들은 이리저리 살펴보고 안 사가니 이 할아버지 처치 곤란이었던 차에 그녀를 잘 만났다. 모르는 아주머니에게 외상으로 준다는 것은 돈을 받지 못해도 괜찮다는 심사가 깔려 있는 것이 아닐까? 갖다 주면 천만다행이고. 그녀는 다음 날 돈을 갖다 주고 단감까지 하나 얻어왔다. 그 할배 얼마나 고마웠을까? 마다고 해도 한사코 억지로 안기더란다. 깎아서 둘이 나눠 먹으니 참으로 달다.

추운 겨울이면 버스 터미널 입구에 군밤장수가 있게 마련이다. 애들이 어렸을 적에 광주에 가기 위해 버스터미널로 들어서는데 애엄마가 군밤장수에게로 다가간다. 3000원 어치를 달라고 한다.

보통 한 봉지에 1000원 정도 하던 것을 3000원 어치나 달라고 하니 그 군밤장수 아저씨 고마웠던지 덤으로 더 담는다. 애엄마 특유의 인간성(?)이 발휘되는 순간이다. 춥기도 하고 그 밤 팔아 얼마나 남는다고 그러느냐며 한사코 더 주지 못하게 말리는 것이었다. 한사코 말리는 이상한 아주머니에게 '못 먹는 거여라우(썩어서 못 먹는 것들입니다)' 라고 하면서 겸연쩍은 듯이 웃는다. 마누라도 따라서 웃는다. 나도 따라서 웃고 만다. 나를 비롯한 대부분의 사람들은 천원어치라고 쌓아둔 것 말고 몇 개라도 더 얹어주기를 바라고 그러면 매우 만족해한다. 어떤 염치없는 아주머니는 자기가 직접 더 집어넣기도 한다. 그러니 이 군밤장수 아저씨 연탄불이 있긴 하지만 종일 서서 추위와 싸우면서 소기의 성과를 얻으려면 어떻게 할 것인가? 고심 끝에 얻어낸 결론이 벌레가 먹거나 안이 부실한 밤을 덤으로 주면 될 것이었던 것이다.

추석 때 어머니 아버지를 모시고 있는 대전 여동생 집에 가는데, 서해안 고속도로를 나와서 정읍에서 다시 호남 고속도로로 진입하기 직전에 과일을 팔고 있는 트럭이 발견되었다. 각시의 명령(?)에 따라 트럭 옆에 댔다. 같이 내렸다간 서로의 의견차 때문에 기분이 망가질까 두려워 나는 차 안에 얌전하게 운전대를 잡고 각시가 오기를 기다리고 있었다. 이것 저것 산 것 중에 망자루에 담긴 밤도 포함되었다. 얼핏 보니 밤 색깔이 퇴색되어 수상쩍었다. 나는 속으로 쾌재를 부르면서 '두고 보자' 하고 벼르고 있었다. 그 전에 해가 지난 밤을 산 기억이 있는 그녀는 또 속지 않겠다고 밤을 파는 청년에게 '작년에 딴 밤이 아니냐?'고 물었다고 한다. 아니라며 밤을 잘라 보이더란다. 그 놈은 햇밤이었겠지. 대학생이라고 하면서 절대로 해지난 밤이 아니라고 하더라면서 의기양양하다. 확신이 있었기에 한 자루가 아니고 두 자루를 산 것이다. 차 트렁크에 놔두었다가 집에 와서 며칠이 지난 뒤에 그 햇밤(?)을 쪘다. 물론 밤을 찌는 것은 내 몫이다. 오호 애재라. 대부분이 썩고 벌레 먹고 어쩌다 괜찮은 것은 밤살이 쫄아들어가지고 참 볼품도 없다. 추리고 추려서 겨우 먹기는 먹었다만 포근포근하며 향긋한 밤향(栗香)에 대한 기대를 어이할꼬. '작년에 딴 밤이니 사라'고 할 훌륭한(?) 장사꾼이 이 세상에 어디 있을꼬? (『나루터』 제8집, 2006)

일기

초등학교 다닐 때 방학숙제를 하면서 일기를 썼던 기억이 떠오른다. 그 때의 일기라는 것이 일어나서 밥 먹고 놀고 등등 내용보다는 뭣인가를 쓴다는 것이 목적이었던 듯하다. 대학을 졸업하고 항해사로 일하면서 시간이 남고 육지와는 다른 특수한 환경이다 보니 한동안 일기를 썼었고 그 후로는 이런 저런 핑계를 대면서 일기와 멀어졌다. 일기를 쓰다보면 특별한 일이 없이 지나간 날은 쓸 것이 없지만 일생일대의 중요한 일이 있었던 날에는 쓸 것이 많을 뿐만 아니라 써놓으면 먼 훗날 추억거리도 되고 중요한 자료가 되기도 할 텐 데 평소에 쓰지 않다가 그런 날만 추려서 쓴다는 것이 그렇게 쉽지 않은 것이 사실이다.

오늘은 일기를 쓰고 싶다. 오늘이 나의 60번째 생일날이기 때문이다. 소위 회갑(환갑)을 맞는 날이다. 그 날이 그 날이겠지마는 어쩐지 생각나는 것이 많다. 언젠가 어머니께서 오후 4시경에 내가 이 세상에 나왔다고 하신 적이 있다. 지금과는 달리 아들 선호사상이 팽배하던 시절이라 고추를 달고 나왔으니 온 집안이 떠들썩했다는 것이다. 탄생의 축복을 받은 지 60년이 흘렀으니 세월의 무상함이 새삼스럽다.

초등학교 5학년쯤으로 기억이 난다. 그 때 할머니의 회갑을 맞아 동네잔치를 벌였던 것이다. 나는 동네를 한 바퀴 돌아 집집마다 찾아다니면서 '오늘 우리집에 놀러 오시라'는 말을 전했던 것이다. 오늘 날처럼 확성기가 마을마다 설치되어 있어서 이장님한테 부탁하면 되는데 말이다. 세월이 흘러 대학을 졸업하고 일등항해사로 일하면서 그 근방에서 월급을 가장 많이 받던 시절에 아버지 환갑을 맞이하게 되었다. 내 나이도 30이 되었으니 부모님은 환갑잔치는 뒤로 미루고 장가부터 가야 한다고 하셨지만 마땅한 처자도 없고 하여 잔치를 먼저 하기로 하였다. 내가 돈을 버는 상황이니 충분하지는 않지만 정성을 다하여 아버지의 만수무강을 빌고 동네분들을 대접하였던 것이다.

60갑자는 빠르게도 돌아갔다. 어느새 내가 환갑을 맞이했으니 말이다. 아들과 딸은 아직 안정된 직업을 갖기 위해 서울에서 공부를 하고 있으면서 사정상 내 생일 때 오지 못하고 일주일 후에는 자기들 엄마 생일이니 그 때 겸사겸사 오겠다는 것이다. 동네 잔치 대신에 조그만 아파트에서 아내와 단 둘이서 환갑을 맞이하였다. 옛날에는 평균수명이 짧아 60살이면 오래 산 축에 끼니 그것을 기념하기 위하여 잔치를 했으나 평균수명이 80 가까이 된 지금에는 동네 잔치를 하는 경우는 매우 드물어졌다. 작년에 나보다 한 살이 위인 매제가 회갑을 맞아 대전에서 홀을 빌려 친척들을 불러 잔치를 하여 참석하였다. 말민 냈인 매제는 돈을 많이 벌어 경제적으로 여유가 있고 딸들이 10여 년 전부터 매달 돈을 모아 잔치를 벌였다는 것이다. 어제와 똑같이 동쪽에서 태양이 떠오르고 마침 일요일이니 느즈막이 일어났다. 아내가 자기 남동생에게 이야기를 했는지 처남이 점심을 같이 하자고 연락이 왔다. 여름날처럼 무덥다. 하당으로 가서 준치회무침으로 환갑상(?)을 받았다. 준치회무침의 맛이 여느 때와 별반 다르지 않다. 변호사 사무실에서 사무장으로 일하는 시골 친구가 연락이 왔다. 나의 환갑날을 알 수 없을 텐데 … 손바닥만 한 붕어 여나무 마리가 든 까만 비닐봉지를 건넨다. 환갑선물(?)인 셈이다. 집에 가지고 와서 배를 갈라 창자를 꺼내고 무를 썰고 생강과 고춧가루 간장 마늘 등을 넣고 푹 고아 놓았다. 돼지를 잡는 대신에 붕어를 잡은 셈이다. 그것도 본인이 직접 말이다.

어제 전라남도 환경과에서 주관하는 영산강 탐사(영산대교에서 동강대교까지)에 참가하여 충분히 걸었으므로 오늘은 집에서 어영부영 하기로 하였다. 아내가 한겨레신문에서 스크랩해 놓은 한승헌변호사의 이야기를 읽고 있는데 휴대폰에서 삐리릭 문자메세지가 왔다는 신호음이 들렸다. 대수롭지 않게 생각하고 있다가 화장실에 갔다 오면서 확인해 보니 '저녁 7시에 농어 파티가 있으니 참석하라'는 것이었다. 목포대학교 평생교육원에서 개설한 전통서각을 배우고 있는데 벽산 정형준 선생께서 마련한 자리라고 한다. 술을 별로 즐기지 않는 나는 평소에는 잘 안가지만 오늘은 특별한(?) 날이니 집에 있는 술 두병을 챙겨가지고 참석하기로 하였다. 나의 회갑잔치(?)인 셈인데 안가면 안 되겠지. 교실에 들어서니 칠팔명의 서각가들이 차려진 상 주위에 앉아 있으면서 반갑게 맞이한다. 상위에는 상추 양파 고추 겨자 굵직굵직한 농어회 초장 막장 간장이 걸게 차려져 있고 한 쪽에는 매운탕이 끓고 있다. 과분한 환갑상(?)을 받은 셈이다. 나에게는 특별한(?) 날이지만 다른 사람에게는 평범한 날이 아무 일 없었다는 듯이 넘어간다. (2009)

무제

　나루터에 제출하려고 '성난 매미'와 '돈세탁'이라는 제목으로 쓰다 보니 드라이 크리닝을 해야 할 옷을 물빨래를 해서 줄어든 것처럼 글이 너무 짧아 볼품이 없고 제목도 마땅치가 않다. 유명한 시인들 중에 시 제목을 '무제'로 또는 저명한 화가들이 그림 제목을 '무제 1, 2'로 하는 것을 흉내내어 '무제'로 하고 두 편의 글을 묶어 버리니 너무 짧지도 않고 길지도 않아 내가 보기에 참으로 괜찮더라.

　언제인지 기억이 희미하지만 신문에서 돈세탁이라는 글자를 보고 이상한 사람도 다 있다는 생각을 하였다. 돈을 왜 세탁을 하느냐 하는 것이었다. 돈에 뭐가 묻어 더러우면 은행이나 우체국에 가서 바꾸면 될 텐데 세탁을 뭐하러 하느냐는 것이다. 그런데 나중에 알고 보니 그것이 아니었다. 부정하게 취득한 돈을 이리저리 투자를 해서 되팔고 채권을 사서 되팔고 하다보면 그것이 정당한(?) 돈이 된다는 뜻이었다. 나쁜 놈들. 부정한 돈을 받지 않으면 될 텐데 부당하게 받아놓고 정당화 시키는 더럽고 아니꼽고 치사한 놈들이었다. 양심은 더러운 채 돈만 세탁하면 될 일인가? 그것도 소위 지도층(?)에 있다는 놈들의 짓이니 안타까운 일이다.

　나도 본의 아니게 돈을 세탁한 일이 있으니 이를 백일하에 밝혀야 하리라. 우리집에서 세탁을 한 후에 빨래를 너는 것은 대부분 나의 몫이다. 아내는 어쩐 연유인지 빨래를 너는 것을 좋아하지 않는다. 자동세탁기가 '삐삐삐' 하고 세탁이 끝났음을 알리는 신호음을 내면 아내는 텔레비전을 보고 있는 나를 향해 '여보'하고 큰소리로 외친다. 지극한 염처시하(念妻侍下)에 사는 나는 텔레비전의 내용의 재미 유무에 관계없이 벌떡 일어나 세탁기에서 빨래를 꺼내 하나하나 탈탈 털어서 바지 티셔츠 내의 양말 등을 적당히 펴서 옷걸이에 걸고 집게 등에 물려서 널어놓는다.

　오스트레일리아에 연구차 다녀오신 J 교수님께서 그 곳의 이웃집에서 빨래를 너는 이야기를 하셨다. 아내는 한 쪽에 있는 테이블 곁의 의자에 앉아 다리를 꼬고 커피를 마시면서 담배를 꼬나 물고 있고 그녀의 남편이 빨래줄에 빨래를 넣고 있었다는 것이다. 이를 보신 사모님께서 본을 받으라고 성화이셨다고 한다. 나는 그런 면에서 선진국(?)의 남편 행세(?)를 하고 있는지 모른다.

　빨래를 거의 다 널고 있을 때 세탁기 바닥에 반짝반짝 빛나는 것이 눈에 띄었다. 500원 짜리 동전이었다. 주머니에 함께 들어있었던 500원 짜리 동전이 빨래와 함께 깨끗하게 세탁이 되어 있었던 것이다. 어떤 사람들은 수십억씩 세탁을 하는데 나는 겨우 500원 짜리나 세탁하고 있으니 한심한 생각이 든다. 그놈들의 세탁기는 도대체 얼마나 크단 말이냐? 양심을 세탁하는 기계가 만들어 질 날을 기대해 본다.

시골 동네에는 동각이 있고 그 옆에는 의례 당산나무가 있게 마련이다. 무더운 여름이면 그늘도 되어주고 놀거리가 별로 없었던 어릴 적에 우리들은 그 나무에 오르락내리락 하면서 놀기도 하였다. 뙤약볕이 내리 쪼이는 한 낮이면 매미들은 당산 나무에서 요란스럽게 울어대는(?) 것이었다. 그렇게 소란스런 매미소리는 농부들이 김 메고 난 후 낮잠을 자는 데 전혀 방해가 되지 않았을 뿐만 아니라 오히려 자장가 역할을 하는 것이다. 한 여름 당산나무 옆의 동각에서 장정들이 누워서 매미소리를 들으면서 낮잠 자는 평화스러운 모습이 요즈음 농촌에는 사라지지 않았는가 싶다.

그런데 이 매미(2003.9.13, 최대풍속 36m/s, 중심기압 960hPa)가 무슨 연유로 화가 났는지 경상도 지역을 휩쓸고 지나가면서 1조 수천억원대의 재산 피해를 입히고 100여명의 인명피해를 가져왔다. 태풍의 위력은 말로 하기는 새삼스럽고 이제까지 태풍으로 인한 피해 역시 이루 헤아릴 수 없으리라. 열대해상에 저기압이 발생하여 태풍급으로 발전하면 그 태풍에 나름대로 이름을 붙이고 있는데 1953년 호주의 일기 예보관들이 자신들이 가장 싫어하는 정치인들의 이름을 붙였던 것이 처음이라 한다. 예를 들면 '현재 앤더슨이 엄청난 재난을 일으킬 가능성이 있습니다.'라고 예보를 하였던 것이다. 정치인들은 예나 지금이나 동서양을 막론하고 다들 싫어하는 존재였던 모양이다. 그 후 2차대전이 끝나고 미국의 공군과 해군에서 자신들의 아내나 애인의 이름을 붙여왔다. 그 유명한 사라호 태풍의 사라(Sarah)는 여자이름인 것이다. 1978년까지 Guam

의 태풍합동경보센터에서 서양의 여자이름을 붙여 오다가 여성단체에서 왜 여자의 이름만 붙이느냐고 항의를 하자 1979년부터 남자의 이름과 여자의 이름을 교대로 붙여왔다. 다시 2000년부터는 아시아태풍위원회에서 태평양에 연한 14개 나라로부터 각 나라의 고유한 이름 10개씩을 제출받아 140개를 1개조에 28개씩 5개조로 정열을 하여 1조에서 5조까지 순차적으로 이름을 붙이고 있다. 나무나 동물 이름 또는 꽃이름이 주를 이루고 있다. 라마순은 태국의 천둥의 신을 의미하고, 루사는 말레이시아의 삼바사슴을 의미한다. 우리나라와 북한이 함께 10개의 이름을 제출하였기 때문에 한글 이름은 20개인 셈이다. 지난 9월 엄청난 피해를 주고 지나간 매미는 북한에서 제출한 이름 중의 하나이다. 요즈음 정치인들이 기업가들로부터 돈을 가져다가 치부도 하고 소위 정치(?)를 한 모양으로 신문의 넓은 지면을 더럽히고 방송을 오염시키고 있으니 처음 오스트레일리아 예보관들이 하였듯이 태풍의 이름을 정치인의 이름으로 다시 교체해야 하지 않을까 생각해 본다. 못된 정치인들의 하는 양태가 성난 매미가 가져다 준 피해에 못지않으니 말이다.

(『나루터』 제6집, 2004)

미국에서

　미국에서 1년 체류하고 돌아온 지가 20년이 다되어 가는데 아직도 잊혀지지 않는 것이 있으니 나루터에 쏟아내 놓아야겠다.

　살았던 곳이 뉴욕이었는데 대서양쪽으로 고구마모양 길게 뻗어있는 섬이 있었으니 소위 긴섬 Long Island다. 그곳에 유명한 King's Point에 USMMA가 있고 거기서 연수를 하는 바람에 그곳에서 가까운 little neck이라는 동네에서 살고 있었다. 롱아이랜드의 대서양쪽 끄트머리에 몽탁등대가 유명하여 구경을 갔었는데 섬의 끄트머리이다 보니 대략 300도 가까이 망망무제의 바다가 장관이며 밀려오고 밀려가는 파도의 위력 앞에 감탄을 금치 못하였다. 자동차를 몰고 돌아오면서 건널목을 지나치려는데 몇 사람이서 횡단보도를 건너려고 기다리고 있었다. 그곳에서는 신호등이 있든지 없든지 간에 길을 건너려고 하는 사람이 있으면 무조건 정지하여 사람이 먼저 횡단보도를 건너고 간 다음에 자동차가 지나가는 소위 보행자 우선이 상식처럼 철저하게 지켜지고 있었다. 그러나 나는 한국에서 하던 대로 거의 무의식 적으로 먼저 지나간 것이다. 무심결에 백미러를 보니 나를 향해 가운데 손가락을 보내고 있었다. 가운데 손가락을 세워 보이는 것이 그곳의 큰 욕이라는 사실을 알고 있던 나는 얼굴이 달아오르는 것을 어찌하지 못했다. 그 사람들이 내가 한국인이라는 사실은 몰랐겠지만 한국인을 포함한 어느 몰상식한 동양인이라는 사실을 알았을 것 아닌가? 지금도 그 때 생각을 하면 얼굴이 화끈거린다.

미국에 건너갔을 때 큰애가 중학교 2학년 1학기를 마친 상태였다. 며칠 되지 않아 집으로 전화가 걸려왔다. 겁없는 큰 애가 수화기를 집어든다. 아마도 전화회사에서 걸려왔었던 듯하다. 중학교도 마치지 못한 애가 무슨 소리인지 알 것인가? 한다는 소리가 "I change my father." 이 무슨 호로자식이 하는 소리란 말인가? 즈그 애비를 바꾼다니. 미국까지 데려와 영어공부 시켜주고 여기 저기 구경시켜주는 사람이 누군데 즈그 애비를 도대체 누구로 바꾼다는 말인가? 아마도 우리나라에서 하듯이 "아빠 바꿔드리겠습니다"라는 말을 직역한답시고 그랬던 모양이다. 전형적인 콩그리쉬가 아닌가 생각해본다. 저 쪽에서 전화를 받은 사람이 그 말을 듣고 무슨 생각을 했는지 알아보지 못한 것이 지금도 아쉽다.

미국까지 와서 워싱턴에 안 가볼 수가 있는가? 여러 시간을 운전하여 워싱턴에 왔는데 지금처럼 navigation 장치가 잘 되어있는 것도 아니고 지도를 보고 찾아 다녀야 한다. 그것이 어디 쉬운가? 특히 워싱톤에는 원웨이가 많았다. 가다 보면 전혀 엉뚱한 곳으로 가기 일쑤다. 어찌어찌 가다 보니 들어가지 말라는 문구가 들어온다. 뭐 별거겠냐 싶이 그냥 들어갔다. 조금 가다보니 무슨 알카에다 정도로 알았는지 내 차의 앞뒤에서 싸이드카가 삐룽삐룽하면서 나의 갈길을 막는다. 이런 제기럴. 면허증을 달라고 해서 건네주니 이리 저리 전화를 건다. 어느 동양인 촌놈이 하룻강아지 범 무서운 줄 모르고 미국의 국방의 중심부인 Pentagon으로 들어간 것이었다. 웃으면서 출구를 가르쳐 준다. 나도 속으로 웃을 수밖에.

아마도 나이아가라 폭포 구경을 가던 참이었던 듯하다. 편도 2차선에서 주행선을 달리고 있는데 어느 승용차가 나를 추월하려고 한다. 우리나라에서 나의 아주 고약한 습관대로 추월당하지 않으려고 엑셀을 밟는다. 추월하려던 차는 결국 포기하고 뒤로 쳐진다. 백미러를 보니 전조등을 깜박거리며 정지하라는 신호를 보낸다. 결국 나도 길가로 정지한다. 그 차는 내 앞에 세우더니 차에서 나오는 사람은 경찰이었다. 이게 무슨 일이란 말인가? 그 차가 추월할려고 할 때 나는 이미 과속하고 있었던 것이다. 과속단속하려고 내 앞에 가서 내차를 세워 딱지를 뗄 참인데 엑셀을 더 밟았으니 이 일을 어찌한단 말인가? 면허증을 주고 과속확인하고 쓴 웃음을 웃으면서 나이아가라로 간다. 며칠 후 노란 딱지가 집으로 배달되어 확인해보니 재판을 받으러 오라는 소환장이었다. 영어도 제대로 안되는데 재판을 어떻게 받는단 말이냐? 우리나라로 되돌아 올 날도 많이 남지 않고 해서 두세 번 더 소환장을 받으면서 버텼다. 케네디공항에서 혹시 출국금지시키지 않을까 염려가 되었으나 다행히 비행기를 탈 수 있었다. 아니 왜 경찰이 경찰차가 아닌 승용차를 타고 다니면서 순찰하냐고? (『나루터』 제14집, 2012)

미친놈

미친놈은 자기가 미친 줄 모른다.

안 미친놈이 미친놈한테 미친놈이라 욕한다.

미친놈은 안 미친놈보다 더 행복하다.

미친놈은 자기가 행복한 줄 모른다.

안 미친놈은 미친놈보다 더 행복하지도 않으면서

자기는 미치지 않았다고 다행스러워한다.

사람이 무엇인가에 미치는 것은 좋은 것이다.

아들은 마이클 조던에 미치고,

딸은 HOT에 미치고,

마누라는 소설에 미치고,

나는 산에 미쳤다.

우리 다함께 미치자.

그래서 인생을 즐겁게 살자.

미치지도 못하면서 미친놈에게

그래서 행복한 놈에게 손가락질하면서

자기는 안 미쳐서 다행이라고

자위하는 사람을

어찌할까?

상해에서 한 나절

한진해운에서 여름방학을 이용하여 실시하는 승선연수에 참가하여 8월 1일부터 7일까지 한진말타호(4300teu)에 승선하였다. 승선하여 여기저기 둘러보고 학생들 교육에도 참가하고 소화훈련 퇴선훈련도 참관하면서 영파를 거쳐 상해에 도착하였다.

상해에서 이국문화체험의 일환으로 학생들과 함께 미니관광버스에 올랐다. 야들야들한 안내양 아가씨 대신에 청바지 입은 투박한 아저씨가 우리를 반긴다. 나중에 알고 보니 전주이씨 성을 가진 관광회사 사장님이고 교포 3세라고 한다. 안내 아가씨가 12명이나 되는데 그들이 바빠서 대신 나왔다고 한다. 고향은 평안도인데 외가가 상주 부근이어서 작년에 한번 다녀왔다고 한다. 돈을 많이 벌어 고국에 가서 사는 것이 교포들의 꿈이라고 하면서 고국에 대한 깊은 정을 나타내었다.

첫 행선지는 김구 선생이 계셨던 상해임시정부청사다. 가는 도중에 전직 선생님이었다는 사장님이 상해의 이모저모를 이야기하는 것이었다. 상해는 인간의 도시라는 것이다. 인구 약 1300만이 살고 있으며 유동인구를 합하면 2000만이 넘는단다. 우리나라에

10년이면 강산이 변한다는 속담이 있는데 요즈음 상해의 강산은 3년이면 변한다고 한다. 한진 말타호가 정박해 있는 지역이 이미자의 황포돛배를 연상시키는 황포강의 동쪽을 의미하는 포동지구란다. 포서지구가 중심가이었지만 지금은 농토이거나 버려진 땅이었던 포동지구로 점점 옮겨오고 있단다. 상해에는 똑같은 건물이 없다고 한다. 기존의 건물과 같은 설계의 건물은 허가가 나오지 않기 때문에 같은 모양의 건물은 찾아볼 수 없다고 한다. 현재 2만명 정도의 한국인이 사업 등을 하고 있고 연변에 90만 요녕성에 60만 흑룡강성에 50만 상해에 만명정도의 교포가 살고 있다고 한다. 중국 전체에 50여개의 소수민족이 살고 있는데 그 중 가장 총명한 민족이라는 평을 듣는다고 한다. 그 이유는 유명한 대학의 톱클래스 10명 중에 한 두 명의 교포가 항상 낀다는 것이다. 뉴욕의 천재들이 모이는 특수고등학교인 스타이브슨고등학교에 유태계 학생을 재치고 한국의 피를 가진 학생수가 제일 많다고 미국 있을 때 들은 기억이 난다. 또한 노래와 춤을 좋아하는 민족이라는 것이다. 그 좋은 예가 가라오케의 보급이란다. 가난한 시골 마을에 공부 잘 하는 청년이 있으면 여러 사람이 조금씩 모아 그 학생을 공부시킨다는 것이다. 미국의 우리 교포 2, 3세들이 한국말을 잃어가고 있는데 비해 중국의 우리 교포들은 집에서는 반드시 한국말을 쓰도록 한단다. 정말 다행스런 일이다. 중국인들이 세계 어느 나라에 살든지 자기들끼리는 중국말을 하는 것을 흔히 보았던 터이다. 아저씨의 안내말씀을 듣는 사이 포동과 포서를 가르는 황포강까지 왔고 남포대교를 건너고 있었다. 이 다리는 중국인들의 기술로 건설하였다고 자부심이 대단하다고 한다. 남포대교라는 크나큰 글씨는 등소평이 쓴 것이고 다리의 총길이는 8000m, 높이 600m, 폭 460m로 5만톤급의 선박이 밑으로 지나갈 수 있다고 한다. 다리를 높게 하여 밑으로 내려오는 길을 나선형으로 하여 놓았기 때문에 다 합치면 8km가 된다는 것이다. 드디어 마당로에 있는 상해임시정부청사에 당도하였다. 당시 프랑스 조계지였기 때문에 비교적 자유스럽게 독립운동을 할 수 있었다고 한다. 김구 선생의 흉상 앞에서 묵념을 하면서, 나라를 구하겠다고 그 어려움을 마다하지 않으신 윤봉길 의사, 이봉창 의사, 김구 선생 등 임정요인들의 얼을 다시한번 가슴에 새기고 방명록에 '대한민국 국민인 것이 자랑스럽다'는 메모를 남겼다. 김구 선생의 모습 바로 아래에 선생의 친필인 독립정신(獨立精神)이라늘 글씨를 새긴 나무 액자를 모셔왔다. 나라를 독립시키는 것도 독립정신이요 남에게 피해를 주지 않고 남의 도움 없이도 살아 갈 수 있도록 스스로를 잘 다스리는 것도 독립정신이리라. 우리를 붙잡는 안창호선생을 뒤로 하고 예원으로 향하였다.

어떤 부자 효자가 자기 부모가 여생을 편하고 즐겁게 보내도록 하기 위해 만들었다는 중국의 전통적인 정원이란다. 정말로 대단하다는 생각이 든다. 넓이가 자그만치 2만평이나 된다.세계 각지에서 몰려든 사람들로 오거리 차 없는 거리를 연상시킨다. 중국인들은 전통적으로 용을 좋아하는 것 같다. 사방에 용이다. 담장을 파도 모양으로 하여 용을 형상화 하였고 사방에 용머리다. 용은 황제의 전유물인데 황제가 이 사실을 알고 암행어사를 보내 사실인지 확인을 시키는데 그 암행어사가 마침 예원 주인과 절친한 친구였겠다. 돌아가서 보고하기를 모양은 용이로되 뿔도 다르고 발톱도 다르고 등등 사실 용과 다르다고 보고를 하여 화를 면했다고 한다. 그 대신 그 암행어사는 황제의 신용을 잃게 되었다고 한다. 지금은 예원 주인이나 암행어사 친구는 이야기만 남기고 다 어디로 가고 없었다. 아홉 마리의 용을 의미하는 구룡연에는 용이 네 마리밖에 없었다. 연못가의 용 네 마리는 연못의 물에 반사되어 여덟 마리가 되고 연못 전체의 모양이 용 모양이어서 구룡연이라니. 네 마리 용을 새겨 놓고 구룡연이라 이름 짓는 그들의 상상력이 재미있다. 용머리 앞에는 반드시 두꺼비가 한 마리 앉아있다. 용은 여의주를 물고 있기 때문에 항상 침을 흘린단다. 그 침을 받아 먹고 사는 소위 금두꺼비라고 한다. 착각은 자유고 책임은 각자고 상상은 무한하다. 여기저기 학, 사슴 등 소위 오래 산다는 십장생 동물들의 조각이 있는데 유독 거북이는 보이지 않는다. 거북이는 암수가 살다가 힘센 거북이가 나타나면 암놈을 내주는 모양이다. 그래서 중국에서는 아내를 빼앗긴 놈을 '거북이'라고 한단다. 그들은 이래서 거북이를 좋아하지 않는 것이다. 하루 종일 봐도 질리지 않을 것 같은 예원을 빠져나와 즐비하게 늘어선 쇼핑가를 구경하면서 그들의 에누리에 놀라고 나같이 뻔뻔하지 못한 놈은 쇼핑하기가 힘들다는 생각을 해본다. 사실 달러를 조금 바꿨으나 거의 안 쓰고 말았다. 내 판단으로는 도저히 얼마를 깎아야 할지 알 수 없었기 때문이다.

　다음 코스는 동방명주(東方明珠)라는 동양에서 제일의 높이 (468m)를 자랑하는 방송 안테나탑이라고 한다. 올라가면 상해시를 다 볼 수 있을 것 같은데 시간이 여의치 않아 지하에 있는 상해의 어제와 오늘의 모습을 재현해 놓은 전시물을 구경하였다.

　이제 중국은 잠자는 사자가 아니다. 이미 한 쪽 눈을 떴다는 것이다. 그들은 미래에 틀림없이 여러 가지로 우리를 위협할 것이라는 생각이 든다.

　이윽고 동방명주 옆에 자리잡은 대형 식당으로 안내되었다. 유리창을 통해 보이는 해질녁의 황포강 강가에 늘어선 빌딩의 스카이라인을 감상하면서 차례로 나오는 중국 전통의 14가지 요리를 먹으면서 마시는 청도맥주와 52퍼센트의 알코올을 자랑하는 고량주의 맛이라니. (『나루터』 제5집, 2003)

수염유감髥鬚有感

수염하면 맨 먼저 생각나는 것은 세종대왕이다. 초등학교의 운동장의 한 켠에 훈민정음을 펴고 앉아계시는 세종대왕의 턱에는 수염이 있다. 수염이 없는 세종대왕은 상상도 할 수 없는 것이다. 요즈음 시련을 당하고 있는 단군 할아버지에게도 텁수룩한 수염이 있다. 산타클로스 할아버지의 얼굴 가득한 하얀 수염, 히틀러의 코수염, 스탈린의 여덟팔자수염, 사또 옆에서 아양 떠는 이방의 간사한 모양의 수염, 야성미 넘치는 임꺽정의 수염 등이 다 나름대로 개성을 지니고 있으며 자신의 Identity를 자랑한다. 고등학교 다닐 때 모교에서 배구를 학교의 운동으로 키우고 있을 때 코치선생님이 수염을 기르고 있었다. 그의 수염은 목에만 기르고 있어서 그의 별명은 목털이었다. 목털하면 바로 그의 다른 이름이었다. 매우 강한 인상을 받았던 기억이 새롭다.

방학이 되면 약간 게을러진다. 다 그렇듯이 자유스러운 것을 좋아하고 어디 메이는 것을 싫어하는 나는 강의가 없으니 넥타이를 인 매도 되고 수염을 매일 깎지 않아도 된다. 수염을 며칠 까지 않다보니 아예 안 깎으면 편할 것 같은 생각이 들었다. 전체 수염을 그대로 놔 둘려고 하니 몇 개 안되는 코밑과 귀 옆의 것들이 지저분해 보였다. 그래서 비교적 숫자가 많은 턱에 붙어 있는 놈들만 놔두고 없애기로 하였다. 처리하는 데 시간도 적게 걸리고 간단해서 좋았다.

수염의 종류는 대체로 턱에 나는 턱수염(beard)과 코밑의 콧수염(mustache), 그리고 귀쪽에 나는 구레나룻(whisker)으로 구분된다. 수염의 순수한 우리말은 '나룻'이라는 것도 사전을 찾아보면서 알게 되었다. 사람의 유전인자에 따라 위의 세 가지가 다 풍부한 사람도 있고 그중 어느 하나가 다른 것에 비해 좀 더 발달한 경우도 있다.

일반적으로 우리나라 사람들이 서양사람에 비하여 자기나 남의 외모에 관심이 많은 것 같다. 이 수염이 있는 채로 Norway에 1개월 가량 있었었는데 수염에 관심을 나타내는 사람은 한사람도 없었다. 한 사람을 봤는데 우연히 만난 한국 사람이었다. 그 여행 중인 한국 여성은 나보고 예술하느냐고 물어왔다. 거짓말을 잘 못하지만 반응을 보기 위해 그림을 그린다고 하니 믿는 눈치다. 나중에 사실을 이야기하고 웃고 말았다.

귀국하여 2학기 개강을 앞두고 이 수염의 처리에 대한 고민이 시작되었다. 이를 어떻게 할까? 깎아버릴까? 놔둘까? 그냥 두자니 다른 사람들의 시선이 부담스럽고, 깎아버리자니 이제까지 기른 공이 아까웠다. 은근히 장난기가 발동했다. 놔두자. 내가 잘못한 게 뭐 있는가? 놔두자. 그래서 그들이 뭐라고 하는지 보자. 그들의 반응을 보는 것도 재미있을 것 같았다. 평소 내가 하는 양으로 봐서 수염을 달고 나타날 것 같지 않았는지 모두 다양한 반응을 보였다. 수업 시간에 문을 열고 들어가니 학생들이 '와아' 하고 웃었다. 역시 예상이 빗나가지 않았다. 순간 깎아버리지 않은 것이 후회되었다. 그러나 후회하고 있으면 안되겠지. 얼른 이성을 되찾고 태연스럽게 왜 웃느냐고 되물었다. 웃은 것이 멋쩍은 지 별로 대답이 없었다. 어떤 학생 하나가 옆의 학생에게 '닭 장시 같다야.' 하는 소리가 들려왔으나 나무랄 일도 아니고 해서 무시했다. 나는 그들에게 웃음을 선사했다고 자위하며 수업을 진행하였다.

그들이 왜 웃는지 그 의미를 구태여 생각해보려 하지 않는다. 대부분의 사람들이 수염을 기르지 않는데, 또 평소에 수염을 기르지 않다가 수염을 달고 나타났으니 이상할 수밖에 없겠지. 그래서 웃었겠지. 사람의 눈은 금방 면역이 생기는지 곧 무관심하게 되는 것이었다. 어떤 학생은 진정으로(그의 표정으로 판단하건데) '교수님 멋 있습니다' 한다. '그래, 고마워.'

어느 교수님은 내가 왜 별로 보기에도 좋지 않은 수염을 달고 다니는지 매우 궁금한 모양이었다. 제가 기른 것이 아니고 그냥 놔두니 이렇게 되었습니다. 사는 것이 너무 심심하고 단조로와서 그랬다고 하니 고개를 끄덕끄덕 하신다. 어떤 교수는 볼 때마다 깎으라고 하더니 그도 요즈음은 면역이 생겼는지 별로 무관심이다. 또 다른 이는 우리 학교에 교수다운(?) 교수가 나타났다고 농담을 한다. 수염의 유무가 교수다움의 기준이 되어서는 안되겠지. 남의 화제의 대상이 되는 것을 별로 좋아하지 않는다지만 여러 가지 반응을 보니 나름대로 재미(?)가 있다.

추석이 다가온다. 또 고민이다. 아버지, 어머니를 뵈러 가야 하는데 어떻게 할까? 고민하다가 또 그냥 가기로 했다. 원래 말씀이 없으신 아버님은 너도 나이를 먹었으니 그게 뭐 대수냐고 생각하시는지 아무 말씀을 않으시는데 어머님은 이발도 않고 다닌다고 나무라신다. 아마도 옛날에는 면도를 이발하면서 함께 하기 때문에 수염이 있는 것은 이발을 하지 않은 때문이라고 생각하신 듯하다.

우리 학교에서 열리는 학회가 다가온다. 또 고민이다. 고민 고민하다가 새삼스럽게 깎는 것이 이상해서 또 그냥 놔두기로 했다. 어느 선배 교수님이 역시 좋은 충고를 주신다. 담배 파이프를 겸비하면 더욱 좋겠다고 하시며 기왕 기르려면 멋있게 기르라고 하셨다. 나를 아는 분들은 약간 의아한 눈치였으나 이내 면역이 되는 모양이었다.

졸업생이 오랫만에 전화를 해서 주례를 부탁하는 것이었다. 또 고민이다. 깎고 가야 하나? 그냥 가야하나? 수염기른 시련을 톡톡히 당하고 있다.

왜 사람들은 남의 수염을 가지고 웃고 야단이며 이상하게 생각할까? 수염을 기른 사람이 나이기 때문일까? 왜 나는 수염을 기르면 안되기라도 한단 말인가? 안되는 이유는 도대체 찾을 수 없다. 옆의 다른 사람들은 안 기르는데 너는 왜 기르느냐? 옆의 사람이 기르면 따라서 기르고 안기르면 기르지 말란 말인가? 이것도 말이 안된다. 이제까지 안 기르다가 이제 와서 왜 기르느냐? 이것도 말이 안된다. 서양 사람이나 원숭이처럼 수염이 많지도 않으면서 뭘 기르느냐? 수염의 많고 적고가 수염을 기르고 안 기르고의 기준이 될 수는 없다. 없던 것을 어디서 가져다 붙인 것도 아니고 있는 그대로 놔둔 것인데 뭐가 이상할까? 날마다 깎아서 없애는 것보다 그대로 놔두는 것이 더 자연스럽지 않는가?

텔레비전의 사극에서 보면 젊은 이들도 대부분 수염을 달고나온다. 옛날 같으면 수염을 기르는 것이 자연스러운 현상이었는데 요즈음엔 깎는 것이 당연한 것처럼 되어 버렸다. 왜 그렇게 되어 버렸을까? (『나루터』 제2집, 2000)

시계

　내가 어릴 적에 우리 동네에는 시계가 몇 개 없었다. 동네 앞에 논이 많았던 큰 집에는 커다란 둥근 쟁반만한 시계가 안 방 벽에 걸려 있어서 마당에서도 시간을 알 수 있었다. 요즈음에는 초등학교 어린이들도 흔히 손목시계를 차고 다니지만 나는 대학 3학년이 되어서야 손목에 시계를 찰 수 있었다. 3학년 때 승선실습이라는 것을 하는데 실습비 명목으로 주는 돈을 아껴 일본에서 소위 일제 (?) 손목시계를 손목에 차고 자랑스러워(?) 하였고, 몇 마지기 안 되는 농사 짓느라고 손목시계는 꿈도 못 꾸시는 아버지에게 조끼 주머니에 차는 긴 줄 달린 시계를 사다드리기도 하였다. 아버지는 평소에는 설합에 넣어 두셨다가 나들이 하실 때나 명절이 닥쳐오면 깨끗한 한복으로 갈아입으시면서 조끼 단추 구멍에 줄을 매달고 시계는 주머니에 넣고 다니시곤 하셨다. 그 당시만 해도 시계가 매우 귀해서 시골에는 오포(午砲)를 불어 정오를 알렸다. 요즈음에는 시계가 너무 흔해졌다. 우연히 우리 집에 있는 시계를 헤아려 보니 10개가 넘었다. 엄밀하게 따져보면 하나도 같은 시각을 가리키는 것은 없다. 어떤 지우가 새로 개업했다고 준 것, 뉴욕에서 1

년 사는 동안 롱아일랜드의 끝에 있는 등대에 놀러갔다가 기념으로 사온 시계, 언제 어떤 연유로 우리집으로 왔는지 알 수 없는 것들이 방마다 벽의 한 쪽 귀퉁이를 차지하고 있거나 거실에 붙어 있고 심지어는 찬장에까지 들어가 있다. 그 중에는 죽어있는 것도 있고 배터리가 다 되었는지 초침이 제자리에서 찰칵찰칵 하고 있기도 하고 너무 빨리 가는 놈 다른 놈들보다 유난히 늦게 가는 놈도 있다. 누구와 약속을 하고 그 시간에 맞추려고 할 때는 늦는 놈보다 빠른 놈이 낫다.

한 번은 어느 골목을 지나는데 이사 가고 난 후 쓰레기를 버렸던 모양인데 거기에 시계가 함께 버려져 있었다. 유리가 깨진 채 안에서는 찰칵찰칵 초침이 살아서 가고 있었다. 그 시계를 보면서 여러 가지로 편리했을 텐데 이사가면서 버리고 가다니 세상 인심의 한 단면을 보는 것 같아 묘한 기분이 들었다. 어느 날 광주의 한 목욕탕에 간적이 있었다. 거기에 거창한 추를 자랑스럽게 달고 있는 시계가 우람하게 서 있었다. 다시 보니 그 위에 싸구려 전자시계가 우람한 시계의 얼굴을 가리고 대신 옷을 다 벗어버린 전라의 시간도 모르는 어리석은 인간들에게 시간을 가르쳐 주고 있었다. 아마도 불알이 큰 시계는 고장이 난 모양이었다. 아무리 큰 시계도 제 기능을 못하면 싸구려 시계에 의해 얼굴이 가려지고 시계대접도 못받는다는 위대한(?) 사실을 깨달았다.

연구실에 이리저리 둘러보니 시계가 8개나 있다. 연구소장 시절 일본 히로시미 대학의 미쓰시다 교수 초청강연 후 돌아가면서 주고 간 두면으로 되어 소형 냉장고 위에 앉아있는 시계, 나루터 문학기행 기념으로 나누어준 온도까지 알려주는 중국제 시계, 창업보육센터에서 기념으로 나누어준 저 시계의 뒷면까지 다 보이는 투명한 시계, 보험회사에서 보험 들어줬다고 제때제때 보험료를 잘 내라고 준 시계, 컴퓨터 모니터의 오른쪽 맨 밑에 표시하는 시계, 노상 들고 다니는 핸드폰 시계, 현대상선 사장의 초청강연회 기념으로 준 시계 책상서랍에 밥(옛날 벽에 걸린 시계는 태엽을 감아 그 태엽이 풀리는 힘으로 추를 흔들리게 하고 시간을 표시해주었는데 태엽을 감아주는 것을 '시계 밥준다'고 하였다.)이 없어 일을 멈추고 잠을 자고 있는 손목시계가 있다. 이렇게 많은 시계가 필요한 것일까? 이 많은 시계들이 내가 시간을 잘 지키는지 감시하는 것 같다. 하나만 있어도 될 텐데. 가만히 보니 내가 직접 산 것은 손목시계하나 뿐이다. 나보고 시간을 잘 지키라고 이렇게 많은 시계를 여러 사람이 주었단 말인가? 보통 이 8개의 시계가 가리키는 시각이 2~3분 틀리는 일은 다반사이다. 어떤 때는 5분 이상 틀리기도 하고 아예 죽어 있는데 모르고 그걸 믿고 있다가 낭패를 당하기도 한다. 과연 어느 시계의 시각이 제일로 정확한 것일까?

　나는 이렇게 많은 시계에 둘러 쌓여 시간을 잘 지키고 있는가? 정년퇴임을 하면 이 모든 시계와 이별을 할 생각이다. 시간을 잊고 살고 싶다. 더 이상 시계의 노예가 되고 싶지 않다. 배고프면 밥 먹고 잠이 오면 자고, 눈이 떠지면 일어나고 걷다가 다리가 아프면 쉬면 될 일이다. 과연 그렇게 잘 될랑가? 나도 별로 할 일이 없는 사람인 모양이다. 이런 걸 글이라고 쓰고 앉아 있는 것을 보면 말이다.

(『나루터』 제7집, 2005)

예송리 가는 길

여름 방학이다 연수 가자.
정년 퇴임하신 선배 교수님도 모시고
실습선 선장님 일항사님도 모시고
총학생회 임원도 데리고 정화야 너도 가자.
이 차 타시오, 저 차 타시오.
미국 간 김 교수, 박 교수
병원에 있는 금 교수
공무에 바쁜 최 교수, 박 교수
함께 못가서 어쩔거나.
승용차 다섯 대가 땅끝으로 땅끝으로
영산호를 지나고 영암 방조제를 지나고
산이면을 지나서 해남으로
완도 쪽으로 길을 잡고 내달았다.
논마다 벼가 대풍년을 기약하고
회신을 지니고 송호리 해수욕장도 지나고
저 밀리서 달마산이 손을 흔들이 아는 체 한다.

조심해서 가라고.

사구미 해수욕장 근처의 사구포 휴게소

지난해 사은회에서 색소폰을 불었던 세화네 집이란다.

이은상의 내고향 남쪽 바다.

금강산도 식후경이라.

자 소주한잔 하시오

내(?) 술 한잔 받으시오.

노랗게 구워진 갈치가 맛있다.

정년 퇴임하신 손 교수님

소주 드시는 폼이 예전 같지 않으시다.

모이죠의 추억을 못 잊으시는지

문 교수님은 최 학장님의 배탈을 아쉬워하신다.

술은 좋은 것이여.

자동차와 함께 배에 올라 보길도로

윤선도 만나러 가자.

어부사시사가 들리는 듯하다.

『앞 내에 안개 걷고 뒷 뫼에 해비친다

　밤물은 거의 지고 낮물이 밀려온다.

　강촌에 온갖 곳이 먼빛이 더욱 좋아라

　연잎에 밥싸두고 반찬일랑 장만마라

　닻들어라 닻들어라 대삿갓 썼노라

도롱이 가져오너라

지국총 지국총 어사와(찌거덩 찌거덩 어야차)

무심한 갈매기는 나를 쫓는가 저를 쫓는가

강촌에 가을이 드니 고기마다 살쪄있다

닻들어라 닻들어라 넓고 맑은 물에 실컷 즐겨보자

지국총 지국총 어사와(찌거덩 찌거덩 어야차)

인간세상 돌아보니 멀도록 더욱 좋다.

간밤에 눈 갠 후에 경물(景物)이 다르구나

배 저어라 배 저어라

앞에는 유리바다 뒤에는 첩첩 옥산

지국총 지국총 어사와(찌거덩 찌거덩 어야차)

선계(仙界)인가 불계(佛界)인가 인간계(人間界)인가 아니로다』

가다가 넙도에서 아가씨 하나 내리고

오토바이 탄 우체부 오른다.

보길도에 상육한 우리는 서둘러 예송리로 예송리로

세미나는 간단히 만찬은 길고 걸게

선장님이 가져오신 뷔에스오피

일항사님의 시바스리갈

주구이 주엽청주

세계 각국의 유명주가 다 모였다.

이것도 한잔

저놈도 한잔

술병 기우는 소리가 요란하다.

어느새 우리 술 소주도 젊잖게 있질 못하고

덩달아 이리 저리 왔다 갔다 한다.

해상운송시스템학부 분위기 연중 오늘만 같아라.

자리를 옮기자.

이제는 맥주가 바쁘다.

노래가 먼저 나오니 춤이 뒤질새라 따라 나온다.

광란의 밤이 시작된다.

시간이 정지한 듯하다.

모두 술 삼매에 들어간 듯.

터질듯한 가슴을 안고 밖에 나오니

빗줄기가 거세다.

열기를 식히려고 바닷가로 나갔다.

정 교수가 함께 한다.

자갈 위에 떨어지는 빗소리

투둑 투욱툭 툭

바닷물이 밀려왔다 가면서

처얼썩 처얼썩 쏴아아

국제적으로 섞어진 술이 벌써 깰 리 없고

저쪽 방에서는 고도리 뻥똥 포커 섰다를 하는지

간간히 들려오는 웃음소리 하하하

아쉬운 듯 허허허
지구가 벌써 한 바퀴 돌았다.
갯돌이 천지인 자갈밭으로
정 교수랑 함께 맨발로 맨발로
억겁의 세월로 닳아진 갯돌 위를
걸을 때마다 들려주는 태고적 이야기
달그락 돌그락 짜르르르
(『나루터』 제4집, 2002)

예송리 해변의 추억

덥다 더워. 보길도로 가자. 이것저것 챙기고 길가에서 수박과 고구마도 사가지고 예송리로 간다. 폭염이다 땡볕이다 찜통더위다 하면 너도 나도 더위를 피해 어디론가 떠난다. 남들 다 가는 피서를 안가고 방콕하고 앉아 있으면 가장으로서 체면이 서질 않는다. 마지못해 갈려고 하면 이제는 어디로 갈 것인가가 고민이다. 문득 몇 년 전에 가봤던 보길도 예송리 해변의 깻돌이 파도에 구르면서 부르는 노래가 나를 부른다. 짜그르르르 쏴아아...

송호리 해수욕장을 조금 지나니 보길도 들어가는 차가 밀려있다. 허참 일찍 출발한다고 했는데 이렇게 막히다니 난감하지만 되돌아 갈 수도 없다. 에어컨을 끄고 창문을 열어 놓고 이마의 땀을 닦아가며 거북이 보다 더 느리게 기어간다. 성질 급한 놈(?)은 차를 돌린다. 두 시간 반을 기다려 겨우 차를 배에 실었다.

다음날은 토요일이다. 마침 '전복소라잡기 체험행사'를 한단다. 어른은 오천원, 어린이는 삼천원이란다. 만원을 주고 각시랑 함께 신청했다. 오후 3시에서 5시 사이에 하는데 12시까지만 참가신청을 받는단다. 마을 스피커에서는 '재수가 좋으면 자동차 트렁크에 전복을 가득 가지고 갈 수 있다'고 하면서 참여를 독려한다. 12시가 넘자 이제는 1시까지만 신청을 받는단다. 2시가 되자 아내는 자기가 가기 전에 행사가 시작될까봐 서두르기 시작한다. 접수하면서 들은 대로 돌에 붙어버린 전복을 떼어내는데 필요한 과일칼과 면장갑을 챙기고 선글라스와 밀짚모자를 쓰고 완전 무장을 하고 행사장으로 간다. 행사장에서는 전복과 소라를 담을 망과 면장갑 그리고 양식집에서 질긴 소고기 썰어 먹을 때 쓰는 칼을 한 세트로 하여 3000원에 팔고 있다. 우리는 전복을 담을 망이 필요해서 할 수 없이 한 세트만 샀다. 아내는 망을 들고 내 뒤를 따르기로 하고 포장할 때 쓰는 끈으로 둘러쳐진 행사장으로 들어갔다. 어린이 노인 아주머니 아저씨 처녀 총각들 각자는 모든 전복을 자기가 다 잡아버리고 말겠다는 듯이 각오를 단단히 하고 호루라기 소리가 나기만을 기다리고 있다. 바닷물이 점점 빠지고 전복과 소라를 가득 실은 두 척의 배에서는 전복과 소라를 바다에 뿌리기 위한 준비가 한창이다. 400만원 어치를 도매금으로 사서 뿌린다는 둥, 500명이 참가 신청을 했다는 둥, 2000마리의 소라와 전복이 뿌려 진다는 둥 동네 사람인 듯한 아저씨가 옆 사람과 이야기 하는 소리가 들린다. 이장으로 보이는 사람이 카우보이모자처럼 생긴 밀짚모자를 멋드러지게 쓰고 텐트 밑에서 총지휘를 하고 있다. 이윽고 전복과 소라를 바다에 뿌리기 시작한다. 전복과 소라가 떨어지는 지점을 쫓는 천여 개의 눈동자가 바쁘게 구르는 소리가 요란하다. 청년들이 말리지만 사람들은 이미 이성은 잃어버린지 오래다. 남보다 먼저 문속으로 들어갈려고 한 발 한 발 물 쪽으로 다가선다. 동물의 왕국에서 사자가 공격을 개시하기 전에 먹잇감에 최대한 가까이 접근하려고 할 때의 모습과 너무 닮아있다. 나는 전복이 떨어진 곳의 위치를 물이 빠지면서 들어난 돌맹이를 중심으로 거리와 방위를 어림해 두었다. 호시탐탐 전복을 노리는 사람들의 발은 이미 바다에 들어와 있다. 전복 뿌리기가 끝나자마자 들어가라는 신호도 없는데 뒤질세라 물속으로 뛰어드니 청년은 할 수 없이 호루라기를 분다. 나도 따라 들어갔다. 아까 어림짐작해 놓은 곳은 인파에 묻혀 어딘지 짐작도 안된다. 에라 모르겠다. 무조건 더듬수다. 천여 개의 손에 달린 오천여개의 손가락이 온 신경을 집중하여 발밑의 바다를 훑기 시작한다. 머리만 내놓고 바닥을 훑는 사람들의 눈동자가 매우 진지하다. 이리저리 훑다보니 옆 사람의 발뒤꿈치가 잡힌다. 망을 들고 옆에 서있는 아내의 종아리를 꼬집어 주고 보물찾기를 계속한다. 물이 참 시원하다. 하나라도 잡은 놈은 좋아라고 난리고 하나도 못 잡은 놈은 속았다고 불평이다. 앞을 보니 아주머니의 젖무덤이 바닷물에 불어서 탐스럽다. 젖무덤 사이의 계곡은 끝이 보이지 않는다. 콱 한 입 물어뜯고 싶은 충동을 겨우 억제하고 더듬더듬 더듬수를 놓는다. 무방비 상태로 더듬수에 몰입해 있는데 파도가 밀려와 냅다 밀어 붙이니 이 사람 저 사람이 마구 뒤엉킨다. 낯모르는 아가씨가 나를 껴안고 나는 이 아가씨와 전생의 인연을 생각한다. 밀어 붙이거나 말거나 몸을 가누고 다시 물밑을 더듬는다. 전복은 어디로 가고 큼직한 바위가 잡히기에 집어 올려 '와아'하고 소리치니 모두 쳐다 본다. 사람 없는 곳으로 내 던지고 또 더듬기 시작한다.

어릴 적에 동네 아저씨들이 물이 어지간히 빠진 방죽에서 물풀 사이를 더듬어서 팔뚝만 한 고기를 잡아 올리는 것을 보고 나도 시도했다가 손에 뭔가 재빠르게 움직이는 것을 느끼고 깜짝 놀라 포기했던 기억이 문득 떠오른다. 그럭저럭 더듬수를 놓다 보니 쪼끄만 전복 2개와 소라 4개(이중 2개는 아내가 잡음)가 망에 초라하게 들어있다. 자동차 트렁크에 가득 채우려는 꿈은 사라지고…

초중고 시절 소풍가서 보물을 찾아본 경험이 없는 나로서는 의외의 성과다. 텅 빈 망을 들고 다니면서 허탈해 하는 사람도 많다. 더 이상의 욕심은 무리다. '그만 나가세' 갯돌에 엉덩이를 내려놓는다. 아직도 많은 사람들이 최후의 한 마리까지 놓지 않으려고 더듬수를 놓고 있다. 그러는 사이에 물이 더 빠지고 전복이 떨어졌음직한 곳은 다 드러났다. 노인 한 분이 지나가다가 큼직한 돌 밑을 꼼꼼히 살피다가 급기야 그 돌을 뒤집는다. 뒤이어 아가씨 하나가 지나가다가 그 돌을 또 뒤집으니 그 돌은 원래대로 되돌아 간다. 그 사이에 물이 빠졌으니 맨 처음 들어 올 때의 물깊이에 해당하는 곳은 전복이 떨어지지 않은 곳인데도 물 깊이만 생각하는지 저만치서 계속 더듬수를 놓고 있는 아주머니의 모습을 보면서 속으로 웃는다. (『나루터』 제11집, 2009)

우부인과 죽부인

　나는 오래전부터 죽부인을 짝사랑해오고 있었다. 언젠가는 저 자태 날씬하고 시원시원한 죽부인과 동침하고 말리라는 생각을 겪은 적이 없이 호시탐탐 기회만을 노리고 있었다. 드디어 그 꿈을 이루었으니 그 전말을 밝히지 않고는 이 무더운 여름을 넘길 수가 없을 듯하다.

　대나무로 만든 물건들이 모여 있는 곳에는 항상 죽부인이 한 쪽에 얌전히 서있는 것이었다. 이것저것 구경하면서 힐끔힐끔 죽부인을 곁눈질하면서 죽부인에게 관심을 보였으나 죽부인은 아는지 모르는지 나의 애간장을 태웠다. 아침마다 배달되는 신문에 함께 들어오는 치우려면 귀찮은 간지를 무심코 보니 아니 거기에 오매불망 그리던 내 사랑 죽부인의 사진이 있질 않는가? 아직도 죽부인은 한 쪽에 얌전히 서 있는 것이었다. 자세히 보니 생각했던 것보다 적은 비용으로 모셔올 수 있는 것이다. 이런 줄 알았으면 진즉 모셔올걸. '여보 시내에 나가거든 모처(?)에 가서 죽부인을 모셔오게' 나는 요즈음 간덩이 큰(?) 사람들이나 하는 말을 내뱉고 말았다. 그러나 우부인(장인이 우씨임)은 투기도 하지 않고 쾌히 그러겠다고 답한다. 우부인은 나를 사랑한다고 하면서 실제로는 나를 좋아하지 않는 모양이다. 죽부인을 모셔오라고 하면 손톱을 세우고 펄쩍펄쩍 뛰지는 않을망정 순순히 그런다고 하니 말이다. 나에 대한 사랑이 불 꺼진 화로처럼 차디차게 식어 버렸단 말인가? 하긴 결혼한 지 4반세기가 지났으니 아직도 안 식었다면 그것이 더 이상할 일이다. 죽부인이 우리 집에 왔을 때 입고 있는 얇고 허름한 비닐 옷을 첫날 밤 신부 옷을 벗기듯 조심스럽게 벗기고 나서, 팔에 안고 요리조리 자세히 보니 중국태생이라고 조그만 딱지가 붙여져 있다. 피골이 상접한 것을 보니 대나무 많은 두메산골의 가난한 집에서 태어난 듯하다. 물설고 땅 설은 대한민국까지 오느라고 얼마나 고생이 많았을까?

　요즈음은 우부인과 일이 있을 때를 제외하고는 각 방을 쓴지가 오래되었다. 애들이 있을 때는 싸우고 나서도 한 방을 쓸 수밖에 없었는데 다행인지 불행인지 애들이 타지에 있는 대학으로 진학을 하니 자연스레 놀고 있는 방이 생기고 각자 방을 하나씩 차지하게 되었다. 우리 애들은 자기 부모를 각 방을 쓰게 했으니 불효를 했으되 편안한 잠을 자게 한 효도를 한 셈이다. 원래 우부인은 늦게 자고 늦게 일어나는 반면 나는 12시 이전에 자고 아침에 일찍 일어나는 소위 아침형(?) 인간이었다. 우부인은 늦게 잠자리에 들면서 단잠을 자고 있는 나를 깨우기도 하는가 하면, 일찍 일어나는 나는 우부인이 아침잠을 깨지 않도록 온갖 신경을 써야 하는 등 불편한 점이 많았는데 그런 일이 없어졌으니 요즈음 사는 맛이 난다. 더구나 죽부인까지 생겼으니 말이다. 우부인은 내가 발이라도 배에 올리면 잠시도 참지 못하고 무겁다고 불평을 하면서 오히려 자기 발을 나한테 올리는데 죽부인은 발을 올려놓아도 다리 사이에 꽉 끼고 있어도 머리로 배고 있어도 불평 한 마디 없이 견디는가 하면 시원하기 까지 하니 말이다. '죽부인 사랑하오. 내 곁을 떠나지 마오.'

근무 중에 죽부인만 생각하다가 퇴근하여 방에 들어가면 아직도 얌전히 누워 나를 기다리는 죽부인을 보며 오늘 밤에도 죽부인을 안고 시원하게 잘 것을 생각하며 미소를 짓는다. 식사를 마치고 죽부인을 안고 텔레비전을 보고 있노라면 우부인이 은근히 다가와 자기가 무슨 레스비언도 아니면서 죽부인을 뺏어간다. 나는 뺏기지 않으려고 실랑이를 하다가 '그래 잠시 죽서방 해라' 하고 내준다. 또 어떤 때는 누워서 발을 올려놓고 텔레비전을 보고 있으면 우부인도 와서 나처럼 두 다리를 죽부인 위로 올려놓는다. 가엾은 죽부인. 얼마나 무거울까?

지금은 삼복더위가 기승을 부리지만 입추가 지나고 찬 바람이 나면 죽부인과 헤어져야 할 텐데 지금부터 걱정이다.(2004.7.26, 『나루터』 제7집, 2005)

자전거 하이킹

시골에서 중고등학교를 같이 다녔던 친구들 넷이서 뭉쳤다. 젊은 시절에는 서로 자기 일에 바쁘다가 근래에 정년퇴직도 하고 나니 심심하기도 하다 보니 한 달에 한 번 정도 만나서 여기저기 돌아다니다가 밥도 사먹고 하면서 시간을 보낸다. 아무런 부담이 없어 좋다. 사정이 안되면 결석을 하고 다음 달에 만나면 그만이다. 만나면 좋고 헤어져도 다음 달에 또 만날거니 좋다.

영산강 둑에 자전거길이 다 되었다고 해서 자전거를 타기로 하였다. 영산강 하구언 인공폭포에서 만나기로 하였다. 내가 먼저 도착하여 기다리고 있는데 자전거 동호인 몇이 모이기 시작한다. 그들의 모습을 보니 자전거도 비싸 보이고 머리에는 제비 날개같은 보호모자도 쓰고 장갑도끼고 부자지가 툭 튀어나오는 허벅지에 착 달라붙는 얼룩달룩 유니폼도 입고 목에는 총천연색의 머플러도 두르고 …

우리 죽마고우들도 하나씩 모여든다. 자전거 동호인들과 차림새가 너무나 차이가 나서 한 편 내가 잘못한 것도 없지만 창피한 생각이 좀 든다. 우선 나부터 보자. 자전거는 아들이 군에 가면서 내

버리고 간 녹이 더덕더덕 난 자전거에 신발은 샌들에다가 반바지 차림에 모자는 등산 갈 때 쓰는 전혀 보호가 안되는 모자에다가 어찌 보면 동네 아파트 주위 한 바퀴 돌다가려는 폼이다. 한 친구는 자기 아들 자전거를 가지고 왔는데 어째 조종이 안되는지 핸들이 매우 낮고 안장이 높다. 배가 나온 이 친구는 허리를 굽혀야 하고 머리를 들어야 하는 상황에서 출발하기 전부터 매우 힘들어 한다.

또 다른 친구를 보자. 시골에서 완전히 시장에 가는 폼이다. 자전거도 뒷좌석에 짐싣는 장치가 되어 있다. 자전거 동호인들은 출발한지 오래다. 우리도 출발이다. 뭐 급한 일이 있나. 동네 한바퀴 도는 마음가짐으로 한가롭게 출발한다. 아들 자전거를 가지고 온 친구가 처음부터 힘들어 한다. 마침 여름이 조금 지난 9월이라 아직도 덥다. 온 갖 회찰을 하면서 자전거 바퀴를 돌린다.

목포대학교 평생교육원에서 산야초 반을 수료한 친구가 비아그라보다 그 효과가 훨씬 크다는 야관문을 발견하고는 자전거를 세운다. 나도 따라가서 보니 야생초에 관한 책에서 본적이 있는 야관문이란 풀이 여기저기 많이 있었다. 돌아오면서 채취하기로 하고 일로 쪽으로 나아간다. 한참을 가니 민가가 나온다. 감나무 그늘 밑에서 물을 마시면서 쉬는데 체구와 자전거가 전혀 맞지 않는 친구가 더 이상 못가겠다고 한다. 조금 쉬고 나서 되돌아온다. 오면서 보아둔 야관문이 있는 쪽으로 간다. 쑥대처럼 올라온 야관문을 꺾기 시작한다. 나이가 나이인 만큼 그 문제는 절실한 것이 사실이다. 우리 모든 인류의 숙제가 아닌가? 한 아름을 꺾어 자전거 뒤에 매달고 오는 폼을 보니 분명 시골 장에서 뭘 사서 자전거에 싣고 돌

아오는 할배모습이 영낙없다. 웃음을 참을 수가 없다. 저 할배들의
할매들 이제 큰 일 났다. (『나루터』 제14집, 2012)

재래시장 한 바퀴

자전거를 타고 안과를 다녀오는데 시장이 보인다. 어렸을 적 어머니 손에 이끌려 시장을 돌아다니다가 아이스께끼 하나 얻어먹었던 즐거운 추억을 떠 올리며 자전거를 끌고 시장통으로 들어선다. 나는 걸어 다니는 경우가 많은데 가다가 시장이 있으면 큰 길을 놔두고 별로 살 것도 없으면서 시장통으로 들어가 여기 저기 기웃거리면서 가곤 한다. 거기에는 우리의 삶이 있고 인정이 있다. 흥정이 있고 타협이 있으며 막걸리 후에 멱살잡이도 있으며 야바위군도 있고 쓰리군(소매치기)도 있다. 내가 살아 있다는 실감이 나서 좋고, 비로소 삶의 현장에 와 있는 기분이다. 요즈음 큰 건물에 들어선 마튼가 뭔가에 의해 재래시장이 위축되고 있어서 안타깝다.

좁디좁은 골목으로 트럭이 뭘 하러 들어왔는지 꽥꽥 소리 지르며 사람들을 밀면서 겨우 겨우 빠져 나간다. 요구르트 아줌마가 짐을 잘 못 실었는지 손수레 위의 상자가 땅으로 굴러 떨어진다. 그 안에 있던 여러 가지 모양의 요구르트와 우유팩들이 사방으로 흩어진다. 마침 엊저녁에 비가 와서 바닥은 새카만 흙탕물이 범벅인 곳으로 말이다. 이를 어쩌나. 얼른 아줌마의 얼굴을 보니 체념한 듯

예상이라도 했었던 듯 무덤덤하다. 반 넘어 빠져나간 흙 묻은 요구르트 상자를 겨우 손수레에 얹는다. 나는 자전거를 한 쪽으로 세우고 아줌마가 옆 가게에서 빌려온 플라스틱 다라에 터지고 흙 묻은 요구르트병과 우유팩을 주섬주섬 함께 담는다. 40대 중반 쯤 되어 보이는 젊었을 적에는 매우 고왔을 얼굴에 어딘지 모르게 삶의 고단함이 묻어있다. '바쁘지 않으세요?' '예, 바쁜 일 없어요. '공무원인 나는 토요일이라서 공무도 없고 사무로 병원에 갔다가 집에 가는 중이었으며 가서도 딱히 할 일이 없었던 터이다.

자전거를 끌고 사람들 틈사이로 빠져 나오는데 내일이 대보름이라서 그런지 땅콩이나 호두, 은행 등이 많이 눈에 띈다. 언뜻 보니 미국산이라고 써진 봉지도 보인다. 지나가는 나에게 3000원이라고 하면서 가지고 가란다. 그 순간 언뜻 옆을 보니 어떤 아줌마가 조그만 좌판에서 상추를 금방 쏟아내는 것이 아닌가? 아직 다듬지 않은 것을 말이다. 나는 순간 '저 상추야말로 오늘 이 시장에서 가장 신선한 상추다.'라는 생각이 스친다. 이 아줌마가 금방 밭에서 뜯어와 아직 다듬지도 않은 것이 아닌가 말이다. 나는 대장부(?)의 체면을 뒤로하고 '아줌마, 상추 1000원 어치만 주세요.' 하고 말았다. 대장부가 어찌 상추 1000원어치를 다 산단 말인가? 부끄럽지도 않은가? 요즈음 1000원이 돈인가? 1000원 어치는 안 파는 게 아닌가? 너무 적게 주는 것은 아닐까? 하는 생각들이 순간 뇌리를 스쳐간다. 헌데 이 아줌마는 옆에 아무렇게나 딩굴고 있는 커다란 비닐봉지를 집더니 마구 주섬주섬 집어넣는다. 그러면서 옆에 있는 마늘 다발을 가리키며 2000원에 가져가라고 한다. 예상했던 것보다

훨씬 큰 상추봉지를 자전거 핸들에 매달고 비좁은 길을 겨우 빠져
나오면서 1000원이 적은 돈이 아니라는 새삼스러운 생각을 한다.

생선가게, 농산물가게, 나물 몇 가지 펼쳐놓은 좌판, 철물점, 한
약초 더미가 아무렇게나 쌓여 있는 한약재 상회 등등 실로 오만가
지 것들이 있는 시장통을 한가롭게 빠져나와, 오늘 이 시장에서 가
장 싱싱한 상추를 씻어 지난 겨울 동해안에서 사온 과메기를 쌈
싸먹을 생각을 하면서 힘차게 페달을 밟는다. (『나루터』제11집,
2009)

집으로

'집으로'라는 영화가 관객을 많이 끌어들이고 있는 모양이다. 주위에서 봤다는 사람이 많고 관객동원이 300만이 넘었느니, 외할머니 역의 충북 영동의 77세 된 김을분 시골할머니가 대종상 최고령 신인여우상 후보에 올랐다느니 매스컴에서 떠들고 야단이다. 전봇대와 담벼락에 붙어있는 포스터에서 할머니와 초등학생쯤 되어 보이는 손자 녀석이 빨리 보러오라고 손짓하는 것만 같다. 시골서 자란 나는 갑자기 까마득히 잊어버렸던 할머니와 외할머니가 생각나고 어릴 적 추억의 한 자락이 거기에 있을 것 같아 한번 보려고 벼르고 있었다. 마침 체육대회와 해성축제가 있는 바람에 강의도 없고 해서 이교수님한테 같이 가자고 권하니 좋다고 하신다. 영화를 즐기지 않는 나는 실로 몇 년 만에 영화관에 왔는지 기억이 없다.

영화를 잘 보지 않는 내가 영화에 대하여 이야기를 하는 것이 좀 우습다. 한마디로 싸가지 없는 손자녀석의 할머니에 대한 버릇없는 행동에 마음이 언짢았다. 하긴 맨 처음 시골에서 자란 손자가 아니고 서울에서 자라다가 어머니가 사정이 좋지 않아 당분간 두메산골의 외할머니 댁에 와있는 상황이니 그럴 만도 한데 나는 도무지 이해가 되질 않았다. 말을 못해서 손으로 의사를 전달하는 할머니를 병신이라고 하질 않나 할머니에 대한 태도가 매우 버릇이 없다. 기대를 하고 갔던 나는 다보고 나오면서 그 부분이 못내 아쉬었다. 우리 어렸을 적 그렇게 싸가지 없는 손자는 없었다.

그래도 얼굴에 그랜드 캐년 같이 패인 주름살의 할머니는 바로 나의 외할머니의 모습 그대로이고, 검지 발가락이 엄지발가락 위로 올라간 모습은 우리 큰할머니의 발 그대로 이었고, 대나무를 쪼개서 엮어 만든 방문에 창호지를 덕지덕지 덧붙인 모습은 내가 살던 그 집의 모습이었다. 짐바리라고 불리는 짐 나르는 튼튼한 자전거는 우리 큰집에 있던 동네에서 몇 안 되는 운송수단이었다. 동네아저씨가 신고 있는 새카만 장화는 우리 큰형님이 신던 것이었고, 가리나 마나한 가마니 칙간 문은 흔히 보는 시골의 화장실(?) 모습이었다. 저녁에 뒤가 마려워도 무서워서 못 가기라도 하면 기꺼이 동행해주시던 할머니의 모습, 나무토막으로 만든 베게 목침은 마루의 한쪽 구석에 항상 있었고, 요즈음은 수도꼭지를 틀면 물이 나오지만 어렸을 적에는 동네 앞에 있는 우물에서 물지게로 물을 길어 날랐던 것은 까맣게 잊고 있었던 옛일을 상기시켜주기에 충분하였다.

그렇게 싸가지 없던 손자 놈이 헤어지기 전날 밤 눈이 어두우신 할머니를 위해 여러 개의 바늘에 실을 꿰어 놓는 모습은 할머니의 무조건적인 사랑의 효과를 보는 것 같아 코가 찡하기도 하였다.

할머니의 표정이 너무 무표정한 것이 마음에 걸렸다. 할머니의 활짝 웃는 모습 내지는 버릇없는 손자에게 매를 드는 모습도 있었으면 좋았을 것을. 하긴 먼지 풀풀 나는 시골버스에 탄 아줌마들의 유쾌한 모습이 대신하여 다행이라 하겠다.

　오랫만에 타임머신을 타고 어렸을 적 고향에 갔다 온 착각에 사로잡혔다. (『나루터』 제5집, 2003)

항해사 소크라테스

주역을 공부하는 대전 동방문화진흥회에서 주관하는 중국 하남 성 정주시 부근에 있는 중국고대 문명의 발상지를 탐방하는 여행에 동참하게 되었다. 워낙 넓은 나라이다 보니 버스를 타고 이동하는 시간이 길게 마련이다. 그러다 보니 지루함도 달랠 겸 마이크를 잡고 무언가 이야기를 하는 시간이 있게 되고 이윽고 내 차례가왔다. 무슨 얘기를 해야 하나 고민하다가 다른 사람과 달리 항해사경력이 있고 항해사를 위한 교육을 하고 있으니 항해에 관한 얘기를 하는 것이 좋을 것으로 생각하고 마이크를 잡았다. 워낙 숫기가없고 말솜씨가 어눌한 나인지라 매우 어색하다. 또 대중이 사회 각계각층에서 내노라 하는 한가닥 씩 하는 사람들이라 긴장된다. 하지만 이중에 항해에 관한한 나보다 잘 아는 사람이 없을 것으로 생각하고 용기를 내본다.

'항해의 기본은 현재 자기의 위치를 정확히 아는 것입니다. 현재의 위치에 따라 목적지를 향하는 침로(방향)가 달라지기 때문이지요. 자기의 위치를 잘못 알고 있으면 목적지로 가지 못하고 엉뚱한곳으로 가게 됩니다. 육지 가까이를 항해할 때는 육지의 특이한 모양이나 산봉우리가 표적이 되어 본선의 위치를 파악하는 지문항해가 발달하고, 콜럼버스나 마젤란처럼 대양에서 항해할 때는 일 년을 주기로 정확하게 운행하는 하늘의 태양 달 별 등을 이용하여 본선의 위치를 확인하는 천문항해가 발달하게 됩니다. 20세기에 들어와서 전기전자 기술이 발달하면서 전파를 이용하는 전파항법이 발달하게 됩니다. 쌍곡선의 원리를 이용하는 쌍곡선 항법이라든가 레이더가 전파를 이용하여 본선의 위치를 알게 되는 것입니다. 근래에는 물론 전파를 이용하긴 하지만 인공위성을 이용하여 위치를 확인하는 위성항법인 GPS가 위치를 확인하는데 활용되고 있습니다. 여러분들이 자가용 자동차에서 이용하는 내비(navigation의 약자인 navi를 의미) 혹은 나비라고 하는 것이 이것이지요. 이 방식은 물론 항공기에서도 널리 이용되는 항법이랍니다. 여러분들도 땅에서 항해를 하고 있는 셈이지요.

흔히 인생항로라는 말을 합니다. 항해를 하다보면 뱃머리가 보이지 않을 정도로 짙은 안개가 끼기기도 하고, 배를 뒤집을 듯 비바람이 휘몰아치기도 하지요. 이때도 본선의 위치를 확인하는 것이야 말로 대단히 중요합니다. 안개가 낀 상황에서도 목적지를 향해서 가야하고, 비바람이 멎은 후에 또 목적지를 향하여 가야 할 것이기 때문이지요. 이처럼 항해 중에 자기의 위치를 아는 것이 중요하다는 말씀입니다. 인생살이를 인생항로라고 하는 것은 이와 같이 인생살이가 항해와 비슷한 점이 많다는 이야기겠지요. 그런 점에서 소크라테스는 '너 자신을 알라(Know thyself!)'고 경고하여 현재 너의 일생에서 어느 지점에 와 있는지를 확실히 알아 잘 처신하

라는 말이겠지요. 그런 면에서 소크라테스야말로 '위대한 항해사'
가 아닌가 생각합니다.' 대충 이같이 얼버무리고 마이크를 다른 사
람에게 넘겼다.

　다음 차례인 어떤 분이 나와서 자기 이야기를 하기 전에 나의 이
야기를 수정하는 것이었다. '소크라테스의 너 자신을 알라는 이야
기는 너의 위치를 알라는 말이 아니고 너의 무식함을 알라는 말입
니다.' 너가 알기는 무엇을 안다는 것이냐? 네가 무식하다는 사실을
알라는 말이라는 것이다. 나의 무지(無知)가 만천하에 들어나는 순
간이다. 또한 내가 무식하다는 사실을 깨닫는 순간이다. 역시 소크
라테스의 위대함을 다시 한 번 실감한다. (『나루터』 제15집, 2013)

화엄사 기행

아침에 일어나 창밖을 보니 날씨가 매우 화창하다. 비로자나 산악회 정기 산행날이라 점심을 준비하여 공설운동장 정문으로 나가니 벌써 버스가 와 있었다. 반가운 법우들이 환한 얼굴로 나타난다. 어린 꼬마 둘이 포함한 가족이 참가하여 더더욱 좋았다. 예불문과 법문을 테이프로 들으며 모든 중생이 성불하기를 기원해본다. 차창밖에는 연두 빛으로 물든 5월의 싱그러움이 가득하였고 여기저기 못자리하는 농부들의 손놀림이 바쁘다.

우리나라 화엄사상의 으뜸 도량인 화엄사를 찾아가는 감회가 새롭다. 산을 좋아하는 나는 지리산 종주 할 때 몇 차례 들른 적이 있으나 산행계획 등의 핑계로 자세히 둘러보지 못했으나 이번에는 좀 더 차분히 봐야 되겠다고 다짐하면서 우람한 일주문을 통과하였다. 조금 지나니 호텔이 자리하고 있었다. 일주문부터 사찰경내로 배워 알고 있는데 별로 마음에 들지 않았다. 주차장에서 조금 걸으니 불이문(不二門) 나타났다. 옛날에는 여기가 일주문이었다고 한다. 너와 내가 둘이 아니요 생사가 둘이 아니요 번뇌와 보리가 둘이 아니며 색과 공이 둘이 아님을 새기고 유마거사의 침묵에 대하여도 생각하고 있는 사이 금강역사가 불국토를 지키는 금강문에 들어섰다. 수미산의 중턱에서 사천왕이 지키는 천왕문을 통과하여 드디어 수미산에 도착하였다. 이어서 보제루가 나오고 보물 제299호인 대웅전이 있고 뜰에는 2기의 5층 석탑이 하늘을 받치고 서있다. 대웅전에는 청정법신 비로자나불을 중앙에 모시고 좌우로 원만보신 노사나불과 백억화신 석가모니불을 모셨다. 이 화엄사는 신라 진흥왕5년에 인도 승려 연기 조사가 창건하였으나 임진왜란 때 완전 소실된 것을 인조8년에서 14년 사이에 벽암대사가 중창하였다고 한다. 정면 7간에 2층 팔작지붕이며 국보 제67호인 우리나라 최대의 목조건물인 각황전에 들러 1995년 5층 석탑에서 발견된 부처님의 진신사리를 친견하면서 부처님의 가르침을 되새겼다. 각황전 앞에 국보 제12호인 우리나라 최대의 석등(높이 6.36m)이 온 누리를 비추고 서있다. 이 각황전은 원래 장육전이던 것을 서기 1702년에 중창하면서 이름이 바뀌었다고 한다. 화엄석경이 발견되어 더욱 유명하며 그 일부가 기념관에 보관되어 있어서 친견할 수 있었다. 각황전의 옆으로 돌아 108계단을 오르면 연기조사의 어머니에 대한 전설이 서려있는 효대가 있다. 국보 제35호인 사사자석탑과 공양석등이 자리하고 있으면서 이곳을 찾는 사람들에게 효도를 가르치고 있다. 효대의 한 쪽에 수천 년 되었을 법한 소나무가 있고 그 밑에 앉기 좋게 돌이 여러 개 놓여 있었다. 거기 앉아 나의 불효막심을 참회하였다. 참배를 마치고 연기조사가 수도하였다는 연기암을 향해 노고단 쪽으로 난 등산로를 오르기 시작했다. 녹음이 우거진 숲길을 걸으면서 계곡을 따라 흐르는 물소리를 부처님의 설법으로 들으니 여기가 과연 수미산이구나 하는 생각이 절실하다. 한 시간 정도 걸으니 연기암 입구에 닿았다. 계곡 쪽으로 가서 산내음에 취해 잊고 있었던 점심공양을 하기로 하였다. 부처님도 식후배(拜)라 했던가? 빙 둘러앉아 각자 가지고 온 음식을 내놓고 먹으니 이 세상의 어느 진수성찬이 이보다 더 맛있단 말인가? 맛있게 비우는 그릇과 소주병 마다에는 우리들의 정으로 대신 가득히 채워졌다. 조찬진 법우의 법문을 듣는 우리들의 웃음소리가 화엄사계곡을 가득 메웠다. 시원한 물에 발을 담그고 담소하다가 몸과 마음을 가다듬고 연기암으로 향했다. 연기암에 올라 저 멀리 확 트인 전망을 바라보니 모든 번뇌가 사라지는 듯 했다. 법당으로 오르는 계단의 한쪽에 수줍은 듯 피어 있는 금낭화(며느리주머니)가 반갑게 인사한다. 금낭화 안녕! 소나무 너도 안녕! 내려오고 싶지 않은 마음을 108배로 달래었다. 나무마하반야바라밀. (『나루터』 제3집, 2001)

황당

살다보면 황당한 일이 일어난다. 그래서 인생은 살만한 가치가 있는지도 모른다. 부산에 출장을 갈 일이 생겼다. 마침 입술이 부르터서 약을 찾으니 색깔이 없는 것이라고 하면서 아내가 길쭉한 립스틱을 내민다. 받아들고 집을 나섰다. 입술이 마르니 자연히 주머니에서 아내가 건내준 립스틱을 입술에 바른다. 색깔이 없다고 했으니 입술라인과 상관없이 넉넉하게 입 주변에 바른다. 부산에서 전철을 타고 목적지를 향해가다가 서면에서 갈아타려고 내려서 화장실에 들러서 거울을 보니 내가 아니고 웬 삐에로가 가방을 들고 거울 속에서 나를 마주보고 있었다. 색깔이 없는 것이 아니고 분홍색이었던 것이다. 빨간 립스틱에 비하여 색깔이 없는 것인지도 모른다. 입술라인에 맞추어 잘 그렸으면 상관이 없을 수도 있겠다. 그러나 웬걸 입술 주위에 넉넉하게 발라 놨으니 내가 봐도 참 볼만하다. 고춧가루 듬뿍 들어간 비빔밥을 먹었나, 입주위가 상기되어 벌겋다. 잘 닦여지지도 않는다. 씁쓸하구만.

아침에 출근하려고 하는데 열쇠꾸러미가 안 보인다. 어제 분명히 열쇠로 열고 들어왔는데 이상하다. 아무리 찾아도 찾지 못하고 그대로 출근하려고 나가니 열쇠꾸러미가 열쇠 구멍에 그대로 꽂혀져 있지 않은가? 저녁 내내 그대로 있었다는 이야기다. 누구든지 열고 들어오라는 필요하면 복제해서 갖고 있으라는 의미란 말인가? 앞으로 기다려 봐야 알 일이지만 아직까지 별일이 없으니 다행이다. 우리 동네는 참 좋은 동네라는 생각이 든다.

장흥에서 한방과 양방 박람회가 열린다고 해서 장흥으로 갔다. 간 김에 우드랜드도 겸해서 볼려고 억불산으로 갔다. 억불산 우드랜드에서 편백나무에서 나오는 피톤치드의 맛을 보고 나무로 만든 산책길도 걸어보고 장흥에서 한다는 박람회를 찾아간다. 어디에서 하는지 알 수가 없다. 마침 저만큼 민중의 지팡이가 보인다. 경찰관님 엑스포가 열리는 곳으로 갈려면 어디로 가는가요? 가르쳐 주려고 하다가 내가 안전벨트를 하지 않고 있는 것을 본 경찰관은 옳다꾸나 하고 딱지를 떼려고 한다. 아니 자기가 적발한 것도 아니고 자기에게 길을 물어 보려 온 사람에게 딱지를 떼는 게 말이 되느냐고 하니 위반은 위반이라는 것이다. 나도 면허증을 제시하지 않고 끝까지 버텼다. 자기는 이제까지 봐줘본 적이 없다는 것이다. 내가 끝까지 버티니 한 발 물러선다. 휴, 큰 일 날 뻔하였다. 지금도 그 때 버티기를 잘 했다는 생각이 든다. (『나루터』 제14집, 2012)

A SEXY GIRL

콜럼버스가 아메리카 대륙에 처음 발을 들여 놓았을 때 원주민들은 옷을 입지 않고 있었다고 한다. 지금은 옷을 입지 않은 사람은 없다. 옷 입은 모양이나 어떤 옷을 입었는가를 보면 그 사람의 여러 가지를 짐작하게 한다. 또 무엇을 하느냐에 따라서도 옷을 달리 입는다. 운동할 때, 일할 때, 예식 때, 잠 잘 때 등등 경우마다 다른 옷을 적절하게 갈아입는다.

요즈음은 강아지들도 우리가 어렸을 때 입었던 옷보다 훨씬 좋고 예쁜 옷을 입고 다닌다. 그 옷은 강아지보다도 강아지의 주인의 취향에 달려있다. 강아지들은 온 몸에 털이 있기 때문에 옷을 입을 필요가 없는데도 사람들이 심심해서(?) 강아지에 옷을 입히고 좋아라 하고 만족스러워하고 자랑스러워한다. 강아지들이 계속해서 옷을 입다보면 수 세대를 지나는 사이에 DNA가 변해서 털이 없는 강아지가 출현하지 않을까? 생각만 해도 소름이 끼친다. 강아지에 옷을 해 입히는 사람들의 반성(?)을 촉구한다. 인간도 처음에는 몸에 털이 많았을 것이나 옷을 입다보니 털의 필요가 점점 없어져 꼭 필요한 곳 몇 군데를 빼고는 털이 많이 없어진 것이 아닐런지.

언젠가 부산버스터미널에서 등허리에 커다란 배낭을 짊어진 60대 정도로 보이는 아주머니가 당당하게 걸어오는 것을 본 적이 있다. 배낭에는 무엇이 들어있는지 알 수 없는 일이나 짐작하건데 길가에 좌판을 깔고 뭘 팔려는 물건인 듯하다. 그 아주머니는 매우 건강해 보이고 그 커다란 배낭이 전혀 무겁지 않은 듯하다. 그 아주머니는 파란색 티셔츠를 입고 있었는데 가슴과 배를 다 덮을 정도의 큰 글씨로 'A SEXY GIRL'이라는 알파벳 글자가 선명하다. 그 아주머니는 영어를 모를 것이 틀림없다. 사오십년 전에는 sexy girl이었다는 말은 아닐테고 그 내용을 알고 그 옷을 입었을 리 없다. 나는 그것을 보는 순간 나루터 생각이 나는 것이었다. 저걸 나루터 원고의 제목으로 하면 좋을 것 같았다. 글의 제목이 내용보다 더 중요하다는 생각이다. 아무리 글의 내용이 훌륭하더라도 남에게 읽히지 않는 글은 의미가 없을 것이기 때문이다. 글을 쓴 사람이 누구인가를 보고 글을 읽기도 하지만 글의 제목을 보면 글의 내용이 어렴풋이 짐작이 가기 때문에 글의 제목을 보고 글을 읽기 시작하는 경우가 많다. 이 sexy girl 이야말로 여러 사람을 읽게 만드는 제목이 아닐까? 최소한 나의 짧은 생각으로 말이다.

요즈음은 sexy하다는 말을 자연스럽게도 말하고 말하는 사람도 칭찬처럼 이야기하고 듣는 사람도 자랑스러워하는 듯하다. 옛적에 섹시하다는 말은 '화냥기가 있다'는 의미를 내포하고 있어서 함부로 말하기도 조심스럽고 듣는 사람도 얼굴이 화끈거릴만한 말이었는데 말이다. 세상이 많이 변했다. 티셔츠에는 그림도 그려져 있지만 글씨도 씌어져 있는 경우가 있는데 우리 한글보다는 영문글씨가 압도적으로 많은 것을 본다. 월남 사람들의 한국 제품에 대한 인기가 대단하다고 한다. 백화점에서 사용하던 중고 버스를 수입해 가는 데 월남에 납품될 때 버스에 새겨진 한글 글자가 지워지면 계약위반이라고 난리가 난다고 한다. 그 한글은 made in Korea를 증명하는 것이며 자랑스러운 일이라는 것이다. 뜻도 모르는 영문글자가 새겨진 티셔츠를 입고 자랑스러워하던 시기가 우리에게도 있었지 않았나 싶다. 얼마 전 월남에 갔을 때다. 00백화점이라는 글씨가 씌여진 채로 사이공 시내를 질주하는 버스를 보게 되었다. 그런데 백화점의 '백'자 밑의 기역자가 좌우로 180도 돌아가 있는 것이었다. 기역자가 지워졌는지 떨어져 나갔는지 해서 다시 붙였는데 한글을 모르는 그들이 다시 붙일 때 'ㄱ'자를 왼쪽으로 90도 회전하여 붙여버린 것이다. SEXY GIRL이라는 글자를 앞가슴에 크게 붙이고 다니는 아주머니와 같은 맥락이 아닐까 하고 생각하는 것은 지나친 비약일까? 전혀 섹시하지 않은 할머니가 A SEXY GIRL이라는 글자가 있는 티셔츠를 입고 다니는 것을 보고 부질없는 생각을 해본다. (『나루터』 제10집, 2008)

월급날

오늘은 월급날이다.

지난 한 달 동안 일하고 삯을 받는 날이다.

이번 달은 보너스도 받는다.

각시는 기분이 우울하다.

이리 떼고 저리 떼고 아들 주고 나니

아무 것도 없다.

술 외상을 먹고 다니는 것도 아닌데 …

외상으로 옷을 산 것도 아닌데 …

학생들 안 가르치고 농땡이 핀 것도 아닌데 …

월급날만 되면 각시는 아프다.

우울하다.

정말 우울하다.

울고 싶은 모양이다.

이께기 꺼린다.

백만원짜리 장판도 소용이 없는 모양이다.

물파스를 뿌리고 내가 주물러 줘야 한다.
그래도 별로 시원하지 않는 모양이다.

오월의 양과 오월의 소가 만나
행복에 겨워하던 때가 있었는데
미국 갔다와 보니
그 많던 풀은 어디로 다 가버리고
황량한 들판에 내 팽개쳐져 있었다.
아니 강물에 허우적거리며 떠내려가고 있었다.
이를 어쩔거나.

그래도 헤쳐 나가야지.
이대로 갈아 앉아 버릴 수는 없지 않는가?
우리의 사랑하는 아들과 딸을 위하여.
나는 죽어도 좋으나
나의 사랑하는 아들과 딸을 어떻게 할 것인가?
죽어도 살아야 한다.
살아서 그들을 살려야 한다.
살기 위하여 산으로 달려갔다.
산에는 사는 길이 있었고
방향을 가르쳐 주는 부처님도 있었다.

각시는 월급날만 되면 아프고 우울하다.

빨리 나아야 할 텐데

그래도 나에겐 희망이 있으니
갚아야 할 놈이 자꾸 적어지니
언젠가
언젠가는
없어질 것이 아닌가?
없어질 것이 아닌가?

재산이 불어나는 재미로 사는 사람도 있고
갚아야 할 놈이 적어지는 재미로 사는 사람도 …

아 아 날고 싶다.
훨훨 날고 지고
날고 지고.

제3부

길따라 바람따라

問余何事棲碧山
笑而不答心自閑

李白詩一首 海雲 金禹錫

山中問答 / 李白
問余何事棲碧山
笑而不答心自閑

고등어 세 마리

    자동차가 한 대 밖에 없으니 연약한(?) 아내가 주로 타고 다니고, 다리가 비교적 단단한 나는 걸어 다니는 것이 당연한 일이다. 걸어 다니다 보면 차타고 다닐 때 경험할 수 없는 일을 겪게 된다. 자동차 길 옆의 인도를 따라 걷다 보면 태워주겠다는 친절이 미안하기도 하고 자동차 매연이 신경 쓰이니 될 수 있는 한 자동차 길에서 멀리 떨어져 걷는다. 유달산에서 내려오다가 밭둑으로 접어든다. 때는 시원한 바람이 살랑살랑 불어 호박이 익어가는 가을이다. 70은 넘었음직한 할배가 커다란 포대에 호박을 가득 담아 그것을 어깨에 들쳐 메고 일어나려고 낑낑 대고 있다. 짐작컨대 용쓰고 있는 폼이 전혀 아니다. 저러다가 해가 넘어가기 전에는 일어날 수 없을 것으로 사료된다. 내가 뒤에서 밀어 힘을 보태니 겨우 일어나 뒤뚱 뒤뚱 내려간다. 큰길가에 리어카가 대기 하고 있었다. 내가 없었다면 어떻게 되었을까? 아마도 지금까지 끙끙 거리고 있겠지.

    신안비치아파트에 사는 내가 출근을 하려면 북항삼거리에서 어민동산을 거쳐 학교로 온다. 북항 삼거리를 거쳐 덕산 마을 쪽으로 접어드는데 서만치 앞에 짐바리 자전거에 무슨 짐을 몽땅 싣고 왼

손은 핸들을 잡고 오른손은 짐을 안고 겨우겨우 끌고 올라간다. 발걸음을 재촉하여 뒤에서 힘을 보탠다. 갑자기 자전거 짐이 가벼워졌는지 고맙다는 인사를 한다. 보니 오만가지 물건이 밧줄에 꽁꽁 매어져 있다. 면장갑, 이쑤시개, 화장지, 면장갑, 고무장갑, 이루 헤아릴 수 없는 수많은 종류의 생활용품들이다. 동네 앞에 있는 슈퍼에 배달을 하는 모양이다.

요즈음은 옛날 '하와이'로 유명했던 건물 부근에서 살고 있다. 아리랑고개를 넘어 일찍 퇴근한다. 이상하게 생긴 음목으로 유명한 유달산 공원 입구를 지나 시내 쪽으로는 꽤나 가파르다. 저만치 그리 크지 않은 아주머니가 뭔가 묵직하게 가득 찬 포대를 힘겹게 들고 오면서 한 발짝 가다 쉬고, 두 발짝 가다 쉬면서 올라온다. '좀 도와드릴까요?' 나도 혼자서는 들 수 없을 만큼 무겁다. 아주머니가 이쪽을 들고 내가 다른 쪽을 들었는데도 손가락이 아플 정도다. '이게 뭐요?' '고등어여라우.' 한참 일본 원전사고로 피폭된 일본산 해산물이 매스컴을 장식하고 있었을 때다. '이거 일본산 아니요?' '아니어라우, 동생이 준 건디요.' 자신있게 답한다. 동생이 어선을 타면서 잡은 고등어를 팔고 남은 것을 준 모양이라고 짐작하면서 겨우겨우 유달산 등구까지 다시 올라왔다. '고등어 한 마리 드릴께라우.' '그냥 놔두쇼.' '아니어라우' 하면서 포대를 끄른다. '그럼 한 마리만 주쇼. 오늘 저녁에 구어 먹을라요.' 옆에 있는 슈퍼에 가서 까만 비닐 봉지를 얻어오니 고등어 세 마리를 싸서 넣어준다. '잘 먹을게요.' 집에 와서 건강에 좋다는 등푸른 생선 고등어의 창자를 꺼내버리고 왕소금 뿌려가지고 후라이 팬에 구워 먹으니 맛이 기가 막힌다. 비금에 있는 아내에게 사실을 전화로 보고하니 다 먹지 말고 남겨 놓으라는 명령(?)이 떨어졌다. 나머지 두 마리는 냉동실로 들어갔다. (『나루터』제16집, 2014)

귀곡산장

서해안을 따라 강화도를 향해 걸어가고 있었다. 장항에서 대천을 향해 가고 있는데 어느덧 해는 서산에 걸리고 다리는 팍팍하고 배는 고프고 민박집은 보이지 않는다. 문득 간판이 반갑게 눈에 들어온다. 만아민박이 800m 전방에 있다는 것이다. 전화번호도 있어서 전화를 하니 받지 않는다. 들에 나가 일하고 있는 모양이라고 짐작하고 물통에 들어있는 마지막 남은 물을 다 들이마시고 화살표 방향으로 터벅터벅 걸어간다. 값이 비싼 펜션은 많이 보이는데 민박은 보이지 않는다. 길가에 주저앉아 핸드폰을 꺼내 다시 전화를 건다. 한참 기다리니 겨우 받는데 목소리가 많이 늙어있다. 내가 있는 곳의 위치를 이야기 하니 200m 만 오면 있다는 것이다. 다리가 팍팍하니 나는 이미 800m를 훨씬 지난 것으로 생각했던 것이다. 조금 걸어가니 전화벨이 울린다. 늙은 노인의 목소리다. 왜 안오느냐는 것이다. 자기가 생각할 적에 진즉 왔어야 맞다는 것이다. 자동차의 속도로는 이미 지나칠 거리가 아닌가? 그 노인은 내가 걸어오고 있으리라고는 생각을 못했겠지. 이윽고 어느 할배가 길가에서 기다리고 있다가 오랜만에 찾아오는 자기 아들이라도 되는 양 반갑게 맞이한다.

지정해 준 방에 배낭을 내던지듯 부리고 나니 밥은 먹었냐고 묻는 것이 아닌가? 이보다 더 반가운 말이 어디에 있단 말인가? 밥이라도 주겠다는 뉘앙스가 들어있지 않은가? 밥 사먹을 식당도 보이지 않고 라면 살 가게도 보이지 않는 상황에서 이보다 더 반가운 말은 이 순간 이 세상 어디에도 없다. 따라오라고 하면서 나를 인도한다. 할머니와 영원히 헤어진지가 3개월이 되었다는 것이다. 자기도 밥을 먹고 있는 중이란다. 밥통에서 밥 지은 지가 오래됨직한 단단해진 밥을 고봉으로 퍼주고 냉장고에서 짜디짠 김치를 꺼내준다. 돼지비계로 끓인 역시 짜디짜고 매운 찌개도 한 그릇 퍼준다. 평소 같으면 비계를 추려가면서 먹을 건데 천만의 말씀이다. 오늘 하루를 걸었으니 한 일이 얼마며, 소모한 칼로리가 얼마인가? 돼지비계를 다 먹어치웠다. 배가 부르니 잠시 행복감에 젖어본다.

밥을 얻어먹었으면 밥값을 해야 할 것이 아닌가? 그것도 낯모르는 할배가 차려준 보약 같은 밥이 아니던가? 설거지를 하려고 싱크대로 가니 빈 그릇이 수북이 쌓여있고 여기저기 고춧가루가 섞인 국물 등이 묻어있어 소위 엉망이다. 80 넘은 할배가 혼자 살면서 끓여먹고 있으니 안봐도 비디오다. 내가 먹은 밥그릇만 씻을 수 있나? 이것 저것 퐁퐁으로 깨끗하게 정리를 해주는 것으로 밥값을 대신하고 있는데 자기 핸드폰을 내 귀에 갖다 댄다. 어떤 할매 목소리가 들린다. 내가 목포에서 왔다고 하니 금세 목포에 있는 아는 사람에게 전화하여 설거지 하고 있는 나의 귀에 갖다 댄 것이다. 의례적인 이야기를 하다가 목포에 내려오면 차 한잔 꼭 하자는 말로 대신하고 설거지를 마쳤다.

설거지를 마치고 거실 쪽으로 오니 바둑판이 보인다. 내가 흑을 잡고 두어보니 나와 비슷한 수다. 옛날 나그네들이 부잣집 사랑채에서 하룻밤 신세지고 있을 때 주인과 바둑을 두어 이기면 밥을 못 얻어 먹었다는 옛날 이야기가 생각난다. 나는 밥을 이미 얻어 먹은 상황이지만 구태여 애써서 이기면 쓰나. 두 판을 져줌으로서 조금 부족했을 밥값을 다하고 방으로 돌아왔다.

스위치를 올려도 불이 들어오지 않는다. 천정을 올려다 보니 형광등이 아예 없다. 형광등이 빠져 있는데 스위치를 올려봐야 불이 들어올 리가 만무하다. 화장실로 가서 스위치를 올리니 불이 들어온다. 씻으려고 보니 샤워시설은 커녕 세수대야도 없다. 바닥을 보니 샤워꼭지 달린 호스가 나뒹그려져 있다. 벽에 수도꼭지 두 개가 붙어있다. 오른 쪽을 틀어보니 더운 물인 듯한 것이 나오다 만다. 왼쪽 꼭지에서는 찬물이 콸콸 나온다. 비누도 안보인다. 옷 벗은 채로 캄캄한 베란다에 나가 세수대야 같이 생긴 것을 얼른 주워와서 비누도 없는 샤워를 찬 물로만 대강 할 수밖에 없다. 땀 흘리고 생전 처음 비누칠도 하지 않은 채 친환경적으로다가 머리를 감아봤다. 싱크대에서는 날파리가 돌아다니고 이불에서는 먼지 냄새가 풀풀 나고 그렇다고 어둡고 어디가 어딘지 모르는데 짐싸가지고 나올 수도 없고 여기서 빨리 탈출하는 것이 최선이라고 생각하면서 어느새 잠이 들었다.

아침에 눈 뜨자마자 짐 챙겨갖고 도망치듯 탈출한다. 나오면서 옆에 있는 방을 열어보니 천장이 뜯겨져 있고 바닥은 천장에서 샌

물이 여기저기 얼룩져있고 그야 말로 귀곡산장이었다. 귀곡산장
을 벗어나자마자 더없이 상쾌한 아침공기가 나를 맞는다. (『나루
터』 제15집, 2013)

무차사락(無車四樂)

　제목을 무차지리(無車之利)라고 하려다가 너무 이익만 따지는 야박한 사람같아 무차사락이라고 붙여 놓고 보니 그럴 듯하다. 자동차를 새로 갖게 되었을 때의 편리함이란 이루 말할 수가 없을 정도였었다. 가고 싶은 곳 다가고, 가고 싶을 때 갈수 있고, 가족이 오붓하게 움직일 수 있고 하옇든 좋은 점이 한두 가지가 아니었다. 차를 가지고 있다가 없으니 또 불편한 것이 한두 가지가 아니다. 그런데 그것은 차가 있을 때를 생각하기 때문이다. 차가 없음을 인정하자마자 불편하다는 생각이 없어지기 시작하였다.

　지난해 3월 우리 학교에서 언덕 하나 넘으면 있는 신안비치아파트로 이사를 하였다. 이미 차가 없는(없어지게 된 이야기를 쓸려면 너무 길어진다) 나는 스쿨버스를 타거나 시내버스나 택시를 타고 출근을 하였다. 스쿨버스가 우리 동네에 올 때 쯤에는 입추의 여지가 없을 때가 대부분이었다. 이렇게 되면 비집고 들어가기가 미안하고 또 누구라도 일어나 자리를 양보라도 할라치면 더욱 민망하다. 내가 벌써 자리를 양보 받을 나이가 되어 버렸다고 생각하면 한편 슬프기도 하다. 또 간사한 것이 사람의 마음이다. 젊은이가 서있는 내 앞에서 버젓이 앉아 있으면 그것도 고약하다. 이래저래 출근 길이 별로 유쾌하지 못하다. 안타면 될 것 아닌가. 안타고 걸으면 될 것 아닌가? 걷기로 하였다. 그렇게 마음을 먹으니 그렇게 편할 수가 없다. 원효스님이 당나라 유학길에 어느 동굴에서 마신 맛있었던 물이 해골바가지의 물이라는 사실을 다음날 알고 '모든 것은 마음먹기에 달려있다(一切唯心造)'고 하지 않았던가?

아파트에서 나와 무조건 바닷가 쪽으로 길을 잡았다. 횟집이 즐비하고 압해도와 비금·도초행 선착장이 있는 북항이 나오고 이어서 FRP조선소가 나온다. 조그만 언덕을 넘으면 어촌이 나오고 숭어양식장이 있고 바다물이 못 들어오게 둑이 쌓여 있다. 둑을 따라 걷다가 보면 초소가 있고 천막공장이 있다. 주말이면 산에 가서 걸어다니는 것이 유일한 취미인 나는 아침마다 상쾌한 공기를 마시며 이렇게 걸으니 정말 좋다. 이것이 제1락이다.

천막공장을 가로 질러 길을 잡으면 시멘트 포장된 시골길이 나오고 이어서 우리학교의 중앙도서관이 나온다. 또 천막사 쪽으로 나오지 않고 검문소 쪽의 자갈길(만조시에는 길이 없어짐) 쪽으로 걸으면 동양조선소가 나오고 조선소를 통과하면 승선생활관 3, 4호 관 앞으로 해서 기관공장과 유달호와 새유달호 쪽으로 나온다. 승선생활관 앞쪽에 언덕이 있다. 여기에 산딸기 밭이 있다는 사실을 아는 사람은 거의 없다. 6월 초 쯤에는 익기 시작한다. 출근할 때 실컷 퇴근할 때 또 배가 부르도록 따 먹는다. 이것이 제2락이다. 이 산딸기를 먹고 요강에 소변을 보면 그 요강이 뒤집어 진다는 의미의 복분자라는 설이 있는데 확인할 길이 없다. 요즈음에 요강 구하기가 쉽지 않으니 확인을 할 수 없는 것이 못내 아쉽다. 요즈음 그 앞쪽을 매립하고 있는데 산딸기 밭이 손상될까봐 걱정이 태산이다.

겨울이 와서 눈이라도 내리면 나의 출근 시간은 바빠지고 출근길은 유달산으로 변한다. 동네 어귀를 지나 혜인여고 쪽으로 길을 잡거나 덕산마을 부근의 삼거리에서 능선을 따라 올라가다보면 오른쪽에 어민동산이 있고 시민들의 산책길이 나온다. 이등바위 아래 7부능선 쯤에 길이 나있고 팔각정을 거쳐 도서관 쪽 능선을 따라 내려오거나 내친 김에 일등바위로 올라가 우리학교 정문쪽으로 난 능선을 따라 내려오면 된다. 새하얀 카페트를 깔아 놓은 듯한 오솔길을 따라 걷는 즐거움이란 내가 이 세상에 살고 있는 이유라고 해도 좋으리라. 이것이 제3락이다. 이 때는 그 하얀 카페트에 발자국이 적게 나있을 빠른 시간일수록 좋다.

어쩌다 시간이 좀 여유가 적을 때는 택시를 타는 대신에 유달산 일주도로 길로 출근길을 잡는다. 도로를 따라 걷다보면 거의 예외 없이 우리 학교 교직원의 차를 만날 수 있기 때문이다. 태워 달라고 사정(?)하지 않아도 기꺼이 차를 태워 주신다. 이 자리를 빌어 감사 감사 또 감사드린다. 출근에 소요되는 시간이 해변길의 경우 30분, 유달산 길은 1시간인데 차를 얻어타면 5분으로 단축된다. 이 5분 동안에 상당히 많은 이야기를 하게 된다. 그동안 궁금했던 이야기를 주고받는 즐거움, 이것이 제4락이다. 어즈버 인생이 즐겁다.
(『나루터』 제2집, 2000)

보길도 한 바퀴

오래 전에 학부에서 하계 연수차 다녀온 보길도의 예송리 깻돌 해변을 잊을 수 없어 아내와 함께 보길도로 향한다. 해남을 지나고 송호리 해수욕장을 지나고 땅끝으로 왔다. 송호리 해수욕장에는 많은 사람들이 왔다 갔다 하거나 물속으로 들어갔다 나왔다 하느라고 부산하다. 될 수 있는 한 걸을 생각으로 승용차는 땅끝의 주차장에 맡기고 배낭만 짊어지고 배에 오른다. 많은 사람들이 차를 가지고 가려고 장사진을 치고 다음 배를 기다리고 있다. 우리를 태운 배는 내리쬐는 햇볕에 아랑곳 하지 않고 바다를 가르며 힘차게 나아간다. 넙도를 거치고 노화도까지 거치면서 승객을 태우고 내리면서 드디어 보길도 청별항에 닿았다. 윤선도의 세연정 쪽으로 길을 잡고 걷기 시작한다. 아스팔트 열기가 후끈후끈하다. 택시가 옆으로 다가와 타고 가란다. 택시 운전사의 호의(?)를 무시하고 가는 데 길옆으로 인도를 잘 만들어 놓았다. 나무로 다리처럼 만들어 놓아 길을 걷는데 운치가 있다. 그늘이 있으면 좀 쉬고 하면서 가다보니 이윽고 세연정이다. 연못 가운데 정자를 지어 놓으니 여름에 참 시원했겠다. 연못의 중간 중간의 바위는 기생들을 그 위로 건너뛰게 하는 데, 기생 중에는 건너뛰다가 물에 빠지기도 할 텐 데 그 우스운 광경을 즐겼다고 한다. 뒤쪽으로 가니 동백나무 숲이 우 거진 빈터가 나온다. 배낭을 끌러 이럴 줄 알고 가지고 온 김밥을 꺼낸다. 저 산골짜기에서 내려오는 시원한 바람은 금세 이마의 땀 을 말린다. 옆으로 흐르는 개울의 졸졸거리는 물소리를 들으면서 김밥을 먹으니 이 보다 더 맛있는 점심이 또 어디에 있단 말인가?

낙서재(樂書齋) 쪽으로 길을 잡아 걷는다. 작열하는 태양열로 물 렁물렁해진 아스팔트 위를 걸으니 이마에서 흘러내린 땀이 눈으로 들어오고 등허리는 비 맞은 듯 척척하다. 지도를 확인 하니 예송리 로 넘어가는 산길이 있다. 정자리로 넘어가는 길과 예송리로 넘어 가는 길이 갈리는 삼거리에 오니 부용리 마을이 있고 노인당 앞에 그늘이 있다. 땀을 많이 흘린 아내는 머리가 아프다며 그늘진 시멘 트 바닥에 눕고 만다. '이상한 취미를 가진 서방을 따라 다니느라고 고생이 많소.' PET병의 물이 많이 줄었다. 한 시간 정도 푸욱 쉬고 일어난 아내와 함께 예송리 넘어가는 길로 향해 또 걷기 시작한다. 그늘진 평상에 누워 더위를 식히고 있던 노인네에게 길을 물어 산 길로 접어든다. 부용리와 예송리를 잇는 산길에 나무가 무성하다. 큰길재를 넘으니 길이 어두울 정도로 나무가 욱어져 있다. 마치 캄 캄한 터널에 들어온 느낌이다. 나중에 안 사실이지만 보길도에는 물이 풍부하여 대부분 지하수를 파서 먹는다고 하며, 수도관을 통 하여 노화도로 물을 보낸다고 한다. 한 시간 정도의 등산을 하며 찌 꺼기 땀을 흘린 후에 드디어 깻돌해변으로 유명한 예송리에 닿았 다. 빈 공간은 차로 가득하고 많은 사람들이 왔다갔다 한다. 갑자기 도시 한 복판에 와 있는 느낌이다. 그럴듯한 기와집에 가서 방이 있느냐고 물으니 없다고 하면서 친절한 아줌마가 앞장을 선다. 선풍기 하나 달랑 벽에 걸려있는 방에 무거운 짐을 내리고 스리퍼를 끌고 해변으로 나왔다. 천연기념물로 지정된 숲이 그늘을 만들고 그 밑에 가게도 있고 텐트도 쳐져 있다. 바다에는 바나나 보트가 물살을 가르고 깻돌이 바닷물에 씻기면서 '쏴아 그리고 차르르' 하는 태고적 소리는 예전 그대로이다. 시원한 바닷물에 발을 담그니 발목의 피로가 바닷물에 다 씻겨 내려간다. 점심으로 먹은 김밥 한 덩어리는 소화된 지 오래다. 식당으로 가서 광어회 한 접시와 매운탕을 먹고 나니 황제가 부럽지 않다. 다시 바닷가로 갔다. 해는 벌써 넘어가고 저녁놀이 아름답다. 깻돌밭에 나란히 누우니 등 밑의 깻돌은 저마다 내 등허리를 한군데도 빼지 않고 지압한다. 조금 전의 아픈 머리는 어디로 갔는지 아내는 이렇게 좋은 데를 왜 이제야 데리고 왔느냐고 투정하면서 내년에 또 오자고 한다. 누워 있다가 지겨우면 일어나 걷다가 물속에 들어갔다가 하는 동안 시간은 잘도 흘러간다.

　다음 날 섬을 도는 버스를 탔다. 배에서 처음 내렸던 청별항을 거쳐 어제 들렀던 세연정으로 왔다. 거기서 해안을 따라 걷기로 하였다. 바다 쪽에서 불어오는 시원한 바람도 햇볕에 뜨거워진 아스팔트의 열기를 어찌지 못했다. 마침 물이 빠져 있는 해안으로 길이 나 있다. 예송리의 반질반질 달아진 깻돌과는 사뭇 다른 제멋대로 부서진 크고 작은 자갈과 바위들이 널려있는 해안을 따라 걷는데도 아내는 좋아서 어쩔 줄 모른다. 감탄사의 연발이다. 조금 더 걸으니 무인 등대가 서있다. 등대가 만든 그늘에 앉으니 바다 바람이 참으로 시원하다. 자갈길을 지나고 바위를 넘어서 가다보니 저만치서 노부부가 배에서 도란도란 얘기하면서 무슨 작업을 하고 있다. 아내는 호기심이 발동하는지 말을 건넨다. 낙지나 문어를 잡기위한 통발에 그들을 유인하기위한 멸치 등을 넣고 있다고 한다. '힘드시겠지만 우리가 보기에 너무너무 좋아 보이네요. 수고하세요' 정자리에 오니 동네 앞에 당산나무가 넓게 그늘을 만들고 있다. 동네 아저씨한테서 그들의 어렸을 적 이야기를 듣고 있으니 미니버스가 온다. 뾰족산 까지 버스로 가기로 하고 올라탔다. 걷는 것보다 편하고 시원하다마는 볼만한 풍경들이 휙휙 지나가 버리니 맛은 좀 덜하다. 종점에서 내려 다른 사람들은 모두 공룡알 해변으로 가는데 우리는 아무도 거들떠보지 않는 뾰족산(197m) 쪽으로 길을 잡아 올라간다. 이마에서는 땀이 비오듯한다. 정상에 다가오자 탁 트인 바다에서 시원한 바람이 불어오고 저 멀리 바다에서 어선 두 척이 시원스레 물살을 가른다. 공룡알 해변의 사람들이 눈에 들어오고 그들이 덥게 느껴진다. 마침 소나무 한 그루 그늘을 만들어 그 밑에 자리를 잡는다. 아내는 더 이상 못가겠다고 퍼져버린다. 정상을 향해 올라간다. 정상에는 잡목들이 무성하여 시야를 가린다. 다시 내려와 라면을 끓이고 햇반을 데운다. 저 멀리 다도해를 바라보며 윗옷을 벗어 던진다. 시원한 갯바람을 맞으며

먹는 기막힌 라면의 맛을 누구에게 어떻게 설명할거나. (『나루터』 제9집, 2007)

압해도 종주

　'압해도' 하면 나는 항상 '앞에 있는 섬'이라는 생각을 해 왔다. 그런데 압해도(押海島)는 한자에서 보듯이 풍수지리학적으로 바다를 누르고 있는 형상이라 하여 지어진 이름이라 한다. 아침에 출근하기 위하여 문을 열고 나오면 아파트 복도의 유리창을 통해 압해도의 경치를 보는 것이 하나의 즐거움이다. 안개에 휩싸여 있기도 하고, 비 온 뒤 화창한 날에는 그 경관이 하나의 동양화를 연상시키기도 하였다. 바람이 불 때는 백파가 흩날리고. 퇴근할 때는 새빨간 해가 섬 위에 걸쳐져 있기도 하고 저녁놀이 아름답게 드리워져 있기도 하여 압해도는 항상 나의 동경의 대상이었다. 언젠가는 저 압해도의 한적한 바닷가에 집을 짓고 살고 싶다는 생각을 하기도 하였다.

　2003년 7월 8일 압해도를 종주할 기회가 왔다. K교수, G교수, P교수, 나 넷이서 압해도를 종주하여 무안 반도를 거쳐 오는 40km를 걷는 대장정을 시작한 것이다. 6시 20분 첫배를 타고 압해도에 들이갔다. 압해도에 들어갈 때는 배 삯을 받지 않는다 섬에 들어간 사람이 배를 안타고 나오는 방법이 없을 것이므로 왕복선비를 나올 때 한꺼번에 받는다. 압해도라는 이름이 붙은 상점 앞에서 기념 촬영을 하고 갓 길을 따라 걷기 시작했다. 승용차 마을버스 트럭들이 약이라도 올리려는 듯 세차게 지나간다. 장마철이라 하늘에는 구름이 잔뜩 드리워져 있어 금방이라도 비를 뿌릴 듯하다. '배낭에는 비옷이 들어 있습니다. 비를 뿌리려거든 비를 뿌리소서.' 수타니파타의 한 구절이 생각난다. 구름이 해를 가리고 있으니 걷기에는 더욱 좋다.

걷는 모습을 보면 그 사람이 어떤 사람인지 금방 알 수 있다. 비틀 비틀비틀 걸으면 그 사람은 술 취한 사람이고 팔자걸음을 걸으면 양반일 터이다. 지팡이를 짚고 걸으면 노인이며 촐랑대며 걸으면 방자일 터이다. 걸음걸이로 유명한 박정희 대통령이 일본 육군사관학교를 다닐 때 당당하게 걸었다고 한다. 진해에서 대한민국 해군 소위일 때 해군공창의 한 여자 문관이 있었는데 개콘의 누구처럼 다리를 쭈욱 쭉 뻗으며 걷는 걸음걸이가 어찌나 우아하고 멋있던지 우리들에게 인기가 좋았었다. 나는 감히 접근을 못하고 먼 발치서 바라만 봤지만 말이다. 미국에 잠시 있을 때 애들을 학교에 데려다 주고 길가를 걸어오는데 미국 아저씨가 뭐라고 씨부린다. 못 알아듣고 되물으니 'Why are you so serious?' 내가 뭔가를 생각하면서 땅을 보면서 걸었던 모양이다. 나는 걷는 것이 사람을 매우 유익하게 한다는 신앙(?)을 가지고 있다.

염전이었던 듯한 곳에 빗물만 차 있고 둑으로 개 한 마리가 한가롭게 걸어간다. 물에 비친 개는 거꾸로 걸어간다. 길가에는 동백을 많이 심어 아직 어리다 마는 나중에는 볼만하겠구나. 슈퍼에 들러

빵 조각으로 아침 겸 새참으로 떼우고 가는 길을 재촉한다. 버스를 기다리고 있는 아주머니에게 복용리가 얼마나 되냐고 물으니 아주 멀다고만 대답한다. 걸어서 간다고 하니 이상한 사람을 보는 듯한 눈치다. 버스비가 없어서 걸어가려고 하는 측은한 사람들이라는 생각이 드는 모양이다.

길가의 고추밭에 단단한 고추가 수도 없이 달려있고 밭두렁에서 시작한 호박넝쿨이 도로로 달려든다. 과수원에는 수많은 봉지 안에서 물 많고 당도 높은 압해배가 굵어지고 옥수수 밭에 찰옥수수 익어간다. 논에는 벼가 풍년을 약속하고 저 멀리 양쪽으로 보이는 바다는 평화롭기만 하다.

옛날 같으면 모두 걸어 다녔을 이 길을 마을버스가 여러 차례 이리저리 지나가면서 사람들을 실어 나르고 있다. 조금 더 가니 수박밭이 나오고 수박이 익어가고 있다. 좀 더 있으면 원두막이 서겠지. 원두막이 서있었더라면 앉아 쉬면서 수박 한 통 깨 먹고 갈 수 있었을 텐데.

다리가 꽉꽉하면 쉬어가고 또 가고 하여 걷다보니 어느새 압해도의 북쪽 끝 복용리에 당도하였다. 이제 걸어서는 더 이상 갈 수가 없다. 시계를 보니 10시 30분이다. 아침도 허술하게 먹고 일(?)도 많이 했으니 이른 점심을 먹기로 하고 고기들이 헤엄치는 수족관이 있는 음식점으로 들어갔다. 낙지 한 접시와 농어매운탕을 시켜 놓고 바닷가로 나가 배 손질을 하고 있는 젊은이와 무안 성내로 건너는 배 삯을 15,000원에 흥정하고 들어와 약간 데친 낙지에 소주 한 잔을 들이키니 그 맛을 비길 데가 없다. 드디어 잘 고아진 농어 매운탕으로 출출한 뱃속을 달래고 무안 운남의 성내로 배를 타고 건넜다.

　무안반도로 들어오니 압해도에서는 볼 수 없었던 갓 거둔 양파 더미가 길가에 즐비하게 쌓여있다. 이 좁은 바다를 사이에 두고 이렇게 다르다니. 성내에 내려서 조금 걸으니 '해제 30㎞'라는 팻말이 길가에 서있다. 비가 올 듯한 날이 구름이 점점 얇아지더니 해가 나온다. G 교수 발바닥은 물집이 잡히고 내 다리도 팍팍하다. '저기 슈퍼에서 시원한 것 하나 먹고 갑시다' 비비빅을 하나 까먹으니 이마의 땀도 가시고 힘이 새로 솟는다. P 교수는 신발이 불편한 모양이다. K 교수의 운동화와 바꿔 신고 걷기 시작한다. 걸을 때 신발의 중요성은 아무리 강조해도 부족한데… 그래도 걷기로 하였으니 걸어야지. 해제30㎞가 28로 25로 자꾸 줄어든다. 다리에 힘이 빠지니 줄어드는 속도가 자꾸 더디다. 오른쪽으로 망운국제공항 건설현장과 그 옆에 무안 골프장이 어렴풋이 보인다. 이윽고 운남을 지나고 망운으로 걷고 또 걷는다. 이 지역에는 구름이 유난히 많았는지 구름 운(雲)자가 들어가는 명칭이 많다. 압해도에서는 복용리 가용리 신용리등 용자가 들어가는 명칭이 많았었는데. 무안에 구름이 일고 압해도에 비를 많이 내렸던 모양이다. 망운까지 오니 어지간히 지친다. G교수와 P교수의 발도 시원치 않다. 망운에서 무안행 버스표를 사고 주차장 옆의 농협 사무소 화장실에 들어가 세수를 하고 나니 시원하기 그지없다. 스포츠음료를 한 캔 마시면서 버스를 기다린다.

　버스를 타고 조금 가니 현경이 나온다. 현경은 내가 초등학교 4

학년 때 와 봤던 곳이다. 문득 양석진 선생님이 생각난다. 양선생님은 우리들에게 인기가 많았다. 특히 공책 등 상품을 많이 주셨다. 음악 담당하시면서 아침 조회 때 애국가를 지휘하셨다. 선생님은 상용이에게 웅변도 가르치셨는데 그 덕인지 나중에 국회의원을 지낸다. 상용이 누나들이 여러 명인데 모두 다 예뻤다. 총각선생이신 양선생님은 아마도 상용이 누나들 중 한 명에게 관심이 있었지 않았는가 생각된다. 그 양선생님의 고향이 현경이다. 여름 방학 때 반장인 용구와 함께 몇이서 선생님 댁을 찾아 간 것이다. 정말 신기한 것은 이 쪽을 봐도 바다 저쪽을 봐도 바다가 있다는 것이다. 우리는 바닷가로 나가 바위에 붙어있는 굴도 따먹고 고동(다슬기)도 줍고 수영도 하면서 시간 가는 줄 몰랐었다. 벌써 40년 전의 일이다.

무안에 오니 아직도 해가 많이 남아 있다. 그러나 저러나 압해도로 건너온 배 삯을 주지 못했으니… (『나루터』 제6집, 2004)

우산국 한 바퀴

1999년 말이 다가온다. 사람들은 뉴밀레니엄이라 하면서 갑자기 무슨 좋은 일이라도 생길 듯이 들떠 있는 듯하다. 어떤 사람은 새 천년 해맞이를 남보다 먼저 하려고 날자 변경선에 제일 가까운 뉴질랜드의 동쪽 섬으로 갈려고 그곳 호텔에 예약을 했다고 신문에 보도되기도 한다. 또 국내에서도 동해안쪽으로 계획을 짜고 있는 사람들이 많다고 한다. 나는 부화뇌동하는 것을 좋아하지 않는데 '나도' 하고 나서기가 민망하기도 하다. 그러나 가만히 생각해 보니 나는 이미 50여 년 전에 이미 지구에 와 가지고 고우나 미우나 그들과 함께 살고 있지 않는가? 마치 나의 의지하고는 관계없이 야구경기가 한창인 야구장에 들어와 있는 것이다. 야구경기를 볼 수밖에 없는 상황인 것이다. 나도 새 천년 새해를 먼저 보기 위한 계획을 세우기로 하였다. 울릉도로 가기로 하고 울릉도 행 여객선이 있는 포항의 대아해운에 전화를 해보니 마침 표가 아직 남아있다. 즉시 예약을 하였다. 거기에는 더욱이 해발 984m나 되는 성인봉이 있지 않는가? 진즉 부터 오르고 싶었는데 이번에 올라 해맞이도 하자. 울릉도에 간 김에 아예 한 바퀴 돌기로 하였다.

12월 28일 부산까지 가는 야간 기차에 몸을 실었다. 이 기차는 부산에서 대학 다닐 때 방학이면 타고 다니던 것이다. 좌석 표가 없어 10시간씩 입석으로 다니면서도 마냥 좋았던 추억이 서린 기차다. 그 때는 준급행이었는데 지금은 무궁화호가 되어 훨씬 좋아졌다.

12월 29일 아침에 내리자마자 버스로 옮겨 타고 포항으로 달렸다. 10시에 포항을 떠난 2395톤의 썬플라워호는 3시간의 안전 항해를 마치고 도동항에 오후 1시에 닻을 내렸다. 실습선 지도교수 하면서 와봤던 곳이라 여기 저기 눈에 익는다. 그 때는 유람선으로 울릉도를 한 바퀴 돌았으니 이번에는 육지를 시계방향으로 돌기로 하고 낚시터와 몽돌해변으로 유명한 남양행 버스에 올랐다. 남양에서 내려 조금 가니 사자바위가 있고 그 부근의 길가에 수도 꼭지가 보인다. 배도 고프고 해서 짐을 끌러 라면을 끓였다. 금강산도 식후경이라. 저 멀리 수평선이 아스라이 보이고, 갈매기 한가롭게 날고 바위는 이국적이다. 사자바위에서 좀 쉬었다가 해변을 따라 조금 걸어가니 구암이라는 조그만 어촌이 나온다. 적당히 텐트 칠 만한 자리가 안보여 민박하기로 하였다. 할머니 할아버지 단 둘이 살고 있었다.

12월 30일 일찍 일어나 동네 뒤로 가보았다. 맑은 공기가 육지에서 더러워진 나의 폐를 깨끗이 씻어주는 듯하다. 오늘은 걷기로 하였다. 여기서 태화에 가야 버스가 있으니 할 수 없는 노릇이다. 한창 일주도로를 건설하고 있다. 울릉도 일주도로 공사 중이다. 공사가 마무리 되지 않은 터널에 닿았다. 터널로 조금 들어가니 사방이 캄캄하고 저 멀리 출구민이 아스라이 반달같이 보인다. 출구만을 보고 한참 걸었다. 마치 나의 혼이 육체와 분리되어 가고 있는 착각이 들었다. 내가 전생에 좋은 일을 많이 했으면 무사히 저 멀리에 보이는 출구로 나가 극락왕생할 것이요, 그렇지 않으면 나의 잘못의 정도에 따라 여기저기에 파여 있는 수렁으로 빠져 죄값을 치르고 말 것이라는 생각이 든다. 갑자기 바닥에 장애물이 있을지도 모른다는 생각이 들어 손전등을 켜니 갑자기 무명(無明) 사라지는 것이었다. 무사히 굴을 빠져나와 눈이 녹아 질퍽질퍽한 길을 걸어 지통골까지 왔다. 지도를 보니 성인봉 오르는 등산로가 있다. 여기서 오르기로 하고 들어섰다. 동네 사람들이 내 놓은 길이 있기에 따라 가보니 염소가 나무 잎사귀를 갉아먹고 있다가 저리 도망간다. 더 오르니 길이 없어지고 눈은 더욱 깊어져 도저히 오를 수가 없다. 포기하고 걸어서 태화로 왔다. 핸드폰이 안되기에 태화우체국에 들러 집에 전화를 하여 안부를 확인하고 점심때가 되어 식당에 들어가 칼국수를 시키는데 아주머니가 매우 예쁘다. 울릉도에 미인이 많다는 이야기를 들은 적이 있는데 사실이다. 동네를 이리저리 둘러보는데 정말이지 여자애들이 하나같이 예쁘다. 오늘 저녁까지 나리분지까지 가야 한다. 천부행 버스가 오는데 보니 20인승 밴이다. 운전수가 아줌마인데 또 예쁘다. 짐은 차 위에 싣고 사람만 안으로 들어갔다. 천부에서 내려 나리분지로 향했다. 가는 길옆에 돌무더기가 있어서 가보니 옛날 고분인 듯하다. 전혀 보존이 안되어 여기저기 허물어져 있다. 이런 것을 잘 보존하면 좋을텐데 하는 생각이 든다. 없어진 다음에 아쉬워한들 무슨 소용이 있을 것인가? 한 시간 쯤 오르니 그 높은 산에 평평한 들이 넓게 펼쳐져 있는 것이었다. 태조 이성계가 무학대사와 함께 도읍지를 찾다가 한양 땅을 보고 내가 지금 느끼는 이런 기분이 아니었을까? 화산이 폭발한 분화구가 오랜 세월 메워져서 이렇게 된 것이리라. 오늘저녁 유할 곳을 찾다가 35세 전후 정도 보이는 청년을 만났다. 민박을 찾는다고 하니 혼자냐고 묻는다. 그렇다고 하니 자기를 따라 오라고 한다. 효성건설사업소 박과장. 공군부대를 건설하는데 폭설 때문에 공사를 못하고 있으니 인부들이 대부분 휴가를 가고 없는 것이다. 그러니 인부들이 쓰고 있는 방들이 텅텅 비어있는 것이다. 사람 좋은 박과장은 나를 자기 방으로 안내하고 자기는 다른 빈방으로 가면서 조금 있다가 저녁식사도 같이 하잔다. 고마운 사람. 진하디 진한 곰탕 한 그릇을 맛있게 비웠다. 방이 뜨겁다. 샤워실에 가서 샤워도 하고. 산에 다니면서 중간에 샤워하기는 이번이 처음이다. 이 세상에는 이렇게 좋은 사람들이 생각보다 많은 것이다. 나도 이럴 때 이렇게 해야지 하고 다짐해 본다. 다음날 아침에는 식사 값을 2인분 내고 박 과장한테는 받지 말라고 밥짓는 아주머니에게 이야기하고 맛있게 먹었다.

12월 31일 나리분지에서 성인봉 오르는 길이 지도에 나와 있다. 눈이 내려 길 표시는 안보이고 지도대로 한참을 갔다. 옛날 탐험가들이 탐험하듯이. 그러나 도저히 길을 찾을 수가 없다. 더구나 초행길. 또 포기다. 며칠 더 있고 싶은 나리분지를 뒤로하고 1분에 8톤씩 물을 토해내는 용출소를 보고 송곳처럼 서있는 추산으로 내려와 버스를 기다렸다. 저동까지는 길이 없기 때문에 여객선으로 연결되어 있다. 저동행 여객선이 있는 섬목까지 버스로 가서 조금 기다리니 배가 왔다. 관음암을 들러 저동으로. 도동은 여객선 항구이고 저동은 어선 항구다. 저동에는 아파트에 관한 우스개 이야기가 유명하다. 저동에 아파트가 3동이 있는데 앞에 있는 아파트 뒤에 있는 뒤파트, 그 옆에 있는 여파트가 그것이다. 저동에서 다시 성인봉에 도전하기로 하고 봉래폭포 쪽으로 갔다. 그러나 매표소에서 성인봉 등산로는 폭설로 폐쇄되었단다. 또 포기하고 도동으로 넘어왔다. 도동에서 등산로 쪽으로 길을 잡아가는데 동네가 끝나는 지점에 텐트를 치면 좋을 듯한 평상이 놓여있는 것이었다. 여름에는 매우 유용했을 것이 겨울이라 별로 쳐다보는 사람이 없다. 옆집으로 가서 허락을 받으려고 하니 자기네 것이 아니고 저쪽 집 소유라고 하면서 손가락으로 가리키기에 가보니 자물쇠가 잠겨있다. 텐트를 치고 나니 설상가상으로 비가 내린다. 밥을 해먹고 일찌감치 잠자리에 들었으나 길가의 평상위의 텐트에서 잠이 올 리가 없다. 이 생각 저 생각. 핸드폰으로 집에 전화하여 안부를 묻고. 1999년 12월 31일 자정이 되니 저쪽 대원사에서 범종소리 은은하게 들린다. 새천년이 시작되는 순간이다. 초침이 천년의 경계점을 지나면서도 아무런 변화도 없이 새천년이 시작되는 것이었다.

2000년 1월 1일 자는 둥 마는 둥 하고 일어나 시계를 확인하니 4시다. 사람들이 오르는 소리가 들린다. 나도 일어나 카메라만 챙겨가지고 오르기 시작했다. 사람들은 이 새벽에 무엇을 보기 위해 무엇 때문에 이렇게 오르고 있을까? 그러는 나는? 내가 오르는 이유와 같을까? 다를까? 같으면 어떻고 다르면 어떤가? 아무 이유 없이 오르면 안되는가? 그게 무슨 상관인가?

어느새 성인봉에 닿았다. 안개가 짙게 끼어 있고 눈발도 거세다. 물 건너간 새천년 해맞이. 사람들은 아쉬어 그래도 더 기다려 보고, 울릉도 산악회원들은 산제를 지내느라고 돼지머리등을 진설하고 있다. 여기저기 끼리끼리 앉아서 소주도 기울이고 과일도 깎고. 여기서 깔깔 저기서 하하 인생은 즐거워. 오징어 한 죽 사가지고 돌아오는 썬플라워호에 올랐다. (『나루터』 제4집, 2002)

주객전도

　주인과 손님이 바뀌는 일이 자주 일어나는 것은 아니겠지만 가끔 일어나니 이런 사자성어가 생겼지 싶다. 서해안을 따라 걷고 있는 구간에 새만금방조제가 있다. 그 길이가 34km이니 하루거리다. 방조제가 준공되었을 때 '언젠가 저걸 한 번 걸어봐야지.'하고 생각했었는데 꿈을 이루게 되었다. 해 넘어갈 때 쯤 해서 부안 쪽 끄트머리에 당도하니 마침 모텔이 있고 바지락죽을 하는 식당도 옆에 있다. 내일을 기대하며 단 잠을 청한다.

　아침 일찍 일어나 군산 쪽을 향하여 걷기 시작한다. 풀숲에서 자고 있던 고라니가 혼비백산하여 내 달린다. 미안하다. 나의 의도와는 전혀 달리 고라니는 자기를 해치는 나쁜 놈으로 오해를 한 모양이다. 진짜 나쁜 놈의 눈에 띄지 않고 산으로 무사히 가야 할 텐데…

　끝이 보이지 않는다. 자동차가 다니는 길이 있고 옆으로 또 아스팔트 도로가 정비되어 있다. 차도 다니지 않으니 도로를 다 차지하고 양쪽이 바다인 길을 하염없이 걷는다. 군산에는 초등학교를 같이 다녔던 죽마고우가 살고 있다. 그는 군산대학에서 사무관으로 퇴직하여 전선을 만드는 공장의 경비로 근무하고 있다. 하루는 근무요 하루는 쉰다. 죽마고우에게 저녁에 만나자고 어제 전화를 했었다. 어제는 근무이니 마침 오늘은 휴무가 돼서 잘 되었다. 방조제를 무슨 재미로 걷느냐며 차로 마중 나오겠다는 것을 저녁때 쯤 도착하니 내가 전화할 때까지 제발 기다려 달라고 사정사정하여 말렸다.

마침 6월로 접어들었으니 해가 올라오고 아스팔트 도로의 열기가 올라와 무더워진다. 어떤 연유인지 골프공 하나가 길가에 보인다. 심심하던 차에 골프공을 발로 냅다 찬다. 아스팔트 위라 약 50m는 굴러갔지 싶다. 골프공을 차면서 또 한 참을 간다. 11시 쯤 되었을 즈음에 핸드폰 소리가 울린다. 방조제 중간 쯤에 고군산 열도가 있고 식당 등 여러 가지 편의시설이 들어서 있다. 죽마고우가 나를 지극히 염려(?)한 나머지 나를 데리러 오겠다는 것이다. 이미 중간 부근 고군산 열도에 와 있다는 것이다. 허 참 ! 그렇게 오지 말라고 사정을 했는데도 말이다. 친구가 걷느라고 고생하고 있고 마침 쉬는 날인데 심심하기도 하고 나를 데리러 왔다는 것이다. 완주하겠다는 꿈이 반 조각나는 순간이다. 차 안타고 걷겠다고 우길 수도 그렇다고 멱살 잡고 싸울 수도 없는 노릇이 아닌가?

나를 군산시내로 데리고 와서 밥도 사주고 군산의 유명 장소로 데리고 다니며 구경을 시켜준다. 방조제를 반 밖에 못 걸었으니 나는 화장실에서 일보다 만 것처럼 별로 흥미가 없으나 싫은 내색을 할 수도 없고 웃으면서 겨자를 먹었다. 저녁이 되어서 군산대학교에 교수로 있는 호적이 실제 나이보다 세 살이나 적은 대학동기생이 또 거하게 술을 대접해 주니 또한 행복한 하루였다. 죽마고우의 부인이 지금 부산에 친척 행사에 참석차 집에 부재중이라고 하며 굳이 나를 자기 집으로 데리고 간다.

다음 날 그는 근무하는 날이다. 그가 일찍 일어나 출근 준비를 하고 나는 느긋하게 늦잠을 즐긴다. 그는 8시까지 가야 한다며 아침도 먹지 않고 출근한다. 가면서 집 떠난 지 일주일이 다 되어 까만 비닐 봉지를 가득 채운 양말, 팬티, 바지, 티셔츠 등을 세탁기에 넣어 돌리고 있다는 것이다. 세탁 다 되면 널어놓고 나갔다가 저녁에 다시 집으로 와서 하룻밤 더 자고 가라고 하면서 아파트 열쇠를 나에게 넘기고 출근한다. 오늘도 자기 부인은 오지 않는다는 것이다. 난 '잘 다녀오라'고 하고는 다시 이불 속으로 들어간다. 누워서 가만히 생각해 보니 참 묘한 상황이다.

화장실에 가니 역한 냄새가 난다. 주위를 살펴보니 음식물 찌꺼기 같은 것이 여기저기 흩어져 있다. 토하고 대충 치워놓은 상황임이 짐작이 간다. 나는 전혀 기억이 없으니 친구가 의심이 가나 이제 와서 확인하여 무엇 하리. 이대로 놔두었다가 친구 부인이 돌아와 보면 자초지종을 따져 나를 의심할 것이 아닌가? 딸기 밭에서 운동화 끈을 다시 매지 말 일이다. 수도꼭지를 틀어 화장실 구석구석을 깨끗하게 청소하니 내 기분이 좋아진다.

세탁이 다 될 때까지 기다렸다가 그가 놓고 간 빵과 우유로 아침을 대신하고 빨래를 건조대에 널고 장항을 향해 출발한다. 그나저나 새만금 방조제의 나머지 반을 언제 걷는다냐? (『나루터』 제15집, 2013)

쪼잔한 놈

　나는 요즈음 매일 아침 나와 반대방향으로 나보다 더 먼 데로 출근하는 아내에게 차를 빼앗기고 걸어서 출퇴근 한다. 혹시 비가 오거나 주말에 어디 멀리 갈 때나 겨우 얻어 탄다. 오늘 아침은 뭐가 그리 바쁜지 비가 오는 데도 태워주지 않고 택시타고 가라고 하면서 그냥 간다. 택시비가 아까운 쪼잔한 나는 비옷을 챙겨 입고 고어텍스 등산화를 신고 출근하였다. 걸어서 출근하다 보면 해묵은 생각들을 비롯해서 별 희한한 생각들이 뇌리를 스쳐간다. 특히 오늘처럼 비가 오면 시선을 땅 쪽으로 두어야 하니 더욱 그렇다. 언제나 그렇지만 골목을 걷다보면 태양이 중천에 올라와 있는데도 가로등에 불이 훤하게 켜져 있는 것을 본다. 그리스의 디오게네스처럼 대낮에 현인을 찾는 것도 아닐 터인 데 말이다. 그냥 못 본 척하고 지나도 될 터인데 기어이 누전 차단기 박스를 열고 스위치를 내린다. 한 블록 다른 골목에 있는 놈까지 일부러 가서 스위치를 내린다.
　우리 집은 깊은 산골은 아니어서 초등학교 다닐 때 전기불이 들어있다. 그 전기료는 상대저으로 비싸서 상당히 어두어서야 불을 켰고, 자주는 아니지만 불을 켜고 밤늦도록 공부를 하면 어머니는 전기료가 부족해서 그랬는지 아들의 건강을 위해서 그랬는지 빨리 불을 끄고 자라고 재촉을 하시는 것이었다. 몇 푼 되지 않을 가로등을 끄는 나는 씀씀이가 작은 쪼잔한 놈이라는 생각이 든다.

종이 한쪽만 쓰이고 버려지는 종이를 보면 어찌나 아까운지 모른다. 어렸을 적에 소위 질 좋지 않은 백노지에 연필로 써가면서 단어 외우고 그 위에 다시 잉크를 찍어 펜으로 연습하고 다시 화장실로 가서 마지막 역할을 다하게 하고서야 마침내 버렸는데 말이다. 요즈음 새하얀 복사용지가 너무 낭비되는 것 같아 쪼잔한 나는 안타깝다. 나의 연구실 쓰레기통에는 한 쪽만 쓰이고 버려지는 복사용지는 없다. 반드시 양 쪽이 다 쓰여야만 된다. 종이 원료인 펄프를 만드느라고 열대우림의 삼림이 엄청 없어진다고 한다. 쪼잔한 나의 머리에 열대우림의 거창한 단어가 떠오르는 것이 희한하다.

음식점에서 먹고 난 후의 모습을 보면 쪼잔한 나는 또 가슴이 아프다. 남는 반찬과 음식을 어떻게 처리하는지 그 모습을 보고 싶어 안달이다. 버릴까? 다시 내올까? 버려도 문제요 다시 내와도 문제다. 다 먹지도 않을 것을 주문하여 남기는 심사는 무엇일까? 값을 치렀으니 아무렇지도 않은 것일까? 다 먹지 못할 줄 번연히 알면서 접시 가득 가득 채워서 내놓는 백반집의 상차림 하는 사람의 심사나, 이 접시 저 접시에 가득 채우고 상이 좁아 겹쳐 놓은 것을 보고 걸다고 좋아라 하는 사람의 심사는 어떤 것인지 쪼잔한 나는 오늘 밤도 잠이 안 온다. 일본에 갔을 때 음식점 앞에 견본으로 차려진 것을 보고 우리나라의 백반집의 행태에 길들여진 나는 '저걸 먹고 배가 부르겠나? 서너 개는 먹어야 할 것 같은 데' 하면서 들어갔

다. 새우 두어마리, 노란 무 세 조각 밥 한 공기 된장국 한 그릇 먹
고 나니 희한하게 먹기 전의 생각과는 달리 배가 부르다. 남는 것
이 하나도 없다. 간장이 쬐끔 남았구나. 절에서 하는 사찰수련회에
서는 발우공양이라는 것을 한다. 밥을 먹고 난 후 그릇을 물로 깨
끗이 씻어 그릇 가장자리에 붙은 고춧가루까지 다 마셔버린다. 집
에서 참기름 치고 맛있게 비벼서 먹은 후 수련회에서 배운 데로 그
릇을 물로 씻어서 마시는 것을 본 나의 사랑하는 아내는 더럽다고
난리다. 그 다음부터 대담한(?) 그녀는 내가 다 먹자마자 그릇을 빼
앗아 간다. 쪼잔한 나는 빼앗기지 않으려고 실랑이가 벌어진다. 나
는 매번 이기지 못한다.

　조잔하다는 말을 사전에서 찾아보니 전라도 사투리라고 나와 있
으며 '사람의 마음 씀이 좁다'라고 되어 있다. 그러니 쪼잔한 것은
더 좁다는 의미가 된다. (월간 『에세이』 2006.7월호 독자투고란)

바다와 함께 걷다

　요즈음 건강이 화두다. 먹는 음식은 기름지고 자동차를 타고 다니니 칼로리가 남아 저장이 되니 각종 성인병 때문에 고생들이다. 그래서 건강하려면 많이 걸으라고 하니 여기저기서 걷는 사람들을 많이 본다. 난 훨씬 이전부터 걷고 있다. 제주도 올레 길을 걷고 지리산 둘레길을 걷고 섬진강을 따라 하동에서 데미샘까지 걸었고 경주에서 평해까지 5박 6일을 걸었다.

　안식년을 맞이하여 우리나라 해안을 걸어보자고 마음을 먹었다. 우선 서해안부터 걷기로 하였다. 목적지는 강화도 마니산 천제단이다. 천제단에 가서 단군님에게 보고하고 내려올 양으로 집을 나섰다. 슈퍼에 들러 바나나 한 송이를 배낭에 넣고 걷는다. 나그네 설움의 '오늘도 걷는다마는…'을 읊조리며 걷는다. 왼쪽에 압해도가 보이는 산정농공단지를 지나 압해대교 밑을 통과하여 최대한 바다 가까이를 걷는다. 물이 빠져 있으면 모래사장을 걷고 물이 들어와 있으면 둑을 걷고 절벽해안의 경우는 위로 난 농로를 따라 걷는다. 물을 벗 삼아 물이 들려주는 이야기를 들으며 걷는다. 걷다가 해질 무렵이면 군내버스가 다니는 길로 나와 버스를 타고 집으로 와서 자고 다음날 다시 그 자리로 가서 또 걷는다. 전라남도 영광 법성포를 벗어나니 집에 왔다 갔다 하는 것이 번잡스럽고 시간도 많이 걸려 민박을 하면서 걷는다.

해안선을 따라 걷다 보니 두 가지가 눈에 들어온다. 마구잡이로 버려진 쓰레기와 해안침식이다. 쓰레기를 왜 바다에 버리는지 모를 일이다. 모든 종류의 쓰레기가 바다를 향해 널부러져 있다. 경운기까지 모래에 묻혀서 손잡이 부분만 밖으로 나와 있다. 요즈음 농사지을 때 썼던 폐비닐이 천지다. 뭣이 들어있는지 모를 옆구리가 터질듯이 가득 찬 포대가 여기 저기 누워있고 편안히 앉아서 손님에게 차대접했던 소파며 안락의자들이 바닷가에 버려져 있다. 페트병, 농약병, 스티로폼도 보인다. 모든 생활쓰레기가 바다를 괴롭히고 있었다. 바다는 이런 쓰레기들로 중병을 앓고 있다. 저대로 놔두었다간 언젠가는 죽을지도 모를 일이다.

지구온난화로 인하여 남극과 북극의 얼음이 녹아 해수면이 올라간다고 한다. 몰디브 등의 낮은 섬들이 물에 잠기어 면적이 좁아지고 결국 포기해야하는 상황이 올 것으로 염려하고 있다고 한다. 해안선이 정비되어있는 곳도 있지만 침식된 모양이 심하다.

흙더미가 바다 쪽으로 무너져 있고 바닷가에 서있던 소나무가 바다 쪽으로 넘어져 있는 모습들이 안타깝다.

엉성하게 해 놓은 방조제가 허물어져 가고 있다. 모래톱 위에 갈대가 자라고 있어서 천연방조제 역할을 하고 있는 모습도 눈에 띈다. 강화도까지 가려다가 태안까지 밖에 못 갔다. 각 자치단체에서는 바다를 살리기 위한 프로젝트를 빨리 시작해야 할 것으로 생각된다.

첫째로, 각 지자체 별로 해당 해안선의 실태를 정확하게 파악하는 것이 우선이고, 둘째로는, 예산을 투입하여 해안선에 있는 쓰레기를 대대적으로 치우고 오염원을 차단하며, 재발 방지 대책을 수립하는 것이고, 셋째로는, 파악된 실태에 근거하여 가장 적절한 방조제 공사를 서둘러야 하며, 넷째로는, 건전한 여가 생활을 유도하기 위해 해안 따라 걷는 길을 조성한다. (『해양담론』 2014 창간호)

아따 시언허다

 우리는 살아가면서 참으로 시원할 때가 있다. 일부러라도 한사코 시원한 일을 많이 만들 일이다. 시원한 일이 많으면 시원한 인생이요 시원한 일이 별로 없으면 시원찮은 인생이 될 것이기 때문이다. 더운 여름날 뙤약볕을 쬐다가 느티나무 그늘에 들어가 부채질을 하면 참 시원함을 느낀다. 그곳에 동네 할아버지가 붕알이 다 보이는 마포바지를 입고 있으면 내가 다 시원해진다. 우물에서 갓 길러온 냉수 한 사발이 곁들어 지면 금상첨화다. 등산할 때 땀을 뻘뻘 흘리면서 오르다가 산등성이나 고갯마루에 오르면 건너편에서 불어오는 바람이 얼마나 시원한지 우리는 안다.

 전날 과음하고 아침에 소문난 해장국집을 찾아가서 혀가 댈 정도로 맵고(hot) 뜨거운(hot) 콩나물 해장국을 먹으면서 시원해 한다. 외국인들은 도저히 이해하지 못한다. hot 이 두 개가 겹친 상황에서 시원하다니 이 상황을 어떻게 만분의 일이나마 알 수 있단 말인가.

 꼭꼭 참았던 말을 더하고 난 다음에 우리는 시원해 한다. 여자들의 평균수명이 남자보다 긴 것은 수다를 통해 다 뱉어버려 시원하기 때문이라고 한다. 40대 기수론을 펼쳤던 DJ가 다들 입 다물고 있을 때 박통을 향해 할 말을 하면 우리는 열광하면서 시원해 한다. 바람 부는 날 대나무 숲에 들어가 '임금님의 귀는 당나귀 귀'라고 외치고 나서 얼마나 시원했을까? 우리는 사우나의 열기 속에서 땀을 뻘뻘 흘리면서 시원해 하고, 어찌어찌 해서 하수구가 뻥 뚫렸을 때 시원해하고, 해묵은 빚을 청산하고 나서 시원해 한다.

속이 답답하다가 손톱 밑을 바늘로 따고 등을 두들기고 난 다음에 나오는 트림은 우리를 시원하게 한다. 그러면 안되겠지만 미운 짓만 하는 놈이 미워 죽겠고 내 힘으로는 어떻게 하지 못하고 있는데 마침 선생님한테 들켜 벌을 받으면 남 몰래 시원해 한다. 점잖은 자리에서 참고 참았던 방귀를 뀌고 나면 그보다 더 시원한 일은 없다. 이승만 대통령의 시원한 방귀이야기는 유명하지 않은가?

오거리에 유명한 아구탕집이 있었다. 시어머니와 할머니가 다 된 며느리 두 할머니가 운영하는 정말로 아구탕과 아구찜의 진수를 보여주는 곳이 있었다. 아내와 나는 겨울이 되면 정례적으로 찾곤 하던 집인데 할머니가 불편하신지 가전제품을 파는 집으로 바뀐 지 오래되었다. 그리 추운 겨울에도 땀을 뻘뻘 흘리면서 먹고 나면 그렇게 시원할 수가 없었다. 시원하다 못해 추웠다.

CJ와 같이 1박2일로 진도대교에서 완도대교까지 걷고 나서 목포터미널에 내리니 1000원 짜리 지폐 한 장과 100원 짜리 동전이 몇 개 남았다. 얼떨결에 3번 버스를 타고 앉아 있으니 3호광장에서 우리집과 반대 방향인 문고 쪽으로 가는 것이었다. 더 멀어지기 전에 신호대기 하고 있는 기사에게 부탁하여 버스에서 내렸다. 동전 몇 개 가지고는 버스를 탈 수가 없다. 걷는 것이 내 특기가 아니던가? 북항 쪽을 항하여 걷기 시작하였다. 조금 걸으니 화장실에 가야하는 긴급 상황이 발생하였다. 고된 일 한답시고 에너지를 많이 보충하는 과정에서 과하게 공급을 한 모양이다. 엄지와 검지 사이를 누르고 문지르면서 견뎌 보려고 했으나 전혀 효과가 없었다. 괄약근을 더욱 더 조여야 하는 상황이다. 이윽고 목고 근처까지 왔다. 담 너머로 공사현장이 보이고 요즈음은 화장실이 실내로 들어가 있으나 혹시나 야외에도 있을 수 있다고 생각하고 일단 들어갔다. 더럽고 지저분하기 그지없는 이동식 간이 화장실이 공사현장 한쪽 곁에 서 있지 않는가? 평소에는 될 수 있는 한 멀리 피하고 침을 뱉는 간이화장실이 그렇게 반가울 수가 없었다. 급히 배낭을 내팽개치고 들어갈려다 휴지 생각이 나서 배낭을 뒤지니 평소에 항상 제자리를 지키던 화장지가 보이지 않는다. 그러나 시간이 없다. 여유 있게 구멍가게를 찾아갈 상황이 아니다. 에라 모르겠다. 만반의 준비도 없이 일단 들어갔다. 궁즉통(窮則通)이라 했던가? 뇌성 벽력을 동반한 소나기가 잠간 멈춘 사이 두리번거리는데 어느 고마운 분이 남은 화장지를 내가 쓰기에 충분하게 남겨 놓으신(?) 것이 눈에 들어왔다. 이 세상 무엇이 이 보다 더 고맙단 말인가? 만약에 이 서너 장의 화장지가 없었다면 나의 체면은 어찌되었을까? 상상하는 것만으로도 소름이 돋는다. 나는 이 후로 쓰고 남은 화장지는 절대로 주머니에 다시 집어 넣지 않고 반드시 한 쪽 귀퉁이에 쟁겨 놓을 껏을 속으로 굳게굳게 맹세한다.

남은 인생이라도 이렇게 쓰다 남은 화장지 같은 사람이 되어야겠다고 위대한(?) 다짐을 해 본다. 급히 걸을 것도 없이 여유 만만하게 콧노래를 부르면서 집에까지 걸어왔다. 아따 시언허다.

사족을 붙이자면 '시원하다'가 표준말인데 정말로 시원할 때, 표준말을 쓴다는 서울에 사는 사람들도 중모음이 들어가는 '시원하다' 대신에 '시어언허다'고 말하지 않을까? 실제로 '시원하다'를 발음해보면 입모양도 오므려야 하고 매우 불편하다. 그러나 '시언허다'는 발음하기가 매우 자연스럽다. 다른 것은 몰라도 표준말을 '시언허다'로 바꿔야 한다고 생각한다. 시언할 때 시언허다고 해야 진짜 시언헌 것이지, 억지로 '시원하다'고 하면 그것은 시언헌 것이 아니기 때문이다. (『나루터』 제12집, 2010)

길거리 응원

   나는 대학생활을 전교생이 기숙사 생활을 하는 특수대학을 다녔다. 자연히 터질 것 같은 젊음의 기운을 발산하기 위한 무슨무슨 대항 운동경기를 하게 마련이다. 시골서 자라 여름이면 냇가에 나가 개헤엄치는 재주밖에 없었던 나는 늘 응원석에 앉아 337박수, 짱께박수, 기차박수등 박수나 치고 앉아 있거나, 부산시내 대학대항 체육대회가 있을 때는 카드섹션 연습하느라 사실 매우 짜증스러웠다. 내가 직접 선수로 뛰면 모를까 남이 뛰는 데 응원이나 하면서 뙤약볕에 앉아 있는 것이 즐거운 일은 아니었다. 하지 않아도 된다면 정말 하기 싫은 일 중의 하나였다. 요즈음은 건강을 위하여 이런저런 운동을 하지만 그 당시는 하는 일 모두가 운동이었다. 지게 지고 이것저것 나르는 것, 리어카 끌기, 망태 메고 들에 나가 꼴베기, 등하교할 때 걸어다니기, 논매기 등등이 모두 운동 아닌 것이 없었다. 운동을 따로 하지 않아도 등허리에서 땀이 흘렀다. 자동차가 생기고 경운기가 생기고 하니 아무래도 움직이는 일이 적이겠다. 더운 여름이 지나면 땀이 나질 않는다. 그러니 따로 운동을 해서 아프리카의 토인들처럼 우리 인류의 조상들 흉내를 내야 할 밖에 없는 일이다.

오늘은 2002년 6월 25일 6.25사변 52주년이기도 하지만, 축구 월드컵 4강에 올라온 우리나라와 독일이 결승 진출을 놓고 겨루는 날이다. 우리나라의 모든 국민은 하나같이 16강에나 한번 올라보자고 염원을 하였지만 아니 이게 웬일인가? 포르투갈을 이기고 16강을 넘어 이태리를 이기고 8강을 넘고 스페인을 이겨 4강에 안착하니 뿔은 단김에 뺀다고 전차군단 독일을 제치고 결승전에 가자고 전국민이 길거리로 나섰다. 서울 시청앞 광장을 메우고, 광화문 사거리를 메우고 목포역광장을 메웠다. 비금 도초에서도 마을 사람들이 마을 회관으로 모였다. 텔레비전에는 때 아닌 빨간 코스모스의 물결이 출렁인다.

월드컵은 예외지만 나는 스포츠 중계를 별로 보지 않는다. 히딩크 감독의 어퍼컷 골 세리머니를 보면서 어렸을 때 김기수 권투선수가 이태리의 벤베누티를 상대로 임택근 아나운서의 라디오 중계를 들었던 기억이 새삼스럽게 난다. 그때 얼마나 신나 했던가? 종운이는 임택근 아나운서의 흉내를 내면서 우리들의 등하교 길을 얼마나 유쾌하게 해 주었던가?

스티븐슨이 쓴 『행복론』이라는 책을 오래 전에 읽은 적이 있다. 남이 하는 것을 보면서 즐기는 것보다 서툴지만 자기가 직접 해야 더 행복감을 느낀다는 것이다. 넘어져 가면서 자전거를 배울 때 행복했고, 서툴지만 동료들과 테니스를 할 때 즐거웠고, 자동차 운전 배울 때 새벽에 일어나 한가한 도로를 주행할 때 행복했었다. 에베레스트의 K2봉은 아니지만 월출산의 천황봉을 오를 때 행복했다.

그런데 요즈음 우리나라 삼천리강산에 일어나고 있는 현상을 보면 이러한 스티븐슨의 견해가 맞지 않는 것 같다. 지금 대한민국 국민들 모두는 공을 차는 축구 선수들 보다 최소한 내 눈에는 행복한 듯이 보인다. 평소 무뚝뚝하던 사람도 모르는 사람과 스스럼없이 축구 이야기를 하면서 즐거워한다. 평소 남편의 사랑이 시원찮은 아줌마는 히딩크 감독만 보면 사랑을 느낀다. 골이 들어가면 옆에 있는 사람과 부둥켜 안고 폴딱폴딱 뛴다. 수줍어하던 여학생은 안정환 선수에게 오빠 사랑해요 하고 사랑을 고백한다. 축구공 한번 차본 일 없는 시골 할머니는 박지성선수가 자기 손자인양 덩달아 좋아한다. 이 모두가 행복한 사람들의 모습이 아닌가 말이다.

붉은 T셔츠가 없어서 못 팔고 전국의 빨간 천이 동이 났다고 한다. 북한의 김정일은 우리는 50여 년 전에 한 것을 이제야 한다고 비웃고 있을랑가?

독일과 결승진출을 다투는 오늘 해상운송시스템학부 교수들 모두가 빨간 T셔츠를 입고 회의를 하는 진풍경이 벌어졌다. 마치 빨갱이 공산당 간부들이 회의를 하고 있는 것 같았다. 목포역 광장을 제외한 시내의 거리는 한산했고 시내버스는 텅텅 비었고 가게 주인들은 장사에는 아예 관심이 없다. 텔레비전에 눈을 고정시키고 골 들어가면 일어나 두 팔을 앞으로 내밀면서 대~한민국을 연호할 준비가 다 되어있는 것이다. 대형스크린이 있는 식당은 만원이고 가전제품 파는 상점에서는 텔레비전마다 다 켜 놓고, 두 사람 이상 모이면 축구 이야기 이야기.

전국민을 이렇게 행복하게 하는 일이 또 있을까? 우리가 4강까지

올라오는데 붉은 악마를 비롯한 전국민의 응원덕분이라고 하는 말
을 들으면서 대학 다닐 때 응원하면서 짜증냈던 일을 새삼 반성해
본다. (『나루터』 제5집, 2003)

사라진 작은 희망

　우리는 나름대로 희망을 가지고 살아간다. 희망이 없는 삶은 이미 삶이 아닐 것이다. 어릴 때는 크던 희망이 커가면서 점점 작아지는 것을 본다. 희망은 많고 크다고 좋을까? 조그맣지만 소중하고 알뜰한 것도 있을 것이다. 그러한 희망들은 하나의 꿈으로 나타나기도 한다. 일장춘몽도 있고 남가일몽도 있다. 마르틴 루터 킹 목사가 워싱턴 광장에서 수 만의 흑인 군중 앞에서 연설한 "I HAVE A DREAM."은 유명하지 않은가? 장자는 꿈에 자신이 나비가 되어 날아다니는 꿈을 꾸고 나서 자기의 실제의 생활은 나비의 꿈이 아닌가 하고 '호접몽' 편에서 이야기하고 있다. 하긴 인생자체가 하나의 꿈이 아닐런가?

　작년(1999)에 아내와 함께 사적인 일로 달리도에 있는 달리교회 목사님을 찾아 뵌 적이 있었다. 차 대접을 받으면서 이런 저런 이야기 중에 응접실을 둘러보게 되었다. 도자기에 길쭉하게 쪼개진 것이 눈에 띄었다. 자세히 보니 박이었다. 나 어렸을 때는 쪼개어 바가지로 쓰이던 둥그런 박이 플라스틱에게 자리를 양보하고 길쭉하게 개량되어 장식용으로 쓰이고 있는 것이다. 호기심을 나타내니 사모님이 해를 넘겨 싹이 날지 모르겠다고 하시면서 종자를 화장지에 정성스럽게 싸주셨다. 집에 가지고 와서 산에 다니면서 모아둔 들꽃씨와 함께 보관하였다.

겨울이 가고 봄이 오자 아파트에 사는 나는 어디에 파종을 할까 하고 물색하였다. 어선에서 고기를 담는 상자가 길가에 굴러다니기에 주어왔다. 밭에 가서 흙을 퍼와 상자에 채워서 도서관의 현관에 두고 모를 부었다. 흥부가 박씨를 심는 마음으로 2년 된 박씨를 심은 것이다. 가끔 물을 주어 싹이 올라오기를 기다렸다. 어떤 때는 물을 많이 주어 흙물이 흘러나와 청소하는 아주머니에게 미안하기도 하였다. 약 3주정도 지나자 싹이 올라오기 시작하였다. 생명의 경이와 인연의 소중함을 느끼는 순간이었다. 이들을 어디에 옮겨 심을까? 넝쿨을 해상운송시스템학부 사무실로 올려서 박이 주렁주렁 매달려 있는 모습을 상상하면서 해사과학관 앞 상사초가 있는 곳에 한 그루 심었다. 공학관 옆 보일러실 옆에 철망으로 된 울타리 근처에 두 그루를 심었다. 또 도서관 앞 향나무 사이에 네 그루를 심었다. 뙤약볕 아래 말라죽지 말라고 수시로 물을 주어 키운 보람으로 쭉쭉 뻗어가더니 수꽃과 암꽃을 피우고 박이 열리기 시작하였다. 해사과학관 앞의 것은 누가 지나가다가 밟아버린 것을 세워놨으나 땅이 척박하기도 하겠지만 워낙 어렸을 때 큰 상처를 입은 탓인지 끝내 자라지 않는 것이었다. 핸드레일을 따라 제일 기세 좋게 자라던 도서관 앞의 것은 태풍에 망가져 버렸다. 보일러실 울타리의 것은 처음에는 시원찮던 것이 어느새 커서 열매를 세 개나 달고 있었다. 세 개중 하나는 크다가 썩어버리고 다른 하나는 크다가 말라버렸다. 그 중 하나가 어린애 고추만 하더니 이윽고 가지만 해지고, 다음날 수세미 만해지더니 금세 내 팔뚝만해졌다. 그 다음날 내 팔뚝보다 더 굵어졌다. 날마다 출퇴근하면서, 도서관 오르내리면서 볼 때마다 나는 만족스러움을 만끽하였다. 그러면서 저 종자를 받아 이웃에게 나눠주어야지 하는 조그만 희망을 키워갔다. 새천년 9월 26일 오후 5시경 연구실을 나와 도서관으로 가던 나는 습관적으로 시선을 박쪽으로 돌렸으나 영글어 가던 나의 희망이 보이지 않았다. 아니 박이 어디로? 박 넝쿨마저 망가져 있었다. 오호 통재라! 이런 경우를 망연자실이라 하는가? 농사지어 도둑 맞은 기분이 이럴까?

순간 내 머리 속에 한 생각이 스친다. "이 박은 맨 처음부터 내 것이 아니었지. 이 몸도 내 것이 아니거늘 하물며 울타리에 매달려 있는 저 하찮은 박을 내 것이라 생각하고 종자 받아 나누어 줄 희망을 갖다니. 어리석은지고 어리석은지고."

박을 빨리 따지 말고 잎이 다 스러질 때까지 놔두어야 단단하다는 사모님의 말씀이 귀에 선하다. 나는 이대로 절망할 수 없다. 새로운 희망으로 바꾸어서 간직했다. 박이 오래 오래 매달려 있어 여러 사람이 보고 탐스러워 하고 또 심은 사람이 거두는 세상이 빨리 오기를 말이다. 농사 도둑만은 없는 세상이 오기를 말이다. (『나루터』 제3집, 2001)

살다보니

지구가 쉬지 않고 잘도 돌아간다. 그 거대한 덩어리가 무슨 힘으로 그렇게 도는지 모르겠다. 달도 지금은 거의 멈춰있지만 아득한 옛날에는 지구처럼 돌지 않았을까? 그렇다면 지구도 언젠가는 도는 것을 멈추지 않을까? 그러면 고장 난 벽시계처럼 시간도 정지할랑가?

어느 날 거실에 서있는 거울을 보니 머리가 허옇고 허리가 구부정하고 쭈글쭈글한 얼굴에 검버섯이 피어있는 노인이 거기에 있었다. 새파랗게 젊었던 그가 어느새 노인이 되어있었다. 서산대사는 80세 되던 해에 거울을 보고 다음과 같은 알듯 모를 듯한 시를 남겼다고 한다.

八十年前渠是我 (80년 전에는 네가 나였는데)
八十年後我是渠 (지금은 내가 너로구나)

부산에서 손님이 왔다. 저녁을 먹고 목포의 밤 문화를 보여줘야겠기에 백제 호텔부근에서 선창가 쪽으로 슬슬 걸어간다. 맥주라도 한 잔 해야 할 것이 아닌가? 넓디넓은 홀에서 맥주도 마시고 무대에서 누가 노래를 부르면 앞에 나가 보릿대 춤이라도 추면서 흔들고 하던 아리랑이라는 술집이 있다. 아리랑의 길 건너 비스듬이에 이름은 잊었지만 또 다른 비슷한 술집이 있다. 아리랑은 그 전에 가봤으니 여기를 가보자 하고 입구에 들어가려고 하니 덩치가 좋은 문지기가 안내를 하는 대신에 가로막으면서 팔을 들어 아리랑쪽을 가리키는 것이 아닌가? '여기는 당신들처럼 나이 먹은 노인네들이 오는 곳이 아니니 저기 아리랑으로 가보시오'라는 의미가 담겨있었다. 아마도 거기는 젊은이들만이 가는 곳이었던 모양이다. 우리처럼 노인들이 들어와 물을 흐려 놓으면 젊은이들이 오지 않아 매출이 오히려 줄어든다는 이야기 일터이다. 뒤돌아서면서 참으로 묘한 기분을 맛보았다.

아내가 섬으로 발령이 나면서 차를 가지고 가는 바람에 차가 한 대 밖에 없었던 나는 버스를 타거나 택시를 타거나 걸어 다닐 수밖에 없다. 나이 먹어가면서 급하게 움직여야 할 일이 별로 없으니 주로 걸어 다닌다. 목포역 부근에 옛날 봉황예식장이 있었던 골목에는 밤이면 항상 늙수그레한 여인들이 의자에 앉거나 왔다갔다 서성거리면서 그곳을 지나가는 사람에게 쉬었다 가라고 하면서 접근하곤 한다. 그날도 겨울이었는데 약간 늦은 시간에 그곳을 걸어가게 되었다. 두툼한 옷을 껴입은 여인이 나에게 가까이 다가와 내 얼굴을 보더니 쉬었다 가라는 말 대신에 옆에 있는 동료에게 들으라는 듯이 "이 구만 아니어" 라고 하면서 되돌아선다. 쉬었다 갈 수 있을 만큼 젊은 사람이 아니라는 의미일 터이다. 허 참!(허참이한테 미안하다) 나 역시 쉬었다 갈 생각이 있었던 것은 아니지만 막상 그 말을 들으니 빈총도 안 맞은 것만 못하다고 기분이 참으로 묘하다. 그러나 어쩌랴? 그렇다고 시비를 가릴 수도 없고, 화를 낼 일도 아니고 그렇다고 객기로 쉬었다 가겠다고 할 수도 없질 않는가? 쓰디쓴 웃음을 머금고 가던 길을 걸어간다. (『나루터』 제17집, 2015)

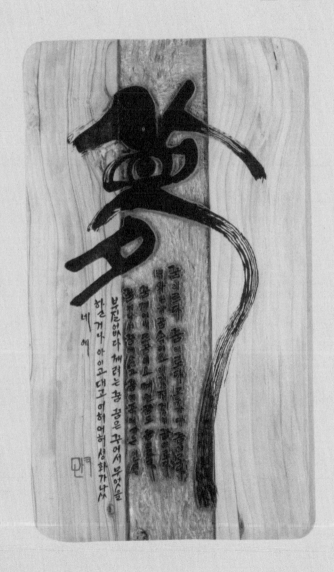

그는 항상 길에 서 있다

우영숙

1. 만남

나의 청년기는 미니스커트와 장발을 단속하는 유신의 시대였지만 다리를 길게 보이려는 의도로 높은 통굽과 통이 넓은 바지를 선호하는 스타일의 옷이 유행했었다. 당연히 나도 그런 옷을 입었고, 다양한 경험을 위해 밤낮이 뒤바뀌던 때였다. 지금 생각해보면 쨍하고 해 뜰 날 같은 나이였다.

그날도 나는 '화투(삼봉)'라는 놀이에 흥을 내고 있었다. 이곳을 자주 드나드는 화장품 방문판매원이 호들갑스럽게 뛰어들며

"어, 도와줘, 중매하기로 했는데, 여자 쪽이 올 때까지.."

그러니까 엇갈린 시간동안 기다리고 있는 남자를 붙잡아두기 위해 나보고 우선 '선을 보고 있으라'는 것이었다. 선남선녀가 자신의 반쪽인 반려자를 찾으려는 적극적인 행위 중의 하나인 '선을 본다'는 그런 호기심은 내게 세상에 태어나 처음으로 빨간색 립스틱을 바르게 했다. 그 남자는 훗날 가끔 둘이서 가 보곤 하던 '란 다방'에 앉아 있었다.

"나이요? - 이땡. -예? -이땡이요" (화투를 모르는군)

"궁합요? 생년월일, 그런 거 뭐하게요, 지금 이 시간 이후부터는 남을 통하지 말고 스스로 찾으세요." (위대한 충고)

이렇듯 연락처도 이름도 가르쳐주지 않는 농담식의 '선보기'는 어떤 부담감 없는 요새말로 '썸'도 타지 않는 장난짓으로 끝이 났다.

그는 찻값을 치르기 위해 나보다 먼저 일어났고, 그 뒤를 히죽거리며 따르다가 계산대 앞에 드러난 허술한 그 남자의 뒷모습이 지금도 눈에 선하다.

무릎께쯤의 잔주름 때문에 짧아져버린 바지 그 아래로 복숭씨가 드러난 발목과 허공에 둥둥 떠서 무언가를 말하고 있는 듯한 까만 구두는 외로워 보였다. 요리저리 서로를 얽히며 갈라진 바지의 잔주름은 참새들의 지저귐처럼 귀여웠다. 우리가 흔히 말하는 기계 문명을 거부한 위트와 풍자의 찰리 채플린이 서 있었다.

아, 그렇지. 희노애락에 붙들린 인간의 고통을 초월한 석가모니(불교) 수행에 대한 공감도 서로 일치했던가.

경험을 위한 단순한 행위가 필연이 되는 운명의 순간이 나에게도 온 것이다. 그러나 아쉽게도 그 경계는 이미 지나가고 말았다.

혹시나 하는 은근한 마음에 외출을 삼가고 기다린 삼일 후에 그는 물어물어 찾는데 사흘이 걸렸다며 연락을 취해왔다. 서로에게 마음이 열려있음을 확신하는 길을 본 것이다.

2. 일상

그는 항상 전지 크기의 우리나라 전도를 끼고 살았다. '이 길들을 다 걸어 야지'라고 다짐을 하듯 유심히 들여다보곤 했다. 걸었던 길, 혹은 걷고 싶거나 걸어야 할 길을 구분 지으며 실핏줄처럼 촘촘히 얽혀진 크고 작은 길들을 형광펜으로 지워 나갔다. 때때로 높은 산길이기도 했고, 때로는 밤송이나 은행이 떨어진 오솔길, 만 가지 향 드러내는 꽃길이었다. 가끔은 바다를 낀 길이기도 했는데. 언제부턴가 나도 따라나섰다.

지리산을 처음 오를 때의 기억은 늘 새롭다.

'뱀사골 산장'에서 '장터목 산장'으로 가던 산길(명선봉쯤일까? 토끼봉쯤일까?)에서 만난 엄청난 눈, 몸은 고단하고 날은 어두워지고 하염없이 내리는 눈에 갇힐까 겁이 나는데, 그저 묵상하듯 앞으로만 나아가는 그가 얼마나 얄밉던지 눈덩이를 뭉쳐서 뒷통수에 던져버렸다. 폭설로 인한 입산금지. 천왕봉에는 오르지 못하고 '장터목산장'에 머물다가 내려왔지만 잊지 못할 기억으로 간직되는 추억이 되었다.

지리산의 눈에 대한 두려움이 사라지고 완전히 매료되어 버린 것은 '벽소령 산장'에서 '백무동'으로 하산하는 길목에서였다.

바람 한 점 없던 아늑한 숲속의 눈길 위에 찍힌 오롯한 동물 발자국과 함께 하면서, 하염없이 쏟아지는 엄지손가락만한 눈을 온 몸으로 받으며 걷던 그 몇 시간의 길 위에서였다. 자연과 한 몸이 된 무결한 마음 . 그때 느꼈던 그 통일성은 허접한 내 일상(삶)을 살아내는 데 지대한 영향을 미쳤다.

또한 '벽소령'에서의 바라본 회색빛 하늘의 달은 어떻고. '월명암'과 '내소사'에서 만난 달과 더불어 무한한 그리움을 자아내게 한 아늑함이었다.

그곳 뿐이랴, 제주도의 한라산과 올레길, 지리산 들레길, 흑산도 길, 우리나라 16봉우리, 7번국도, 전북 진안의 마이산의 탑들, 태백산의 천제단의 정기와 단종각, 오대산 월정사로 가는 숲길의 무색무취의 맑은 향, 가깝게는 광주 무등산 무돌길, 영암의 월출산과 기찬 길, 바다를 끼고 도는 흑산도와 완도 보길도 일주도로, 강진 백련사에서 다산초당으로 가는 길. 대흥사 초의 선사의 일지암, 내 고향의 유달산, 그 외의 크고 작은 길들이 무수히 있다. 모두가 그가 아니었다면 갈 수 없었던 길들이 아니던가.

그는 '안나푸르나'를 다녀왔고, 중세의 수도사들의 수행길인 800km에 이른다는 '산티아고 가는 길'을 다녀올 계획을 세우고 있다. 무엇이 그를 열정적으로 길로 나서게 한 것일까? 그는 늘 그렇게 길 위에 서 있다.

3. 꿈

누구라도 '길찾기'는 있을 터다. 그것은 살다보면 어쩔 수 없는 운명적인 상황을 맞을 수밖에 없는 고비의 다름아니기 때문이다.

그에게도 피하지 못하는 그런 일이 두어 번 있었다. 구체적으로 말한다면 채무보증과 총장 출마가 아닐까 싶다. 정체되지 않으려는 방랑적이고 진보적 성향이 그를 총장출마로, 선한 마음을 지닌 선선함이 아무런 의심도 없이 채무보증으로 이어지지 않았나 싶다. 이러온 일들을 이거내려는 과정에서 많은 친분이 사람들에게 신세를 졌는데 다시금 이번 기회를 통해 감사의 말을 전하고 싶다.

그는 물질과 인간적 '길찾기' 경험을 통해 많은 것을 배우고 느꼈을 것이다. 어쩌면 무수한 길을 묵묵히 걸으면서 이겨낼 방도를 구하고 그리고 스스로를 다스리는 해법을 찾았을지도 모른다. 좌절에 맞섬으로써 극복과 희망을 꿈(환상)꾸며 자기만의 길을 걸었을 것임이 틀림없다.

'어려운 일이 닥쳤을 때 그 사람의 무게를 알 수 있다'고 했다. 이 말은 돈 때문에 이차적인 피해-가정과 건강을 해쳐서는 안 된다는 말과 함께 그가 나에게 건넨 지금까지도 매우 소중한 믿음이 된 말이기도 하다. 가정을 지키려는 귀하고 고마운 마음은 그의 섬세하고 인내심 깊은 기다림으로 결국 그의 말처럼 되었다.

그의 열린 마음은 신랑은 나름의 준비를 하여 신부에게 건네주었지만 신부의 생각과 형편을 배려한 모든 지참금을 제거해버린 결혼을 할 당시에도 느껴졌다. 나는 그때 나에게 아들이 태어나 며느리를 맞이하게 된다면 이 상황을 유산으로 남길 것이라고 결심했다. 지금이 그때이다. '아무 것도 지참할 것 없고 네가 소중하다. 너도 아들을 낳으면 대대로 이어지어 유산으로 남기길 ...'

또 있다. 교환교수로 뉴욕에 갔을 때 우리 가족들을 동행을 했다. '내 마음은 자식들을 위해 무언들 못하랴' 하는 심정이 충만하게 솟구쳐있어 링컨 기념관, 케네디 기념관, 하버드 대학 등... 역사적으로 가치가 있는 곳과 인물을 찾아다니는 여행을 계획했다.

케네디 기념관 앞에서의 일이다. '국가가 여러분들을 위해서 무엇을 해 줄 것인가를 묻지 말고 여러분들이 국가를 위해서 무엇을 할 것인가를 물어달라'라는 명연설을 나는 자식들에게 장황하게 설명을 하며 그처럼 훌륭한 사람이 되어야 한다고 역설했다. 부모가 너희를 위해 이렇게 애쓰며 희생한다는 말에 힘을 주면서. 나는 갑이었다. 그는 '나는 이것 밖에 못 보여주지만 너희들은 너희 자식들에게 더 많은 것을 보여주어라'라고 무심하게 말했다. 무심한 그 말은 나를 부끄러움과 창피함으로 물들게 하였는데, 그게 자녀교육의 큰 좌표(바탕)가 되었다는 것을 이제야 고백한다.

부모에 대한 무조건적인 그의 태도를 '근친상간적 효도'라고 상대화하기도 했다.

'삶은 과정'이라고 말하곤 하는 그는 퇴직 후에도 자신의 과정을 살아내기 위해 통신대 중국어과를 거쳐 중국유학을 꿈꾼다. 이렇게 그는 아직도 길 위에 서 있다.

4. 만허

그가 '만허'라는 호를 소명했다. '송광사 단기 출가프로그램'을 여러 차례 참여하고 난 뒤였다. 그 인연으로 불교대학을 졸업하기도 했다.

차면 비워야만 하는 필연적인 부재를 명명하는 '텅 비었으되 충분히 차 있다'는 의미(관념) 혹은 이미지가 그의 평소의 삶의 정조, 항상 길에 서 있는 그런 것들과 닮아있다는 것이리라.

오래된 신화의 한 주인공 시지프스는 신으로부터 무거운 돌덩이를 산꼭대기에 올려놓으라는 명령을 받았다. 산정에 올려진 돌멩이는 굴러 떨어져버리고, 시지프스는 산에서 내려와 다시 짊어지고 산정을 향하고, 부려놓음과 동시에 또 굴려내리는 수고로움을 아무런 저항없이 받아들였다.

이 반복적인 행위가 끝없는 절망만 가득 차 있는 것은 결코 아니다는 것을 우리는 안다. 그가 고단함을 끝내고 다시 돌멩이를 짊어지기 위해 산에서 내려올 그 잠시 편안해지는 그 시간에 '나는 누구인가? 이렇게 하지 않으면 안 되는가?'라고 스스로에게 묻는 물음은 그를 냉정하고 철저한 사람으로 만들어 주었을 것이다.

정지되어 있지 않으려는 의지와 질적 변화를 위한 무저항의 수행적 행위는 죽음에 이르기까지 자신에게 주어진 혹은 선택한 일을 말없이 실천하려는 충실한 과정. 채우면 비워야 하는 운명의 시지프스가 '만허' 속에 있다.

'만허'가 서예와 서각이라는 예술의 길에 들어선 것이다. 그가 들려준 일화 하나.

첼리스트가 피카소에게 첼로의 그림을 부탁했다. 그림을 완성할 충분한 시간이 지났는데도 그림은 전달되지 않았다. 첼리스트의 서운한 마음은 10년 후에야 해소되었다. "아, 안 잊어버리셨군요. 왜 이리 늦었나요? -첼로 굉장히 어렵던데요. 배우는 데 10년이 걸렸거든요."

이게 그가 체득하려고 하는 예술에 대한 예의이다. 오랜 시간을 걸려 한 체를 습득하여 검증이 끝나면 또다른 체에 도전하는 절차탁마의 노력이 바로 근본적인 본성이고, 존재 그 자체인 진리라는 것을 그는 이미 알고 있다. 아직도 그가 갈 길이 멀어 길 위에 서 있다는 의미일 게다.

제3의 신혼의 꿈!

심문식(명예교수)

벌써 2년이 지났네요. 제가 정년퇴임을 한지가.

퇴임 후에 더욱 감사한 생각이 든 것은 어쩌다 대학교수가 되어서 65세까지 정년을 보장받고 그것에 더하여 퇴임과 동시에 '명예교수'의 직함을 얻으니 자긍심을 가지고 여생을 즐길 수 있다는 것입니다. 제가 정년을 맞아 작은 문집 '새로운 필드를 향해'에 실을 원고를 아내에게 부탁하니 못 쓴다고 하면서도 어느 날 아침 원고를 주었습니다. 그 제목이 '제3의 신혼을 기대해요'였습니다. 내용을 요약하면 이렇습니다.

"당신과 결혼하여 아이 낳기 전까지 신혼생활의 단꿈을 보낸 것이 제1의 신혼이라면 아이 둘을 낳아 잘 길러서 결혼시켜 분가하고 둘만 남으니 그 시절이 제2의 신혼생활이었습니다. 이제 당신이 교육경력 40여년에 정든 교단을 떠나고 역사와 전통에 빛나는 목포해양대학을 떠나게 되니 너무 아쉽고 허전하시겠지만 당신과 나 둘만의 시간을 더 보낼 수 있는 '제3의 신혼생활'이 기다리고 있으니 너무 서운해 하거나 섭섭해 하지 말아요. 맞벌이 부부로 아침마다 출근하기에 바빴는데 이제 출근 없이 늦잠도 자고 평일에 골프도 치고 여행도 하며 황혼을 즐길 수 있잖아요? 이제 당신이 앞치마입고 밥 짓는 모습을 보는 것도 기대해요."

이번 학기말에 정년을 맞는 滿虛 김 우숙 교수님을 정말 존경합니다. 김 교수님께서는 다정한 시골 삼촌과 같은 배려 깊은 분으로서 이 분에게 딱 맞는 사자성어로 '無爲自然'을 고르겠습니다. '자연으로 돌아가라'했던 쟝 자크 룻소를 생각나게 합니다.

교수님과는 오래 전부터 허심탄회한 농담을 주고받았는데 한번은 교수님께서 내게 물으셨습니다.
"남자에게 좋은 것이 무언지 아십니까?"
얼른 생각이 나지 않았고 무슨 곡절이 있는 질문인 것을 짐작하고 "불로초"라고 하니 내게 답을 가르쳐 주셨습니다. "새우"라고. 그 이유를 물으니 "세우니까" 라 합니다. 하늘을 보며 한참을 박장대소하였는데 그 후부턴 만날 때 마다 새우를 많이 드시냐고 안부를 묻곤 하였지요.

'敎學相長'으로 교육자의 품위를 갖춘 교수님께서는 언제부턴가 서각예술에 심취하여 작품전시회를 여셨는데 그 중에 '學而不厭 誨人不倦'이란 작품이 뛰어날 뿐 아니라 내가 평소에 아주 좋아한 내용이기도 해서 더욱 좋아합니다. 이 문구는 나의 교육철학이 된 '가르치는 자는 배우기를 게을리 하지 않는다.'는 말과 일맥상통이 되어 더욱 친숙합니다.

동기부여 연설가이자 작가인 찰스 존스는 이렇게 말했습니다.
"두 가지에서 영향 받지 않는다면 우리 인생은 5년이 지나도 똑같을 것이다. 그 두 가지란 우리가 만나는 사람과 읽은 책이다."
그러나 부족한 제가 감히 여기에 하나를 더하겠습니다. '하나님을 만나지 못 한다면 5년이 아니라 우리 인생 자체가 무의미 할 것이다.'라고.

존경하옵는 김 우숙 교수님!
항상 끝은 시작과 이어진 줄 아시지요?
그간 맞벌이 직장생활을 해 오신 사모님과 더불어 '제3의 신혼의 꿈'을 가지고, 새로운 필드를 향해, 힘찬 발걸음을 옮겨 주시리라 믿어 의심치 않습니다.
함께 갑시다.
멋있는 인생여정을 동행합시다.
이 나이가 어때서?
사랑하기 딱 좋은 나이입니다.
교수님의 가정에 하나님의 가호가 함께 하시기를 기도합니다.

2015. 5. 1.
남악에서

김교수님과 함께 한 세월들

이준곤 교수(명예교수)

김우숙교수님이 정년이라니! 세월의 흐름을 실감한다.

목포해양대학교에 재직하면서 내가 가까이서 대하면서 생활을
해온 분이 바로 김교수님이시다. 내가 본래 사람들을 널리 사귀
는 재주가 없었으나 유일하게 김교수님과는 비교적 가깝게 지내왔
다. 김교수님는 일찍이 서각과 서예에 몰두하면서 그 분야에서 이
제는 프로가 될만큼 높은 경지에 올라 있다. 나는 김교수님의 지도
와 권유로 서각과 서예에 입문하여 오늘까지 김교수님과 함께 그
분야에서 끌질을 하고 붓을 농하고 있다. 김교수님께 특별히 감사
를 드리고 싶다.

김교수님은 판소리에도 일가견을 지니고 있어서 호남가를 홍얼
거리는 모습을 자주 볼 수 있다. 김순자라는 판소리꾼을 나에게 소
개를 하여서 도무형문화재로 지정하여 우리 지역에서 또 한 사람
의 판소리명창을 탄생케 하는 데에 도움을 주셨다. 김교수님은 또

한 일찍이 수필가로서 등단하여 머지않아서 수필집을 발간할 계획이 있음을 알고 있다. 김교수님의 글은 평소 생활에서보고 느낀 일들을 유머가 깃들면서도 진솔하게 표현하고 있어서 명문이라고 할 수 있다. 김교수님의 글은 넉넉하면서도 속이 깊어서 잔재주를 부리지 않는 점이 특별하다. 담담하면서도 미소를 짓게 하는 그의 글은 우리들에게 많은 것을 스스로 생각하게 한다.

지난 세월 김교수님과 함께 한 세월들이 참 많았다. 보길도 예송리의 바닷가에서 하룻저녁을 같은 텐트 속에서 함께 보낸 일이 있다. 등에는 아직도 따뜻한 바닷가의 몽돌의 온기를 느끼면서 파도소리에 잠이 들었던 기억이 지금도 새롭다.

김교수님과 함께 설악산 대청봉을 오르고 동해안 해변길을 따라 부산을 거쳐 목포까지 왔던 기억도 새롭다. 관동팔경의 명승지를 구경하면서 동해안 마을에서 민박을 하고 마을 사람들과 이야기를 나누면서 우리나라 동해안을 편력했던 것이다. 지리산 종주도 함께 한 경험도 세 번이나 있었다. 김교수님이 없었더라면 경험할 수 없었던 쾌거였다. 지리산의 장대한 산줄기를 밟으면서 지리산이 어떤 산인지 조금이나마 가늠할 수 있었다. 나의 석사학위논문이 "도선설화연구"였으니 도선이 지리산에서 수도한 유적지를 답사한 적이 있어서 지리산은 한국에서 참으로 특별한 산악이라는 것을 일찍이 알고 있었으니 직접 체험한 것은 김교수님의 덕분이었다. 진도대교에서 팽목항까지 100리 길을 걸어서 종주한 일도 잊을 수 없다. 오전 7시쯤 대교를 출발하여 팽목항에 오후 7시쯤 어스름할 때에 도착했더니, 팽나무 아래에서 바람을 쏘이던 마을 아낙들이 우리들이 걸어서 왔다는 말을 듣고 놀라던 표정이 지금도 어제 같이 생생하다. 진도땅을 발로 느끼던 장쾌한 진도종주였다.

김교수님의 성품이 단순소박하여서 어느 것이나 거리낌이 없다. 좋으면 즉시 실행하여서 군말이 없다. 한 번 한 약속은 다시 확인하지 않아도 언제나 어김이 없어서 믿음을 가질 수 있다. 김교수님은 어떤 일을 한 번 시작하면 끝까지 물고 늘어져 포기하는 법이 없어서 존경스럽다. 김교수님과 동양고전의 원전을 읽은 지가 5년은 되었을까? 연구실에서 정해진 날과 시간에 읽은 고전들이 상당한 수에 이른다. 명심보감, 중용과 대학, 손자병법, 금강경, 도덕경, 주역, 6조단경 등의 고전을 읽어 나갔다. 주역은 따로 대전에서 오시는 평생 공부하신 이전선생님께 김교수님의 소개로 다시 공부하고 있다. 나는 끈기가 없어서 어떤 것이나 끝까지 하지 못하는데 김교수님의 격려와 소개로 서각, 서예, 주역 등을 공부하고 있으니 김교수님이야말로 나에게는 참으로 진정한 학우이고 외우이다.

사람을 사귀는 것이 술친구 밥친구 운동친구 장사친구 직장친구 등등이 있으나 김교수님은 나에게 생활을 참되게 하는 친구라고 할까? 대학생활을 하면서 김우숙교수님과 함께 한 시간이 자랑스럽고 보람있다. 내 인생에서 김교수님을 만나 많은 것을 배우고 즐거워하고 살아가는 보람을 배웠다고 할 수 있다.

김교수님이 이제 정년을 하시게 되면 함께 할 시간이 더 많아질 것 같아서 우선 기쁘다. 정년 후에 스페인의 산티아고순례길을 걸어보자고 한 적이 있다. 지금은 내 건강이 허락하지 않아서 장담을 할 수 없지만 점점 좋아지고 있으니 가능할 수 있을 것이다. 프랑스를 거쳐서 스페인의 시골길들을 걸으면서 또 많은 이야기를 나눌 수 있기를 기원한다.

　김교수님의 정년은 또다른 생활의 시작이 될 것이다. 김교수님이 어떤 생활을 하실지 기대가 된다. 나 또한 인생의 도반으로 김교수님과 함께 할 수 있게 되면 더 좋을 수 없을 것이다.

　김교수님의 정년을 축하하면서 함께 할 시간을 기대합니다.

인 연

윤명오 교수(국제해사수송과학부)

사람이 살아간다는 것은 부모를 만나는 것을 시작으로 하여 끊임없이 인연을 만들어가는 과정이라 할 수 있다. 살아가는 과정에서 일어나는 모든 일들이 때로는 의도에 따라, 때로는 의도와 전혀 관계없이 이루어지듯이 사람과 사람의 만남도 그러할 것이다. 물이 골짜기로 모여 길을 찾아 흘러가듯이 삶도 의지와 관계없이 흘러간다. 우리는 그 길을 운명이라고도 하고 팔자라고도 한다. 그 중에서도 사람과 만나고 헤어지는 흐름을 바로 인연이라 할 것이다.

30여년을 함께 살아왔던 김우숙 교수님이 올해를 마지막으로 대학을 떠나신다. 김교수님과의 인연이 시작된 이래 오랜 시간동안 켜켜이 쌓인 정들이 남다르기에 앞으로 가까이서 자주 뵐 수 없을 걸 생각하니 가슴 한쪽이 허전해진다.

내가 김우숙 교수님을 만나게 된 것은 대학을 졸업하고 3등 항해사로 승선생활을 시작했던 첫 배에서이다. 처음 몇 달 동안 함께 일했던 1등 항해사가 휴가로 하선을 하고, 후임으로 승선한 1등 항

260 滿虛 김우숙박사 정년기념문집 길

해사가 지금의 김우숙 교수였던 것이다.

항해사로서의 첫 승선은 사회 초년생으로서의 시작이어서 실습을 마치긴 했지만 아직은 회사의 매뉴얼이나 선상 업무에 미숙할 수밖에 없어 항상 긴장을 놓을 수가 없다. 선장님이나 상급 항해사는 대체로 대학동문 선배였지만 선후배 사이라는 것이, 특히 선박처럼 위계질서가 뚜렷한 조직구조에서는 상급자가 하급자를 너무 편하게(?) 대하는 경향이 있기에 차라리 불편할 수도 있다.

첫 일등항해사는 성격이 활달하고 자신감 넘치는 사람이었다. 하지만 마초기질이 강한 사람이어서 아랫사람으로서는 좀 부담스러운 성격이었다. 선박에서는 오후 4시에서부터 8시까지가 일등항해사 당직이다. 항해 중에 저녁 식사 시간이 되면 3등 항해사는 먼저 식사를 마친 후 브리지에 올라가 일등항해사가 식사를 하고 올 때까지 대리당직을 서는 것이 선박의 오랜 관행이다.

먼저의 일등항해사는 식사를 마치고서도 잡담으로 시간을 보내다가 항상 한 시간쯤 지나서야 별 미안한 기색도 없이 올라오는 식이어서 대놓고 항의할 수도 없는 불만이 날이 거듭될수록 적잖이 쌓였었다.

그런데 새 일등항해사는 30분 이상 지체되는 법이 없어 그 인품이 전의 그 사람과 크게 비교되던 것이다. 더구나 고향이 같은 전라도라서 크게 보면 동향인이라 할 수 있는지라 오랫동안 알고 지내왔던 것처럼 괜스레 친한 기분이 들었다. 외국에서 한국 사람을 보게 되면 이유 없이 반갑지 않던가?

그렇게 하여 하늘같은 김우숙 일등항해사와 바텀 윤명오 삼등

항해사의 밀월이 시작되었고, 당직만 마치면 일등항해사의 '커티
삭(Cutty Sark: 영국 최후의 범선)' 플라모델 조립을 보조하기도 하
면서 몇 달을 참 친하게, 잘 지내다 휴가로 하선하면서 헤어졌다.

몇 년의 시간이 흐른 후 나도 제법 경력있는 일등항해사가 되었
는데, 실습생이 승선하면 함께 항해당직을 서면서 이런저런 실습
을 지도하게 된다. 당시를 회고하면 30도 안된 나이였지만 실습생
이 왜 그리 어리고, 병아리 같아 보이던지...

연안을 벗어나면 망망대해라 며칠 동안 배 한척 보기가 힘들기
에 하릴없이 바다를 지켜보아야하는 항해당직은 지루하기 짝이 없
다. 이럴 때 실습생은 좋은 소일거리였다. 고양이가 쥐를 어르듯이
'이거 뭐야? 요거 해봐!' 하면서 근엄한 교관 노릇하는 재미가 쏠쏠
하던 것이다.

그러던 차에 실습생이 '김우숙'이라는 교수님에게 레이더 과목을
배웠다는 것이다. 인상을 물으니 틀림이 없다. 회사를 퇴직했다는
소식을 마지막으로 까맣게 잊고 있었던 옛 일등항해사님 소식을
들으니 더없이 반가웠다.

당직을 마치고 내려오는 길에 통신실에 내려가 '.. 소식을 들었는
데 반갑습니다.'하고 전보를 때렸다. 그리하여 휴가 중에 목포를 들
러 김교수님을 만나게 되고, 그 후 서울에서 회사에 근무할 때도 종
종 안부전화를 하게 되었다. 서울 생활은 바빴지만 지방 촌놈이 서
울에 뿌리를 내렸다는 것 자체가 마치 크게 출세나 한 것 같은 우쭐
한 기분이 들었고, 빠른 출근시간과 늦은 귀가도 젊은 나이에 치열

하게 살고 있다는 느낌으로 좋았다. 그러나 가끔 김교수님과 통화를 한 날에는 애들을 가르쳐서 자립할 수 있도록 성장시키는 '선생'이라는 직업도 보람있는 일이겠구나 하는 생각이 들었다. 그 느낌이 씨앗이 되었던지 시간이 지나면서 싹이 트고, 키가 자라서 나의 진로계획에 '대학'이 추가되었고, 상당한 망설임도 없진 않았지만 결국 우리 대학과의 '인연'이 만들어지게 된 것이다. 그렇게 시작된 목포에서의 '인연'이 헤아려 보니 33년이 채워져 간다.

　그 동안 김교수님에 대한 느낌은 첫 만남의 근처에서부터 나의 의식 속에 성품이 부드러운 '형님'으로 자리 잡고, 지금까지 이어져 왔다. 당시만 해도 우리대학은 지금보다 훨씬 규모가 작아서 교수들의 숫자도 적고, 모두들 가족 같은 분위기 속에서 살았었다. 그래도 직장인데 가끔 경쟁심이나 의견충돌이 없을 수 없었을 것인데 어떤 문제가 있었을 때 김교수님은 항상 앞에 나서기 보다는 얼마간 뒤에 서서 지켜보는 스타일이었고, 항상 양보하는 입장을 취하고, 필요하면 의견은 내시되 고집하지는 않으셨다.

　시시비비를 가리기 보다는 될 수 있으면 전체를 안고 가는 성격이지 않나 생각된다. 그렇다보니 김교수님은 항상 모든 사람에게 편안한 이웃이었다. 또 학생들도 그러한지 김교수님 방에는 드나드는 학생도 많고, 졸업 후에도 종종 찾아오는 제자들이 많다.

　김교수님의 살아가는 자세는 마치 매사에 중용(中庸)의 도(道)를 취하시는 것 같다. 근년에 들어 한학에 취미를 붙이시면서 강지를 읽고 주역을 공부하시지만 살아가는 스타일이 이러한 것이 어디 공부의 결과일까... 타고난 성품이 그러하실 것이다. 김교수님 방에는 항상 싱싱하게 세가 좋은 난(蘭) 화분이 하나 있다. 누군가 난분이 여러 개 들어왔다고 김교수님께 분양을 했다는데 원 주인네 난은 안녕하신지 알 길이 없지만 김교수님의 난은 항상 기세가 좋다. 그 녀석은 기특하게도 종종 꽃을 피워 그윽한 난향으로 방안을 채우는데 아마도 주인의 선비된 성향을 나타내려 하는 듯하다.

교수라는 직업을 옛 방식으로 구분한다면 필경 선비라야 할 것이다. 그런 면에서 김교수님은 선비의 요소를 많이 가지신 분이다. 여러 해 동안 서예의 기량을 닦으시더니만 옛날로 하면 국전(國展)에 해당하는 경연에서 입상을 하는 수준에 이르렀고, 거기에 더하여 요 몇 년은 서각(書刻)에 이르기까지 문예적 영역을 넓히셨다.

김교수님은 좀처럼 남의 방을 방문하는 일이 없다. 아마도 방해가 될까 삼가시는 것일 것이다. 엉덩이가 무겁지 못한 나는 무료한 기분이 될 때마다 김교수님 방에 들르곤 하는데 그 때마다 항상 김교수님은 뭔가 열심히 읽고 계신다. 모르긴 해도 우리 대학에서 독서량이 가장 많은 분 중의 한 분일 것이다. 차에 대해서도 일가견을 갖고 계신 김교수님은 나의 기습적 방문에도 귀찮은 기색 없이 항상 향 좋은 차를 우려내 주셨다. 김교수님이 연구실을 비우면 가장 아쉬울 사람은 아마도 차를 얻어 마시지 못하게 된 내가 아닐까 싶다.

바다에서 처음 맺어진 김교수님과의 인연이 뱃사람을 기르는 동업자로 이어지고, 이제 30여년을 넘겨서 마침내 작별을 해야 한다. 헤어진다는 것이 이승을 넘어 다시 못 보는 것은 아닐 것인 만큼 오랜 인연이 끊어지지는 않겠지만 가까이서, 자주 뵐 수 없다는 것이 마음을 헛헛하게 한다.

　김교수님,

　비록 연구실을 떠나시더라도 앞으로 기거하실 보길도가 고산 선생님도 반했던 선비의 섬 아니겠습니까? 보길도의 청정한 풍광 속에서 독서와 운동 게을리 마시고 항상 지국총 지국총 건강하고 즐거운 노년을 보내시기 바랍니다.

　주역을 읽으시다가 어느 날 혹시 세상 돌아가는 이치라도 조금씩 깨닫게 되시거든 그 때마다 저와 맺은 인연을 잊지 마시고 부디 뭍에 오르시어 소주 한잔 하면서 가르침을 주십시오.

만허 교수님의 정년퇴임을 앞두고

박성일 교수(국제해사수송과학부)

얼마 전 크리스토퍼 놀런 감독의 신작인 행성간 여행을 다룬, 러닝타임 3시간짜리 영화 '인터스텔라'를 보았다. 영화 속에선 행성별들 간 시간의 흐름이 서로 달라, 주인공인 아빠 쿠퍼가 외계 행성여행을 다녀온 후 지구상의 집에 돌아와 보니 떠날 당시 어린 딸이었던 머피가 세상에! 할머니가 되어 병상에 누워있다. 두 행성간 시간의 흐름이 천지차이가 난 것이다.

우리가 사는 지구는 수많은 다른 행성에 비해 시간이 너무 빨리 흐르는지는 과학자가 아니라서 알 수는 없다. 그러나 우리네 시간은 빨라도 너무 빠르게 흘러가는 것 같다. 이렇게 눈 깜빡한 빠른 세월 속에, 더 오래도록 함께 재직하면서 목포해양대의 울타리를 영원히 지킬 것 같았던 교수님께서 벌써 정년퇴임을 앞두고 있다.

존경하는 만허 교수님이시다.

우선 만허 교수님의 정년퇴임을 진심으로 축하드립니다.

교수님께서는 호(號)가 만허(滿虛)이시다. 만허인 호의 연유를 자세히는 모르겠으나 만허가 자구상으로는 (속이, 가득 찰)만, (무념, 무상, 빌)허 이다. 호의 느낌상으론 왠지 무언가로 가득 찬 것 같으나 비어 있는 기분이 든다.

사실 만허 선생님께서는 다양한 취미와 재주를 갖추셨다. 한 때는 등산 마니아로서 에베레스트산 뿐만 아니라 국내 유명산은 대부분 등반한 모험가로써 또 어느 땐 예술가적 외모와 기질 및 노래로 우리를 즐겁게도 해 주셨다. 그리고 외견상으론 만허라는 호가 딱 맞게 보일 때가 있곤 했는데, 억지스럽게 앞뒤 맞춰 생각해 보니, 실례일지 모르지만 이 호 때문이 아닌가하는 생각도 든다.

그런데 이 호는 직장에서는 잘 알려지지 않았으나 국내 및 중국 서예단체에는 이미 널리 잘 알려져 있다. 오래 전부터 돋보이신 소질을 더욱 개발하여 취미생활로 활동해오던 결과로 대한민국 서예대전과 전라남도 서예대전 및 남도 서예문인화대전 등에서 혼이 담긴 많은 서예와 서각 작품으로 입상하여 그 명성을 날리고 있다. 세월이 조금 흐른 언젠가는 매 작품마다 금값이 되지 않을까 하는 생각이 든다.

한편, 지금도 생생한 기억의 한 토막이 있다. 때는 바야흐로 30여년 전 어느 날, 교수님께서는 조교로 있던 우릴 삼학도 양옥집에 맛난 음식을 장만하여 놓고 초대한 적이 있다. 그때 가장 인상 깊었던 것은 거실 3면에 천장까지 가득 찬 책들이었다. 도서관도 아닌데 집에 이렇게 많은 책이 있다니, 역시 학자인 교수님은 다르구나 하는 생각이 들었고, 그 영향 때문인지 난 지금도 보지도 않는

고서인데도 책을 잘 버리지 못하고 있다.

만허 선생님께서는 이런 많은 책과 자료를 토대로 지금도 필독서이지만 학생 및 항해사가 반드시 보지 않으면 안 되는 대한민국의 독보적 저서 '레이더항법'을 저술하여 선박의 안전항해에 지대한 공헌을 하고 계시다.

또한 교수님은 가정적으로도 모두들 건강하고 행복하셔서 사모님은 여전히 교편을 잡고 계시고, 아들과 딸은 서울대 대학원 등을 졸업하고 미국에서 공부 중이다. 또한 그 간 여러 보직을 맡으시면서 학교의 발전을 위해서도 크나큰 기여를 많이 하셨다. 그 중 승선생활관장으로 수고하실 때의 기억이다. 당시 기숙사에서 바람 잘 날 없는 천여명의 학생을 책임지는 입장에서도 학생들에 대한 일 처리에서 돋보인 차분함과 인자함은 지도관으로 있던 입장에선 참 다행스런 방패막이었다.

한편, USMMA에서 객원교수로 계시다 귀국하여 그 시스템을 함께 연구하여 좋은 부분을 우리대학에 접목시켜 용도 활용케 하였기에 오늘의 보다 발전된 학부나 대학으로 성장하지 않았나하는 생각도 해 본다.

이제와 생각해 보니, 또 다른 인생의 시작일 수 있는 인위적 갈림길에서 건강한 모습으로 명예롭게 퇴임하게 되신 것은 10여 년전 우리 모두에게 공개적으로 내비쳤던 큰 꿈의 실현보다 더 뜻 깊은 일이 아닌가 여겨진다.

그 간 교수님이 머물렀던 자리가 많이 커 보일 것이고 허전하겠지만, 머지않아 뒤따라갈 입장에서 다시 한 번 만허선생님의 정년퇴임을 진심으로 축하드리며 항상 건강하시고 행복하시기만을 기원합니다.

그 동안 진심으로 감사했습니다.

김우숙 교수님께 드리는 글

봉태근 교수(기관시스템공학부)

2015년 을미년이 시작된 지가 엊그제 같은데 벌써 3월입니다. 목포의 3월은 거센 바람 때문에 한겨울 못지않게 춥습니다. 춘래불사춘이라 …….아직은 모진 바람 때문에 마음도 움츠러드는 봄입니다. 이번 봄은 교수님께도 특별한 의미가 있는 봄이겠지요. 이번 학기가 지나가면 교수님께서 젊음을 불사르던 대반동 캠퍼스를, 이 바닷가를, 이 정든 사람들을 떠나시겠지요. 저 또한 세월의 무상함을 절절이 느낍니다. 오래 전 동료교수들과 퇴임이 20몇 년 남았느니 하던 때가 있었는데 이제 불과 몇 년 남지 않았거든요.

교수님과의 인연은 오래되었지만 제가 20대 후반 실습선에 함께 파견되어 근무하던 때가 먼저 떠오릅니다. 실습선 학생들과 아침 조별과업을 마치고 학교 테니스코트에서 함께 아침운동을 열심히 했었지요. 6개월 동안 함께 승선하면서 참 편하게 대해 주셔서 좋았습니다. 참, 목포 시내 테니스대회가 열렸던 시립테니스코트에 같이 참여했던 일도 생각납니다. 그 때 교수님 큰 아들이 초등학생

정도 되었는데 자전거를 타고 코트에 놀러왔었지요. 그 아들도 이제 서른이 훌쩍 넘었겠지요. 사모님도 그 때 처음 뵈었습니다. 한번은 부산 가는 길에 섬진강 휴게소에서 부부끼리 만났던 기억도 떠오릅니다. 객지에서 뵈니 참 반가웠습니다.

그 후 나루터 문학기행으로 함께 남도 이곳저곳을 유쾌하게 다니며 문학에 대해서, 여행에 대해서, 인생에 대해서 많은 이야기를 나눌 기회가 있었습니다. 버스에 올라타 오징어에 맥주 한 캔을 마시며 오고가며 나누었던 정담이 새록새록 기억이 납니다. 전주 한옥마을 경기전의 백일홍, 어진박물관, 최명희 문학관, 진도에서 같이 부르던 진도아리랑, 해남 대흥사, 무안 초의선사 탄생지에서 마시던 차 향기, 강진 다산초당에서 내려다 본 강진만의 풍경, 영랑 생가의 모란꽃, 무위사 탱화, 돌아가신 노영오 교수님과 마지막 여행길이 되었던 고창 선운사의 동백꽃과 함께 걸었던 고창읍성. 퇴직하신 박귀남, 심문식, 이준곤 교수님과 함께했던 그 때로 되돌아가고 싶습니다.

김교수님은 언제나 넉넉한 마음으로 대해주시고 남을 잘 배려해주시는 성품에 많은 가르침을 받았습니다. 저도 그렇게 살고 싶었지요. 이런저런 일로 힘든 시기도 있으셨겠지만 의연하게 사시는 모습을 좋아했습니다. 제가 학교일로 부탁드릴 때도 편하게 전화드렸습니다. 늘 다 용해주셨지요. 감사를 드립니다. 깊은 학부도 아니었지만 무언가 잘 통하는 느낌이 들었습니다. 문학도로서 글도 재미있게 잘 쓰시고, 서예에도 조예가 깊다고 들었습니다. 제가 그 방면에 문외한입니다만 멋진 필체를 왜 몰라보겠습니까?

김교수님, 제자들에게 존경받는 교수님으로 후배들에게 귀감이 되는 선배로서 정년을 맞이하시니 후회 없으시리라 생각이 듭니다. 부디 앞으로는 서예가로서 좋은 작품 많이 남기시고 건강하셔서 서 나루터 모임에서 자주 뵙기를 바랍니다. 그동안 수고 많으셨습니다.

은퇴설계의 3요소

안병원 교수(기관시스템공학부)

우리대학의 선배교수님들의 은퇴를 보면서 남의 일만은 아니다. 어떤 분은 코앞에 은퇴가 와있고, 어떤 분은 턱밑까지 은퇴가 와있고, 오는지 가는지 모르실 분도 있을 것이다. 은퇴 후에 어떻게 살아야 한다는 것은 많은 정보가 있지만 사실은 돈에 관련된 것이 많다. 연금이나 생명보험사에서 주로 수치로 제공하는 자료들일 것이다. 필자는 계속 은퇴에 관한 글을 나루터 문집에 게제하고 있다. 은퇴 준비는 아무리 많이 해도 과하지 않다는 생각이 든다. 남은 인생의 2막을 무료하고, 의미 없는 인생을 보내지 말고, 비교적 시간이 많은 시기를 그동안 하고 싶었지만 할 수 없었던 일들을 차분히 하면서 새로운 인생을 살기 위한 준비가 반드시 필요하다고 생각한다. 우리가 25-30년간 어린 시절을 30년의 직장생활을 위해 준비했다. 그러면 당연히 은퇴 후의 40년간의 생활을 위해, 40년간의 준비기간은 당연히 필요하다. 비행기가 활주로가 없으면 이륙할 수 없는 것처럼 직장생활을 하면서 틈틈이 준비를 해야 한다. 최소 40년간의 은퇴 후의 생활설계를 위해 생각하는 은퇴의 3요소는 돈, 일, 건강관리로 정의했다.

　돈은 연금이나 개인의 저축을 하는 것으로 일반적으로 우리대학에 봉직하신 교수님은 연금이 있어 월 200-350만 원정도 되므로 최저생활 수준은 훨씬 넘기 때문에 고민이 별로 없을 것으로 생각된다. 은퇴 뒤에 여러 분들을 인터뷰해보고, 선배 교수님들의 은퇴 후의 삶을 보면 돈은 그다지 문제 되지 않는 것으로 보였다. 또 교수님들께 재태크나 돈에 대해서 논할 만큼 지식도 깊지 못해 이 정도에서 마무리하고 혹시 필요하다면 은행이나 보험회사의 재태크 전문가와 상담하는 것이 좋을 것으로 판단된다. 사족이지만 요즘은 적금, 펀드도 한물가고, ELS, ELF 등 단기간 약간의 위험성은 있지만 고율의 이자가 생기는 것이 좋다는 것은 매스컴을 통해 알 수 있다.

　은퇴 후에 삶의 질에 영향을 주는 것이 몰두할 수 있고, 즐길 수 있는 것은 일이다. 우리는 평생 일을 하면서 살아왔다. 갑자기 일이 없어지고 집중할 곳이 없어지면 공허해지기 마련이다. 정년을 맞이하는 은행원들에게 설문한 결과를 인용하면 직장생활을 하면서 가장 후회되는 것이 무엇인가의 질문에 대해 취미생활을 하지 못한 것을 꼽고 있다. 직장생활을 하는 일반인이 직생생활에 매달려 자신의 취미와 특기 생활을 하지 못하고 퇴직하는 경우가 많다. 이것이 은퇴 후의 생활에 실패로 연결된다. 은퇴를 하면 주위의 친구들이 점점 사라진다. 뭔가 잘하고, 재미있게 할 수 있는 일이 필요하다. 친구들과 함께 할 수 있으면 좋겠지만 나이가 많아지면 친구들이 죽고, 친구사귀기도 너무 어려워진다. 이런 것을 해결하기 위해서는 혼자서 할 수 있는 것을 준비하는 것이 중요하다. 인간은 관성이 큰 동물이다. 정년을 하자마자 이런 것을 해야지 하면 그때는 늦어진다. 젊었을 때부터 천천히 하나하나 준비하는 것이 중요하다. 예를 들어 우리대학의 소포 이재우 교수님은 아직도 수필과 시, 선원문제연구를 하고 계신다. 며칠 전 '이재우 해양에세이 바다와 문학'과 '선원문제의 연구 II 바다와 사람'이라는 2권의 신작 책을 보내왔다. 꾸준한 창작활동과 연구활동으로 두뇌 개발을 끊임없이 단련시키시는 것으로 젊음을 유지하시는 것 같다. 사진으로 뵙는 교수님의 얼굴은 예전보다 많이 늙어 보였다. 교수님은 올해 83세라고 말씀하셨다. 아직도 왕성한 집필활동을 하심은 후배들의 귀감이라고 할 수 있다. 만허 김우숙교수님도 마찬가지로 훌륭하신 교수님이다. 현제 서예와 서각으로 예술활동에 몰두할 수 있는 체력을 갖고 계신다. 무아지경에 빠져 세월과 함께 작품에 파묻혀서 내가 작품인지 작품이 나인지 모르는 경지에 도달하신 것 같다. 은퇴 후 남자들은 일거리가 없으면, 요즘 유행하는 이야기로, 젖은 낙엽신세로 집에서 방콕하거나 마누라만 못살게 구는 삼식이놈으로 전락하고 말 것이다. 젊은 후배교수님들은 지금이라도 소일거리 할 만한 나만의 방법, 혼자 노는 법, 시간을 잊고 살 수 있는 방법을 찾아 연습을 해야 할 것이다. 장수하는 마을에 관한 내용을 TV에서 보면 공통점은 항상 긍정적으로 텃밭이던지 다른 소일거리를 찾아 움직이면서 행복감과 만족감을 갖고 살아가는 것을 많이 봐

왔다. 몰입하면서 즐길 수 있는, 보람을 느낄 수 있는 일거리는 노후 생활에서 가장 중요한 요소라고 강조하고 싶다.

마지막이 건강관리이다. 사람이나 기계나 과부하가 많이 걸리면 빨리 망가지기 쉽다. 어쩌면 건강이 은퇴 후의 가장 중요한 요소일 수도 있다. 분수에 맞는 생활로 술과 담배를 자제하고, 건강관리를 꾸준히 해나가면 멋진 노년의 생활이 될 것으로 생각한다. 적당한 운동으로 근육의 양을 보전하고, 신체의 기능을 활성화시켜야 할 것이다. 근육이 노화가 되면 가늘어지면서 짧아진다고 한다. 노년의 운동은 달리기, 걷기보다 중요한 것이 근력운동과 스트레칭으로 근육의 길이를 늘리는 것으로 노화를 늦출 수 있다고 한다. 동사무소에서 하는 춤이라던가, 요가를 하는 것이 노년의 좋은 운동의 예라고 생각된다. 부인과 함께 한다면 부부금슬도 좋아지고 일석 2조일 것으로 생각된다.

은퇴준비는 단순히 돈만 준비하는 것이 아닐 것이다. 은퇴전과 마찬가지로 왕성한 두뇌 활동과 육체의 활동을 병행할 수 있는 일과 건강도 은퇴준비의 필수불가결한 요소일 것이다.

김우숙 교수님을 생각하면서

장용채 교수(해양 · 플랜트건설공학과)

1999년 가을 우리학교에 발령받아 공공업무를 처음 시작한 것이 해양산업연구소의 총무였다. 2000년 여름에 내가 기획하고 해양산업연구소(연구소장 김우숙교수)가 주관하여 "제1회 서남권연약지반처리 심포지움"이 7월 30일 우리학교 대강당에서 개최되었다. 오전부터 전국단위에서 수많은 토목기술자들이 우리학교를 방문하였는데, 하필 그때 태풍 볼라벤(BOLAVEN)이 우리지역인 목포를 강타하고 지나갈 때였다. 최대풍속이 무려 25m/s (50kt; 95km/h)로 사람이 서있지 못할 정도의 위력이었다. 우리는 2공학관 대강당에서 350여명의 외부인사를 모시고 심포지움을 개최하고 있었다. 당시 우리학교 교직원의 말을 빌면 우리학교 개교 이래 이렇게 많은 외부 인사들과 화환들이 대강당을 가득 메운 적은 없었다고 할 정도였다.

세미나를 개최하는 도중에 고민이 생겼다. 점심을 당시만 해도 비좁은 구내식당에서 소화시킬 수가 없기에 바로 근처에 있는 신안비치호텔 식당으로 예약을 했는데, 비바람으로 인해 걸어 갈수가 없었다. 나는 급히 연구소장이신 김우숙교수님을 방문하여 학교버스를 2대 내주시면 좋겠다고 요청하였다. 오전 10:00시 개회식에도 총장님의 축사를 요청하였으나, 개인적인 행사에 총장이 나가 축사를 할 수 없다고 해서 교무처장님이 축사를 대신 해주셨다. 세미나가 개최되는 날 최대 태풍인 볼라벤이 우리지역을 강타하여 걸어서 이동이 힘든 상황에 학교버스를 요청하였으나, 이마저도 그런 이유로 내줄 수가 없다고 한다. 행사를 진행하고 손님들을 맞이하는 나로서는 정말 난감하였다.

이런 상황을 인식한 김우숙교수님께서 해양산업연구소가 주관해서 개최하는 행사를 학교행사라 하지 않고 학교버스를 사용할 수 없다면 연구소장직을 그만 두겠다하시어 담판 끝에 차량운행을 가능케 했다. 덕분에 외부에서 오신 수많은 관련 기술자들이 비를 피해 신안비치호텔의 지하식당에서 점심을 제시간에 맛있게 드실 수가 있었다. 교수님께서는 당시 어려운 상황을 잘 설명하시고, 이해를 득해서 성공적인 심포지움을 개최하게끔 하셨으며, 이렇게 우리학교에서 탄생한 서남권연약지반심포지움은 지금까지 16년째 격년제로 우리지역의 학문발전과 실무적인 기술력 향상을 위한 토론의 장을 만들어 가고 있다. 해당분야의 연수소장으로서 자신의 본분에 최선을 다하고 일이 성취될 수 있도록 열정을 쏟아주신 교수님의 깊은 뜻에 감사드린다.

교수님은 늘 긍정적이시고, 따스하신 분이시다. 학교에 출근할 때보면 등산화 같은 편안한 신발을 신고 건강한 모습으로 혼자서 걸어오시는 모습을 자주 뵙게 된다. 가끔 차를 몰고 갈 때 교수님이 걸어가시면 마음에 걸려 멈춰 세우고 승차권유를 드리면 극구 사양하시면서 걷던 모습이 선하다. 평소 걷기를 좋아하시고, 산을 좋아하신 분이라서 더더욱 건강하신지도 모르겠다. 교수님께서는 강단이 있으시고 바른 스승상을 보여주셨기에 후배 교수들에게 늘 귀감이 되신 분이다. 짧지 않은 대학생활에 선배교수로서 바른 길을 안내해주셔 후배들이 그 발자국을 잘 따라 갈 수 있도록 길을 터주신 교수님의 앞날에 건강과 웃음이 늘 함께 하시기를 기원한다.

그리운 滿虛 선생

한원희 교수(기관시스템공학부)

국도1호선 기점인 목포로부터 족히 100리(40km)쯤 가다 보면 국도1호선 신작로 가에 서있는 초등학교가 있다. 지금은 학교가 옮겨 갔지만, 일찍이 1923년 문을 연 학다리중앙초등학교이다. 그 옆의 산등성이가 낮고 길게 뻗쳐서 '긴등산' 이란 이름의 산을 우측으로 놓고 약 500미터 쯤 가다보면 '덕산'이라는 이름도 푸근한 마을이 나온다. 그곳이다. 바로 만허 김우숙 선생의 고향이다.

그 곳을 그렇게 손금 보듯 묘사 할 수 있는 나는 바로 만허 선생의 초등학교 후배이다. 또한 동향의 중학교 후배이기도 하고, 대학교 후배이기도 하며, 나의 일터인 목포해양대학교의 후배 교수이기도 하다. 말하자면 콰트로(4중) 후배인 셈이니 나와 만허 선생과는 인연이 깊다고 아니 할 수 없다.

만허 선생님을 얘기 할 때는 길과 산과 글과 글씨를 빼놓을 수 없다. 스스로 나그네임을 자청하시곤 '오늘도 걷는다만은' 같은 글귀를 아예 카카오톡의 간판으로 내걸고 계시는 걷기의 달인이자 여행가이시다. 산은 또 어떤가? 지금은 아쉽게도 해체되었지만(요즈음 부활 조짐이 일어나고 있기는 하다) 우리대학 교수 동아리 중 '산우회'라는 것이 있었다. 그 산우회의 창립 멤버이자 회장 등의 고위직을 맡으셨던 경력이 매우 화려한 등산가이시다. 모르긴 해도 우리나라의 좀 이름 있다 하는 산들은 아마도 만허 선생의 발냄새를 한번씩 맡아 봤으리라. 길과 산, 여행과 산행을 재료로 맛깔나게 요리한 선생의 글 또한 선생과 꼭 닮아 있다. 아는 사람은 알겠지만 만허 선생은 평소 여러 잡지에 글을 올리곤 하시는 글쟁이이시다. 말하자면 글을 쓰는 것도 프로인 셈이다. 그런 선생의 글이 어찌 재미있지 않을 수 있겠는가. 글씨로는 대한민국 서예대전인 국전에 입상한 경력이 있는 서예가이시니 우리는 국보급 동료이자 선배를 늘 곁에 두고 생활하였던 것이다.

사실 글이라면 나도 지극히 관심이 있는 분야이다 보니 자연 만허 선생님의 글을 눈여겨 읽게 되었다. 2002년 내가 우리대학에 교수로 부임한 후에 곧바로 '나루터'라는 교수문학동인회에 가입되었다. 가입한 것이 아닌 가입되었다고 표현한 것의 의미가 매우 심장한 것임을 눈치 빠른 분들은 다 알고 계시리라. 선택의 여지가 없이 술집에서 바로 가입되었다. 나로서는 일종의 기분좋은 스카웃(?)을 당한 셈이다. 그런 연차로 2003년 나루터 제5집부터는 나도 나루터 문집을 소장하게 되었다. 그 중 만허 선생의 글은 단연 돋보인다. 그 독특하고 구수한 문체에 끌려 문집 중 매번 제일 먼저 읽고 있는 터인지라 나름대로 연조에 따라 선생의 글과 문투를 분석해 보았다. 2003년 당시 만허 선생의 글은 제법 가방끈이 긴 교수의 티를 많이 내고 있다. 유달리 교훈적인 내용도 간혹 있으려니와 사용하는 언어도 좀 다듬어진 형식을 취하고 있다. 2003년 제5집에 실린 '상해에서의 한나절' 같은 글은 여행가로서 자세한 관찰과 사실에 입각한 교훈 등을 잘 표현하고 있다. 하지만 해가 지날수록 만허 선생의 글은 자유롭고 호방해진다. 단어의 선택도 과감해질뿐만 아니라 대부분 실생활에서 사용하는 질펀한 말들이 글의 대부분을 차지하고 있다. 바로 살아있는 글이다. 소탈하고 자유로운 영혼을 지니신 선생의 성격에 경험과 연륜이 더해지신 것이다. 2012년 나루터 제14집에 실린 '영산강 자전거길' 등의 글에서 보이는 표현은 마치 그 상황이 바로 옆에 있는 듯한 착각을 일으킬 만큼 사실적이고 회화적이다. 낄낄거리지 않고는 도대체 그 글을 읽을 수가 없다. 2013년 나루터 제15집에 나오는 '귀곡산장'을 보면 우스꽝스럽게 벌어진 상황에 지혜롭게 대처하는 선생의 소박함과 인간적 솔직함이 글맛을 더해주고 인생의 관조를 느끼게 해 준다. 이 글과 함께 나루터 17집에 실리게 될 선생의 글이 벌써부터 기대된다.

무슨 4중주도 아니고 4중 선후배 사이라는 내가 만허 선생과 함께한 추억은 그리 많지는 않다. 하지만 만허 선생과 함께 문학기행을 다니고, 산행을 다니다 한잔 취하시면 가끔씩 들려주셨던 판소리 한자락, 산행이든 문학기행이든 돌아오는 버스안에서는 서로가 알고 있는 야설담을 주고 받으며 즐거워했던 일들, 선생의 모교이기도 하지만 나의 선조부가 설립한 관계로 나와도 각별한 인연이 있는 학다리고등학교에 함께 홍보방문을 다니던 추억, 그 때마다 교장실에 앉아서 설립자 3세께서 친히 오셨다는 말씀으로 나를 치켜세워 주곤 하시던 정답고 멋지고 자애로운 만허 선생님! 참으로 좋아하는 나의 선배님! 선생의 연구실에서 투박한 잔에 가득 넘치게 따라주시던 녹차의 향을 나는 잊을 수가 없다.

선생의 '호'처럼 그동안 우리를 위해 많이 채워주셨고(滿) 이제 비우셔야(虛) 할 때인 모양이다. 한번도 말은 안했지만 존경해 마지않는, 내겐 큰 버팀목이 되어주신 친근한 고향 큰형님이 학교를 떠나신다니 ... 가장 섭섭해 하고 그리워 할 사람이 나라는 걸 만허 선생은 이미 알고 계신 듯하다.

인향만리(人香萬里)

김득봉 교수(항해정보시스템학부)

화향백리(花香百里), 주향천리(酒香千里), 인향만리(人香萬里)라는 말이 있다. '꽃의 향기는 백리를 가고, 술의 향기는 천리를 가지만, 사람의 향기는 만리를 간다'는 말이다. 사람의 향기가 만리를 간다는 것은 무슨 뜻일까?

중부권 일간지 '충청투데이'는 2013년부터 '인향만리'라는 연중 기획 보도를 매주 금요일과 온라인(www.cctoday.co.kr)을 통해 독자들에게 전하고 있다. 이렇게 2년여간 인향만리에 소개된 아름다운 사연은 모두 90여건에 달한다. 지면 뿐 아니라 온라인 기사를 통해 전해진 인향만리의 이야기는 매주 조회 수 상위에 랭크될 만큼 큰 관심을 모았다.

인향만리에 소개된 주인공들은 대체 어떤 분일까? 따뜻한 글귀로 아파트 층간소음 분쟁을 사라지게 만든 아파트 관리원(경비원) 이희선 씨, 유도를 전공한 교사가 소프트볼 국제 심판이 된 대전 제일고 김낙현 교사, 10년간 아름다운 작별을 돕고 있는 호스피스병동의 조수민 파트장, 한국인에게 자신의 장기를 기증한 외국인 교

출처 : 충청투데이 '따뜻한 사람의 향기 인향만리 지역사회 · 독자들
심금울리다.'(2015. 1. 2.)

수 가브리엘 씨, 강남 사모님에서 충남 시골마을 부녀회장이 된 김
금순 씨, 경로당 어르신들의 환한 웃음을 보고 50세를 넘긴 나이에
연극영화과에 진학해 '각설이 품바'된 정일품 씨, 화재 현장에서 굴
삭기를 타고 올라가 30대 여성과 아기를 구출해낸 경찰관 김용서
씨 등 누군가에겐 그저 평범한 사람들의 이야기일 수 있다. 그러나
천천히 곱씹어보면 결코 평범하지 않다.

퇴계 이황 선생은 '인위적으로 피우는 향기는 오래가지 못한다'
고 하셨다. '허명(虛名)에 신경 쓰지 말고 오직 내적인 심성함양에
힘쓰라'고 하셨다. 그리고 위한다는 것에 '의도함이 없어야 한다'고
하셨다. 이황 선생은 이 말을 우거진 숲 속에 홀로 핀 난초(꽃이 핀
난)에 비유했다. 난은 타고난 자신의 본성에 충실해 비와 햇살과
바람과 함께 꽃을 피우다 나은 자신의 향이 그렇게 숲을 가득 채
우고 있다는 사실을 모른다. 난 자신이 의도한 결과는 아니지만 난

꽃 하나로 숲은 그윽한 향기로 가득하고 사람은 그 향기로 뇌 자극을 받고 행복지수가 높아진다.

우리대학에 난 꽃 같고 사람 향기나는 분이 계신다. 바로 김우숙 교수님이다. 내가 아는 김 교수님은 자연스러움과 평범함을 즐기신다. 그리고 속정이 깊고 제자사랑은 이루 말할 수 없다. 아직도 제자인 나에게 '사소한 부탁 하나'하실 때도 정말 어렵게 말을 떼신다. 내가 실습선에 근무할 때 김 교수님께선 목포에서 완도까지 해상 거리를 알기 위해 직접 찾아오신 적이 있다. "교수님 이런 것은 전화로 하시지 왜? 이렇게 먼길 오셨습니까?"하니깐 머쩍어하시다가 "운동삼아 왔어"라고 하신다. 김 교수님이 실습감으로 계실 때, 실습감 앞으로 매월 나오는 업무추진비가 있는데 실습선 2척에 나눠주기 애매한 금액이라 하시며 자신의 개인 돈을 얼마 보태 나눠주신다. 5~6년 전에 내가 아는 지인을 통해 소사나무 분재를 하나 얻은 적이 있다. 순간 김 교수님이 생각나서 그 분재를 교수님께 드렸다. 얼마 시간이 지나 교수님께서 "어찌된 영문인지 모르지만 소사나무가 죽었다"시며 얼마나 미안해하시던지 내가 문안하고 죄송해서 혼이 난 일도 있다. 김 교수님께선 자신의 봉급에서 매월 얼마씩 떼어 대학발전기금으로 기부하고 있는 것으로 알고 있다. 이 얘기도 내가 대학다닐 때 들은 것이니까 20년 전부터(모르지만 더 될 수 있다) 실천하고 계셨다는 증거다.

이황 선생께서 제자들에게 '허명(虛名)에 신경쓰지 말라'라는 말씀을 김 교수님이 실천하고 계신 것은 아닌지 궁금하다. 김 교수님과 나와의 인연은 스승과 제자를 넘어 그 이상이다. 이것도 김 교수님은 무슨 말인지 잘 모르실 거다. 교수님의 은혜를 받은 나는 잘 알지만 교수님은 맘 속에 담아 두지 않은 일이라 잊고 계실 것이다. 이 지면을 빌려 김 교수님께 감사인사 드리고 싶다. "교수님 감사합니다. 그리고 은혜 잊지 않겠습니다. 사랑합니다."

2015. 2. 10.

내 一生의 大事

"신랑분 좀 기다리세요. 마치는 순서대로 폐백 할 거예요. 서두른다고 먼저 하는 거 아닙니다."

2008년 11월 30일 예식장에서 신혼여행 비행기 시간이 촉박해서 내가 하도 서두르니깐 예식장 직원이 한 말이었다.

아내와 나는 1년 6개월 정도의 연애 끝에 나는 그날 결혼했다.

나는 결혼식 약 3개월 전쯤 아내에게 상견례를 하자고 제안했다. 당시 나는 00재단의 △△프로젝트의 책임연구를 수임 받아 1년간 계약으로 연구하는 연구원 신분이었다. 나의 아내는 그 당시 신붓감에 대한 농담이 떠돌던 '1등 신붓감은 예쁜 여자 선생님, 2등은 못생긴 여자 선생님, 3등은 이혼한 여자 선생님, 4등은 애 딸린 여자 선생님' 잘(?)나가는 초등학교 선생님이었다. 그런 아내에 비해 나는 신랑감으로 결코 뒤지지 않는다고 생각했지만 3만 명이 넘는 박사 백수가 있는 현실, 풋사랑만 가지고 결혼을 결정하기에 내 나이 34세는 결코 적은 나이는 아니었다.

그럼에도 불구하는 아내는 선뜻 OK를 했고, 우리는 결혼을 준비하기로 했다.

불길한 징조는 이내 찾아왔다. 아내의 성인 안동권씨와 나의 성인 아산장씨는 오래전 형제로 지내기로 했다나 해서 약간 미묘한 흐름이 있는 듯했으나 아내와 나의 의지 앞에 방해가 되지는 못했다.

이때부터 나는 결혼준비도 신중하게 했다. 특히 요즘은 혼례준비 등으로 결혼이 파행되는 경우가 많다고 해서 신혼집만 내가 준비하고 나머지 모든 것은 아내가 하자는 대로 했다. 신혼집은 내가 총각 때부터 살던 아파트가 지은 지 3~4년 정도 밖에 안됐기 때문에 약간 손보기로 하는 정도였다. 나는 신혼집 꾸미기에 있어 모든 것을 내손으로 하고 싶어 인터넷으로 공부하며 싱크대 등을 시트지를 붙이기도 하고 장판도 내손으로 직접 깔았다. 나는 지금도 이를 자랑삼아 얘기하면 아내는 '장판 잘라서 붙인 것이 삐뚤삐뚤하고 바닥이 뜬다'고 청소기 돌릴 때마다 잔소리를 한다.

또한 나는 앞으로 결혼과 관련 혹시 모를 풍파를 슬기롭게 헤쳐 나가고 아내 앞에 좀 더 당당해지기 위해 지금보다는 안정적인 직업이 필요했다. 며칠 간격으로 중견 ○○조선소 연구소의 연구원(독보적인 기술이 있는 비교적 탄탄한 연구소였다), ○○공단 연구소의 연구원, ○○청의 △공무인 등으로 면접을 통보받았다. 그리나 면접 통보받은 3군데 중 나머지 2군데는 정중하게 미리 불참할 것을 알렸다(하나 끝난 뒤에 하는 것이 예의라고 생각했다).

결혼식 1달 전, ○○공단으로부터 합격통보를 받았다. 근데 입사일자가 결혼식 다음날인 12월 1일이었고 함께 입사한 사람들과 오리엔테이션을 한다고 연락이 왔다. 아내는 해외로 가기로 한 신혼여행을 포기하고 그냥 인근 호텔에서 내가 교육 끝날 때까지 기다리겠다고 했다. 그런 아내가 너무 고마웠으나 이렇게 되면 평생 아내에게 죄 짓는 일이라는 생각이 들었다. 또 한편으로는 자칫 회사보다 자기가정이 우선이라는 첫인상을 주지 않도록 하는 방법은 없을까 생각을 했다. 다음날 나는 일면식도 없는 ○○공단의 본부장실로 찾아갔다(군대로 얘기하면 장성한테 임관도 하지 않은 소위가 찾아간 것과 같다). 그리고는 가지고간 청첩장을 보여주고 "결혼식에 초대한다."고 말씀을 드렸다. 그러니 본부장님이 "신혼여행은 어디로 가느냐?"고 물어봐서 나는 "회사를 우선으로 생각하면 신혼여행을 안가야 하지만 평생 아내한테 죄를 짓고 사는 부끄러운 남편으로 남을까봐 걱정입니다. 한 가정을 지키게 도와주십시오."라고 부탁을 했다. 본부장님은 검토를 해보겠다고 했고 며칠 뒤 인사팀장님이 전화가 와서 채용을 2주 늦췄으니 잘 정리하고 입사하라는 연락이 왔다.

후문으로 들자하니 통상 신규 직원들은 오리엔테이션 기간 동안 결혼이 이루어져 신혼여행을 바로 안가고 오리엔테이션이 다 끝난 후 휴가내고 가는 것이 일반적이라고 한다. 그래서 ○○공단 생긴 이래 입사가 늦어진 것은 처음 있는 일이라고 다들 얘기하곤 했다.

결혼식 2주일 전까지는 순조롭게 잘 진행된다 싶더니 갑자기 여행사에서 전화가 왔다. 무안공항에서 출발하는 항공사가 유가상승으로 인해 운행을 포기하고 파산해버려 인천공항으로 가야했다. 그래서 무안공항에서 국내선을 타고 인천공항으로 오는 것으로 일정변경 및 비용추가 되고, 싫으면 그냥 '계약 해지'하라고 일방적으로 통보하는 것이었다. "아니 이런 막무가내가 어디 있나?" 이런 생각을 했지만 이래봐야 나만 손해지 아무런 보상도 받을 수 없다. 결국 예식시간을 고려한 여행사의 일정에 맞추려면 출발시간까지 다소 빠듯했다. 그래서 가능하면 폐백을 서둘러 마쳐야만 공항까지 갈수 있어서 급한 마음에 예식장 직원을 재촉하였고, 친척들 식사하는 모습만 잠깐 보고 얼른 공항으로 출발하였다.

　　결혼식 1주일 전, 주례를 부탁했던 신철호 전 총장님께서 갑자기 상을 당한 것이었다. 나는 한걸음에 달려가서 거듭 주례를 부탁했으나 당신께서 '경사 앞에 애사를 당한 사람이 주례를 할 수 없다'고 극구 마다하셨다. 이제 와서 어디에 부탁을 하나 고민하던 차 당시 대학원장님이신 김우숙 교수님께서 흔쾌히 주례를 허락하셨다. 짧은 시간임에도 불구하고 김 교수님은 너무도 감사하게 주례사를 작성하시고 축하해 주셨다... 감사합니다. 김우숙 교수님...
　　결혼식 이후 신철호 전 총장님께서는 당신이 작성하신 주례사를 손수 전달해주서서 이로써 나는 두 분의 축복 속에 결혼을 한 셈이 되었다.

이번 학기를 끝으로 나를 축복해 주셨던, 그리고 다온(둘째 이름)이 아빠라고 불러주시던 김우숙 교수님이 퇴임을 하시게 되니 섭섭한 마음을 감출 수 없다. "다시 한 번 퇴임축하 드립니다. 그리고 감사합니다. 교수님은 떠나서도 마음속에서는 항상 교수님과 함께 하겠습니다. 부디 보길도에서도 건강하시고요, 기회를 봐서 가끔 찾아뵙겠습니다."

화보 및
정년축하휘호

박사학위취득기념 가족사진(부인-우영숙, 자-김한얼, 女-김참한)
(1990. 2)

대학원장협의회 개성관광 중 박물관 앞에서(2007. 4.19)

선죽교 앞에서(2007.4)

임자도 자전거 여행 중(右로부터 이경선, 이미라, 박전관, 2008.10.20)

논문지도 학생들과 함께(2011.10.11)

지리산 벽소령에서(2008. 1.28)

안나푸르나 등반 중(2011.2.1)

카투만두 시내에서(2011.1.24)

부인과 함께 광양에서(2012.3)

영암 벚꽃길에서 이준곤 교수와 함께(2012.4)

곡성 기차공원에서 부인과 함께(2012.8)

간월암에서(2012.9)

논문지도학생 졸업기념(2012.1.27)

대흥사에서 나루터 회원들과(2012.6.26)

목포서예협회 회원전 작품 앞(2012.11.25)

중국 황하 기행 중(2013.1.17)

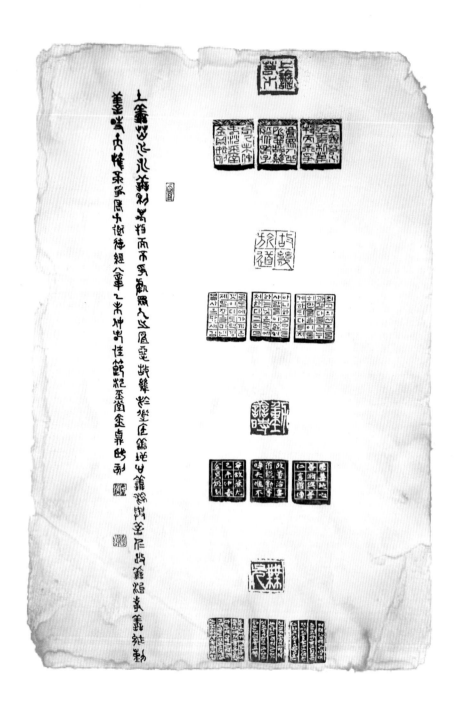

無盡藏

청산은 나를보고 말없이 살라하고
창공은 나를보고 티없이 살라하네
사랑도 벗어놓고 미움도 벗어놓고
물처럼 바람처럼 살다가 가라하네

나옹선사 시를쓴 만홍 김성만

德不孤

趙洪熙

나의 親旧 文房四友

心直

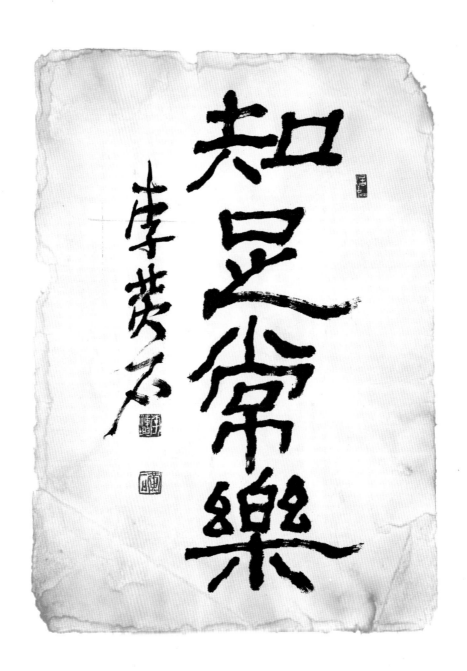

知足常樂

李英石

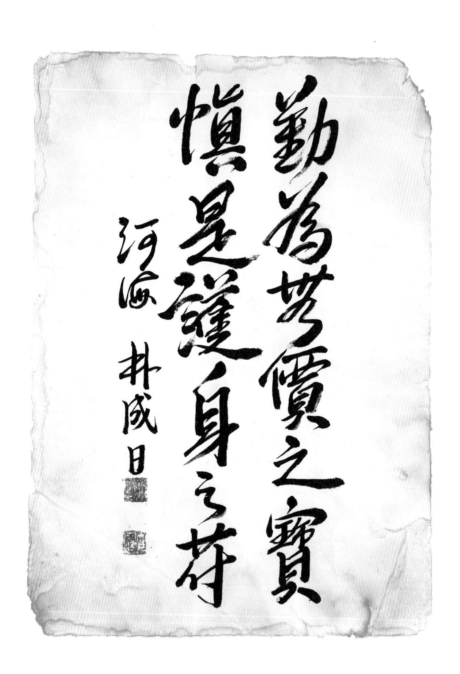

勤爲世價之寶
愼是護身之符

河海 朴成日

그대가 곁에 있어도 나는 그대가 그립다

滿虛 김우숙박사 정년기념문집 **길**

[편집 후기]

　목포해양대학교는 12개학부에 학생 수 2600여명, 재직 교원 수 110명이 채 안되는 소규모 대학이지만, 취업률 80% 대 이상으로 실무교육이 강한 대학이다. 그렇다보니 교수들은 소속 학부에 관계없이 경조사는 물론, 나루터라는 문학동인 활동을 통해 친목을 도모하고 있다. 인생의 절반을 대학에 봉직하며 후진을 양성하시다 정년을 맞아 퇴임하시는 교수님들께 후배 교수들이 정성을 모아 문집을 발간하거나 기념행사를 열어드리는 것은 우리 대학의 아름다운 전통이다.

　올해 우리 대학에서 30여년을 봉직하신 항해학부의 滿虛 김우숙 교수님께서 정년을 맞이하신다. 평소 후덕한 인품과 서예와 서각의 예인이자, 걷기의 달인으로 교내외에서 널리 존경을 받으시던 분인지라 떠나보내는 후배 교수들과 제자들이 느끼는 아쉬움은 더욱 크다. 만허 선생님께서는 교내 문학동인인 나루터의 창간 회원으로서 글쓰기에도 많은 애정을 쏟아오셨는데, 글의 내용이 담백하고, 꾸밈이 없어 오랜 세월이 흘러도 다시 음미해볼만한 내용들이다. 그래서 문학동인이 나루터와 만허 선생님의 제자들이 마음을 모아 문집을 펴내게 되었다.

만허 선생님을 통해 우리들은 산을 오르고 글을 쓰고 사람을 대하는 방법과 모습을 배우고 있습니다. 옆에서 지켜봐주시고, 항상 같이 있는 듯 하며 도움을 주시던 분이 이제 퇴임을 하신다니 허전함과 책임감마저 밀려옵니다. 퇴임하시는 김우숙 교수님! 이제 직장은 떠나시지만, 교수님과의 만남과 교류는 계속 이어가길 원합니다. 언제 어디서나 변함없는 모습으로 다시 뵙고 싶습니다. 항상 건강하시고 늘 좋은 일이 가득하시길 기원드립니다. 그동안의 노고와 은혜에 깊은 감사를 드립니다.

2015. 8. 20
만허김우숙박사정년기념문집발간위원회

김도희, 김득봉, 김성준, 김철승, 김화영, 노창균, 성유창, 이홍훈,
장운재, 조대환, 한원희, 홍태호(가나다 순)

지은이 **滿虛 김우숙**

기축년(1949)에 함평의 학다리(鶴橋)에서 태어
나 학다리고등학교를 졸업하고 한국해양대학에
입학하여 항해학을 공부하여 항해사가 되었다.
1975년에 해군 중위로 예편하여 LASCO해운의
항해사를 거쳐 1979년에 목포해양대학교(당시
는 목포해양전문대학)에 부임하여 후학을 가르
쳤다. 실습과장 도서관장 승선생활관장 대학원장의 일을 하였으며
여가를 이용하여 서예와 서각을 익히고 있다. 산을 좋아하여 이산
저산을 올라가보고, 될 수 있으면 차를 멀리하고 오늘도 걷고 있다.

길 - 만허 김우숙 박사 정년기념문집

2015년 8월 20일 초판인쇄
2015년 8월 25일 초판발행

지은이   김 우 숙
펴낸이   한 신 규
편 집   이 은 영
펴낸곳   글앤북
         Geul&Book
주 소   138-210 서울특별시 송파구 동남로 11길 19(가락동)
전 화   Tel.070-7613-9110 Fax.02-443-0212
E-mail   geul2013@naver.com
등 록   2013년 4월 12일(제25100-2013-000041호)

ISBN   979-11-955266-1-1 03810   정가 23,000원